Su gran pasión

Su gran pasión

Danielle Steel

mr · ediciones martínez roca

Título original: *Summer's End*, publicado por
Dell Publishing Co., Inc., Nueva York, 1979

© 1979, 2002, Danielle Steel
© 1981, 2002, Ediciones Martínez Roca, S. A.
Provença, 260, 08008 Barcelona (España)
© por la traducción, Hortensia Corona de Contin, 2002
ISBN: 84-270-2868-7
Primera edición en esta presentación: octubre de 2002
Depósito legal: B. 31.117-2002
Impresión: A&M Gráfic, S. L.
Encuadernación: Lorac Port, S. L.

Impreso en España – Printed in Spain

Para Bill, Beatrix y Nicholas,
entrañablemente queridos.

EL FINAL DEL VERANO

Llegó el verano
como un soplo
de brisa
en su cabello,
y ansió que él
la quisiera
y detuviera
el loco carrusel
hasta que oyera
su verdad
y le infundiera
de nuevo juventud
pletórica de risas.
Y ella ansió
demostrarle su amor
aunque ya fuera
demasiado tarde...
El tiempo no aguarda
nunca
ni un instante...
Y quedó libre
para construir
castillos en la arena
y trazar proyectos
de verano,
tan dulces,
tan nuevos,
tan viejos...
Concluida la aventura,
se funden los cielos
y el amor perdura
hasta
el final del verano

D. S.

Capítulo 1

CUANDO DEANNA DURAS ENTREABRIÓ los ojos para mirar el reloj, el primer rayo de luz se deslizó entre las persianas; eran las seis cuarenta y cinco. Si se levantaba ahora tendría casi una hora para sí misma, tal vez un poco más. Serían unos instantes de quietud en los que se vería libre del acoso de Pilar, en los que no habría ninguna llamada de Bruselas, Londres o Roma para Marc-Edouard, momentos en los que podría reflexionar a solas. Se deslizó silenciosamente de entre las sábanas, lanzando una mirada a Marc-Edouard, que seguía dormido en el otro extremo, al borde mismo de la cama. Durante muchos años su lecho hubiera podido acomodar a tres o cuatro personas, de tal modo ella y Marc se mantenían en sus lados respectivos. No se trataba de que no se encontraran jamás en el medio. Seguían haciéndolo... algunas veces: cuando él se encontraba en la ciudad, no estaba cansado o no regresaba a casa demasiado tarde. Seguían encontrándose, de vez en cuando.

Se dirigió calladamente al vestidor y se puso una larga bata marfileña de seda. Tenía un aspecto juvenil y delicado bajo la luz matinal, el pelo le caía suavemente sobre los hombros, como un chal de marta cebellina. Se agachó un momento, en busca de sus zapatillas. Otra vez Pilar debía tenerlas. Ya no se respetaba nada, ni siquiera sus zapatillas, y menos aún a Deanna. Sonrió para sus adentros, mientras caminaba descalza y en silencio por la gruesa alfombra y lanzaba otra mirada a Marc que seguía durmiendo apaciblemente en el lecho. Dormido, seguía teniendo un aspecto increíblemente joven, casi como el del hombre que había conocido hacía diecinueve años. Le contempló desde el umbral de la puerta, deseando que se moviera, que se despertara, que le tendiera los brazos, todavía adormilados, y, con una sonrisa, murmurase las palabras de antaño:

—*Reviens, ma chérie.* Vuelve a la cama, *ma Diane. La belle Diane.*

Le parecía que hacía mil años o más que no la llamaba así; ahora para él era simplemente Deanna, al igual que para todos los demás: «Deanna, ¿puedes venir a cenar el martes? Deanna, ¿sabes que la puerta del garaje no cierra como es debido? Deanna, la chaqueta de lana que compré hace poco en Londres ha salido hecha harapos de la tintorería. Deanna, me marcho a Lisboa esta noche (o a París, o a Roma)».

A veces se preguntaba si él recordaría siquiera los días de *Diane*, aquellos en que se levantaban tarde y bebían café en la buhardilla o en la azotea mientras tomaban el sol, meses antes de su matrimonio. Habían sido meses de sueños dorados, horas mágicas: los fines de semana furtivos en Acapulco, los cuatro días en Madrid, fingiendo que ella era su secretaria. Su mente retrocedía a menudo a aquellos tiempos, y las primeras horas de la mañana le recordaban de una manera especial el pasado:

—*Diane, mon amour,* ¿vienes ya a acostarte?

Sus ojos brillaron al recordar las palabras. Tenía entonces apenas dieciocho años y siempre estaba ansiosa por volver a la cama. Era muy tímida, pero estaba muy enamorada de él y todos los instantes de su vida estaban saturados con sus sentimientos. También sus pinturas lo revelaban así: estaban iluminadas con el brillo de su amor.

Recordaba sus ojos cuando permanecía en su estudio, contemplándola, con un montón de papeles sobre las rodillas, tomando notas, frunciendo el ceño de vez en cuando, mientras leía, y luego sonriendo de aquella manera tan irresistible cuando levantaba la vista.

—*Alors, Madame Picasso,* ¿estás ya lista para que vayamos a comer?

—Dentro de un minuto, ya casi he terminado.

—¿Puedo echar un vistazo?

Y entonces fingiría que trataba de ver furtivamente, rodeando el caballete, esperando que ella se levantara y protestara, como siempre hacía, hasta darse cuenta de que él bromeaba.

12

—¡No sigas! Ya sabes que no puedes ver hasta que termine.

—¿Por qué? ¿Estás pintando un desnudo atrevido? —Y la risa bailaba en sus deslumbradores ojos azules.

—Es muy probable, *monsieur*. ¿Le molestaría mucho si lo hiciera?

—Por supuesto, eres demasiado joven para pintar desnudos atrevidos.

—¿Tú crees?

Deanna abría desmesuradamente sus grandes ojos verdes; a veces meditaba en el aire de seriedad que tenían sus palabras. Aquel hombre había sustituido a su padre en muchos aspectos. Marc se había convertido en la voz autoritaria, la fuerza en la que ella confiaba. Cuando murió su padre, se sintió tan abrumada que consideraba una verdadera bendición de Dios el haber encontrado a Marc-Edouard Duras. Tras la muerte de su padre estuvo viviendo con una serie de tías y tíos, pero ninguno de ellos la había recibido con verdadero cariño en su familia. Finalmente, a los dieciocho años, después de vagar un año entre los familiares de su madre, se había independizado de ellos. Obtuvo un empleo en una *boutique*, donde trabajaba durante el día, y por la noche asistía a la escuela de arte. Las clases de arte mantuvieron su espíritu alerta. Eran su única razón de vivir. Tenía diecisiete años cuando su padre murió de repente, al estrellarse el avión que tanto le gustaba pilotar. Su padre, convencido de que no sólo era invencible, sino también inmortal, jamás había previsto el futuro de Deanna. Su madre falleció cuando la muchacha tenía doce años de edad, y durante todos aquellos años no hubo nadie en su vida, excepto su padre. Los familiares de su madre, que vivían en San Francisco, fueron olvidados, acallados y casi siempre ignorados por el hombre extravagante y egoísta que fue culpable de su muerte. Deanna sabía muy poco de lo que había sucedido, sólo que «mami ha muerto».

«Mami ha muerto» fueron las palabras que le dirigió su padre aquella triste mañana, y que resonarían en sus oídos durante el resto de su existencia. Era la madre que se había alejado por completo del mundo para ocultarse en su habitación con una botella, la que siempre prometía: «Enseguida estoy contigo, querida», cuando Deanna llamaba a su puerta. Había oído constantemente aquella frase durante diez de sus doce años, cuando la dejaba sola en los pasillos o en su habitación para que jugara, mientras su padre volaba en la avioneta o emprendía de repente viajes de negocios con sus amigos. Durante mucho tiempo le había sido difícil decidir si él se iba de viaje porque su madre bebía, o si ésta se entregaba a la bebida porque su marido estaba siempre ausente. Cualquiera que fuese la razón, su consecuencia era que Deanna estaba sola. Hasta que su madre murió. Entonces empezaron las interminables discusiones acerca de lo que se podría hacer en el futuro.

—Por el amor de Dios —decía su padre—. No sé absolutamente nada de chicos, y menos aún de niñas.

Quiso enviarla interna a una escuela, a «un lugar maravilloso donde habría caballos, hermosos paisajes y muchas amigas nuevas». Pero ella se mostró tan temerosa que su padre acabó por ceder. La niña no quería ir a un lugar maravilloso, sino estar con él. *Él* era «un lugar maravilloso», el padre fabuloso que poseía un avión, el hombre que le traía regalos muy bonitos de lugares lejanos, el hombre del que había presumido durante muchos años y al que jamás había logrado entender. Él era todo lo que tenía, lo único que le quedaba, después de que se fuera la mujer encerrada tras la puerta de su habitación.

Así, pues, su padre la retuvo a su lado. La llevaba consigo siempre que podía, la dejaba con amigos cuando le era imposible hacerlo, y le enseñó a disfrutar las mejores cosas de la vida: el Imperial Hotel en Tokio, el George V en París y el club Stork de Nueva York, donde, encaramada en un taburete del bar, como una Shirley Temple, no sólo bebía sino que recibía tratamiento de mujer adulta. Su padre llevaba una vida fantástica y Deanna también la había llevado durante cierto tiempo: lo observaba todo, examinaba cuanto la rodeaba, las mujeres elegantes, los hombres interesantes, los bailes en el Morocco, los viajes de fin de semana a Beverly Hills...

Una vez, hacía muchos años, su padre había sido estrella de cine, y también conductor de coches de carreras, piloto durante la guerra, jugador, amante, un hombre con una verdadera pasión por la vida, las mujeres y cualquier cosa que pudiera volar. Deseaba que Deanna también aprendiera a volar. Quería que ella supiera lo que supone contemplar el mundo a más de tres mil metros de altura, deslizándose entre las nubes y viviendo sus sueños. Sin embargo, ella tenía sus propios sueños y no se parecían en nada a los de él. Quería una vida tranquila, una casa en la que pudiera permanecer, una presencia materna que no se ocultara tras la frase «enseguida estoy contigo» o que tuviera la puerta siempre cerrada. A los catorce años ya se había cansado del Morocco, a los quince estaba hastiada de bailar con los amigos de su padre, a los dieciséis había logrado terminar sus estudios y ansiaba desesperadamente inscribirse en Vassar o Smith. Papá insistía en que eso sería aburrido, de manera que la jovencita se dedicó a pintar en cuadernos y telas que llevaba a dondequiera que fuese. Cuando estuvo en el sur de Francia, dibujaba en servilletas de papel y en los sobres de las cartas que recibía de los amigos de su padre, ya que ella no tenía ninguno de su edad. Deanna dibujaba en todo lo que le caía en las manos, y en una ocasión, el dueño de una galería de Venecia le había dicho que tenía talento, que si seguía trabajando quizás él haría una exposición con sus obras. Por supuesto, no lo había hecho, y se marcharon de Venecia después de pasar un mes allí y dos en Florencia, luego seis en Roma y otro más en París, hasta que finalmente volvieron a Estados Unidos, en donde su padre le había prometido una casa, un verdadero hogar y, quizás, incluso una verdadera madre. En Roma había conocido a una actriz norteamericana, «alguien que te encantará», le había prometido mientras hacía el equipaje para pasar el fin de semana en el rancho de la actriz, cerca de Los Ángeles.

En esa ocasión no pidió a Deanna que le acompañara. Era evidente que deseaba estar solo. Dejó a Deanna en el Fairmont de San Francisco, con cuatrocientos dólares en efectivo y la promesa de regresar al cabo de tres días. Sin embargo, tres horas más tarde estaba muerto y Deanna se encontraba en la mayor soledad. Esta vez para siempre. De nuevo estaba donde había comenzado, con la amenaza de una «escuela maravillosa».

No obstante, la amenaza no duró mucho, porque no tenía dinero ni para una escuela maravillosa ni para ninguna otra cosa... Nada en absoluto. En cambio, se encontró con una montaña de deudas que no se saldaron jamás. Recurrió entonces a los parientes de su madre, durante tanto tiempo olvidados, los cuales llegaron al hotel y se la llevaron a vivir con ellos.

—Sólo por unos meses, Deanna. Tienes que entenderlo. No podemos hacernos cargo de ti indefinidamente. Tendrás que conseguir un empleo y un lugar donde vivir en cuanto te recuperes.

Un empleo... ¿Qué empleo? ¿Qué podía hacer? ¿Pintar, dibujar, soñar? ¿De qué le servía ahora conocer casi todas las obras de los Uffizi y del Louvre, haberse pasado meses enteros en el Jeu de Paume, haber visto a su padre correr delante de los toros en Pamplona, haber bailado en el Morocco y haberse hospedado en el Ritz? ¿A quién le importaba todo eso? A nadie. Tres meses más tarde se fue a vivir con una prima, luego con otra tía que le dijo:

—Sólo durante algún tiempo, ¿lo entiendes, verdad?

Ahora lo comprendía todo: la soledad, el dolor, la gravedad de lo que su padre había hecho. Había convertido su vida en una continua diversión, se lo había pasado en grande, y ella comprendía, al fin, lo que le había sucedido a su madre y por qué. Durante cierto tiempo, llegó incluso a odiar al hombre que tanto había querido por haberla dejado sola, atemorizada y sin nadie que la amara.

Sin embargo, la Providencia se manifestó por medio de una carta procedente de Francia. Había un pequeño caso pendiente ante los tribunales franceses, un juicio menor, pero que su padre había ganado y que suponía una suma de seis o siete mil dólares. ¿Tendría ella la bondad de hacer que su abogado se pusiera en contacto con el bufete francés? ¿Qué abogado? Eligió uno de una lista que le había proporcionado una de sus tías, el cual la remitió a una agencia internacional de abogados. Un lunes, a las nueve de la mañana, Deanna se presentó en las oficinas, vestida con un traje negro que su padre le había comprado en Francia. Era un traje Dior, con el que hacía juego un pequeño bolso negro de piel de cocodrilo que le había traído de Brasil y las perlas, que eran toda la herencia que le había dejado su madre. A ella le importaba un bledo Dior, París, Río o cualquier otra cosa; los seis o siete mil dólares prometidos constituían una verdadera fortuna para ella. Deseaba dejar el trabajo y dedicarse por entero a estudiar en la escuela de arte. En unos cuantos años, se labraría un nombre con sus dotes artísticas; pero entretanto, quizá podría vivir un año con los seis mil dólares. Tal vez.

Eso era cuanto ambicionaba al entrar en el gran despacho con paredes recubiertas de madera, donde encontró a Marc-Edouard Duras por primera vez.

—*Mademoiselle...*

El abogado nunca se había ocupado de un caso como el de ella; su especialidad eran las leyes comerciales, los casos de negocios internacionales complejos; pero cuando su secretaria le transmitió la llamada de Deanna se sintió un poco intrigado. Al verla, con su aspecto frágil de mujer niña, su rostro hermoso y atemorizado, se sintió fascinado. Deanna se movía con un donaire sorprendente para su edad, y sus ojos parecían insondables. La acompañó hasta el sillón al otro lado de su escritorio. Había una expresión de gran seriedad en su semblante, pero sus ojos brillaban divertidos durante su conversación, que duró una hora entera. También él había estado en la Galería de los Uffizi y había pasado días enteros en el Louvre. También había visitado Sâo Paulo, Caracas y Deauville. De pronto, Deanna se dio cuenta de que compartía su mundo con él y abría ventanas y puertas que creía selladas para siempre. Luego le habló de su padre, le relató toda la terrible verdad, sentada frente a él, mirándole con sus ojos enormes, los más grandes que él había

16

visto jamás; la fragilidad de aquella muchacha le desgarraba el corazón. Por aquel entonces él tenía casi treinta y dos años; no era tan mayor que pudiera ser su padre y, desde luego, sus sentimientos nada tenían de paternal; no obstante, tomó a Deanna bajo su protección. Tres meses más tarde se convirtió en su esposa. La ceremonia fue sencilla y se celebró en la alcaldía. Pasaron la luna de miel en la casa que la madre de Marc poseía en Antibes, y luego estuvieron dos semanas en París.

Ya entonces se percató de lo que había hecho. No sólo se había casado con un hombre, sino también con un país, con una forma de vida que exigía que fuera perfecta, comprensiva y silenciosa. Tendría que ser encantadora y atender a sus clientes y amigos, aceptar la soledad mientras su esposo viajaba, y renunciar a sus sueños de hacerse con un nombre en el campo del arte. En realidad, Marc no aprobaba sus sueños y cuando la cortejaba había mostrado que le divertían; pero no alentó en modo alguno la carrera de su mujer. Se había convertido en madame Duras, lo cual era de enorme importancia para Marc.

En el transcurso de los años tuvo que renunciar a otros sueños; pero tenía a Marc, el hombre que la había salvado de la soledad y el desamparo, que había ganado su gratitud y su corazón, el hombre de modales impecables y gusto exquisito, que la recompensaba con seguridad y riquezas. El hombre que siempre llevaba una máscara.

Deanne sabía que Marc la amaba, pero raramente le oía decírselo como antaño.

—Las demostraciones de afecto son para los niños —le había dicho una vez.

Pronto tendría ocasión de demostrarlo. En el primer año de vida matrimonial Deanna concibió su primer hijo. Aún recordaba con qué afán esperaba Marc el bebé, hasta tal punto que se volvió tan amoroso como al principio. Desde luego, tendría que ser un niño, porque Marc así lo afirmaba. Los dos estaban absolutamente seguros y aquel era el único sueño que ella abrigaba. Así debía ser, porque le parecía que esa sería la única manera de ganarse el respeto de su marido y, tal vez, su pasión por el resto de sus vidas. Un hijo... Y así ocurrió. El bebé nació con una deficiencia pulmonar y apenas tuvieron tiempo de llamar a un sacerdote, momentos después de su nacimiento, para que lo bautizara con el nombre de Philippe-Edouard. Cuatro horas más tarde, el bebé había fallecido.

Marc la llevó a Francia para pasar el verano y la dejó al cuidado de su madre y sus tías. Él permaneció en Londres, trabajando, durante todo el verano; pero regresaba los fines de semana, la abrazaba y enjugaba sus lágrimas, hasta que volvió a concebir. El segundo bebé, otro niño, también falleció, y entonces tener un hijo de Marc se convirtió en una obsesión para Deanna. Todos sus sueños se centraban en aquel hijo, e incluso dejó de pintar. Cuando concibió por tercera vez, el médico le hizo permanecer en cama. Por entonces, Marc tenía litigios pendientes en Milán y Marruecos; pero la llamaba y le enviaba flores y, cuando estaba en casa, no se apartaba de su lado. Una vez más le prometió que tendrían un hijo; pero en esta ocasión se equivocó, porque el heredero tanto tiempo esperado fue una niña, una criatura perfectamente sana, rubia y con los ojos azules de su padre, la niña que tanto había soñado Deanna. Marc terminó por resignarse y pronto se enamoró de la criatura rubia. Le pusieron por nombre Pilar, y Marc voló a Francia para mostrársela a su madre. Madame Duras se lamentaba del fracaso de Deanna al no poder darle un hijo, pero a Marc ya no le importaba. La niña era suya, su hija, su propia carne; hablaría sólo francés y pasaría todos los veranos en Antibes. Deanna se sintió débil y atemorizada al principio, pero luego comenzó a experimentar intensamente la alegría de la maternidad.

Marc dedicaba todo su tiempo libre a Pilar; la mostraba orgulloso a sus amigos. Era una criatura muy alegre y risueña. Las primeras palabras que pronunció fueron en francés. Cuando contaba diez años de edad, vivía más a gusto en París que en Estados Unidos; libros, ropas, juguetes, todo había sido cuidadosamente importado por Marc. Ella sabía quién era —una Duras—, y a qué país pertenecía —Francia.

A los doce años, cuando ingresó como interna en una escuela de Grenoble, el daño ya estaba hecho... Deanna había perdido a su hija. Era una verdadera extraña para ella y objeto de su ira y resentimiento: no vivían en Francia a causa de Deanna; ella tenía la culpa de que Pilar no pudiera estar con sus amigos, y de que papá no pudiera estar en París con *grand-mére*, que le echaba tanto de menos. Al final, ellos ganaron... una vez más.

Deanna bajó suavemente la escalera; sus pies desnudos apenas producían un susurro sobre la alfombra persa que Marc había comprado en Irán. Como de costumbre, echó un vistazo a la sala y observó que todo estaba en su lugar. Siempre era así. La delicada seda verde de los sillones se veía perfectamente alisada, las sillas Louis XV estaban erguidas como soldados en sus puestos, la alfombra de Aubusson tan exquisita como siempre, con sus suaves tonos de verdeceledón y las pálidas flores color frambuesa. La plata brillaba, los ceniceros estaban inmaculados, los retratos de los honorables antepasados de Marc colgaban exactamente en el ángulo adecuado y las cortinas enmarcaban el hermoso panorama del puente Golden Gate y la bahía. A aquella hora de la mañana aún no se veían veleros y, por una vez, no había niebla. Era un día perfecto del mes de junio. Deanna se detuvo un momento y contempló el agua. Sintió la tentación de sentarse para admirar el paisaje, pero le pareció que sería un sacrilegio arrugar el sofá, pisar la alfombra y hasta respirar en aquella habitación. Le era más fácil continuar hasta su pequeño mundo, el estudio situado en la parte posterior de la casa, en donde ella pintaba... y se refugiaba.

Dejó atrás el comedor, sin dirigirle la mirada, y continuó su avance silencioso por el largo corredor que atravesaba la casa. Un pequeño tramo de escaleras conducía a su estudio. La madera oscura del piso le pareció fría, y la puerta volvió a ofrecer resistencia. Marc le había recordado una y otra vez que debía arreglarla, hasta darse por vencido. Había llegado a la conclusión de que a Deanna le gustaba la puerta así, y estaba en lo cierto. Era difícil abrirla y siempre se cerraba con demasiada rapidez, aislándola en su brillante y pequeño capullo. El estudio era su propio mundo, lo más preciado para ella, un estallido de música y flores, amorosamente apartadas de la sobriedad asfixiante del resto de la casa. Allí no había alfombras de Aubusson ni plata, ni muebles Louis XV. Todo en su pequeño mundo era claro y brillante, las pinturas de su paleta, las telas de su caballete, el amarillo suave de las paredes y la enorme y cómoda silla blanca que parecía abrazarla en el instante mismo en que se abandonaba en ella. Sonrió al sentarse y mirar a su alrededor. Había dejado un terrible caos el día anterior, pero aquello le agradaba; era un lugar alegre donde podía trabajar. Descorrió las cortinas floreadas y abrió las puertas que daban acceso a una terraza diminuta cuyas losetas brillantes parecían de hielo bajo sus pies.

Solía detenerse allí a aquella hora, incluso cuando había niebla. Respiraba profundamente y sonreía al espectro del puente que parecía colgado misteriosamente sobre la bahía invisible, escuchando el lamento lento y sonoro de las sirenas de niebla. Pero aquella mañana era distinta, la luz del sol brillaba tanto que entrecerró los ojos al salir a la terraza. Era un día perfecto para navegar o ir a la playa, y esta simple idea le hizo reírse. ¿Quién le diría a Margaret lo que debía limpiar, quién contestaría las cartas, quién le explicaría a Pilar el por qué no podría salir por la noche? Pilar... Aquel era el día en que se marchaba a Cap d'Antibes para pasar el verano con su abuela, sus tías, sus tíos y primos, que acudirían allí desde París. Su recuerdo casi hizo estremecer a Deanna. Tras varios años de soportar aquellos veranos asfixiantes, al fin había logrado decir que no. El eterno encanto de la familia de Marc había terminado por serle insufrible, la cortesía expresada con los dientes apretados, las espinas invisibles que desgarraban su misma carne. Deanna nunca les había caído bien, y la madre de Marc no trataba de mantener este hecho en secreto. Después de todo, Deanna era norteamericana y demasiado joven para ser una esposa respetable. Lo peor de todo era que había sido la hija pobre de un vagabundo extravagante. Su matrimonio no representó ninguna ventaja para Marc, sólo para ella. La familia de Marc suponía que esa era la razón por la que ella le había echado el lazo; pero tenían sumo cuidado de no mencionarlo... más de dos veces al año. Finalmente, Deanna se sintió harta y dejó de hacer el peregrinaje estival a Antibes. Ahora Pilar se marchaba sola, y lo hacía encantada porque era una de ellos.

Deanna apoyó los codos en la baranda de la terraza y colocó la barbilla en el dorso de la mano. Suspiró sin darse cuenta, mientras contemplaba un carguero que se deslizaba lentamente por la bahía.

—¿No tienes frío aquí, madre?

El tono de su voz era tan frío como el suelo de la terraza. Pilar le había hablado como si el hecho de estar allí, de pie, con bata y descalza, fuera una extravagancia. Deanna echó un vistazo final al barco y se volvió con lentitud, sonriéndole.

—No, no tengo frío, me agrada estar aquí y, además, no he encontrado mis zapatillas.

Le habló sin dejar de sonreír, mirando directamente a los ojos azul brillante de su hija. La chica no se parecía en nada a ella. Tenía el cabello de color rubio pálido, los ojos de un azul casi iridiscente y su piel mostraba el vivo resplandor de la juventud. Era más alta que ella, la imagen misma de Marc-Edouard, aunque no poseía aún su aura de poder. Eso llegaría con el tiempo. Además, si aprendía bien la lección de su abuela y sus tías, dominaría el arte de enmascararla tan perversamente como lo hacían ellas. Marc-Edouard no era tan astuto; al ser un hombre, no tenía necesidad de ello. Pero las mujeres de la familia Duras practicaban el arte de la astucia con increíble sutileza. Deanna no podía hacer gran cosa por evitarlo, excepto, quizá, mantener a Pilar alejada. Pero la empresa sería infructuosa. Pilar, Marc, la anciana misma, todos conspiraban contra ella para mantener a Pilar casi siempre en Europa. Pilar se parecía a su abuela en algo más que el aspecto físico; era algo que llevaba en la sangre, y Deanna no podía hacer más que aceptarlo. Pero nunca dejaba de sorprenderle la agudeza del dolor que le producía su decepción. La tenía presente en todo momento, jamás disminuía su intensidad. Sentía constantemente la pérdida de Pilar. Siempre.

Sonrió de nuevo y miró los pies de su hija; llevaba puestas sus zapatillas.

—Ya veo que las has encontrado —le dijo en tono de broma, pero su mirada, expresaba el dolor que sentía; ocultaba una y otra vez la tragedia tras las bromas.

—¿Crees que eso hace gracia, madre? —El rostro de Pilar mostraba ya una abierta hostilidad, cuando apenas eran las siete y media de la mañana—. No encuentro ninguno de mis suéters buenos, y tu modista no ha enviado aún mi falda negra.

Era una acusación de gran importancia. Pilar se sacudió la larga melena rubia, mirando con desafío a su madre.

Deanna se preguntaba siempre qué motivaba la ira de Pilar. ¿Era una rebelión típica de adolescente? ¿O se trataba simplemente de que no quería compartir a Marc con Deanna? No podía hacer nada para remediarlo, por lo menos de momento. Quizás un día, más adelante, tal vez dentro de cinco años tendría otra oportunidad para recuperar a su hija y convertirse en su amiga. Esto era algo que la hacía vivir, una esperanza que se negaba a desaparecer.

—Trajeron la falda ayer. Está en el armario del vestidor, y los suéters ya están en tu maleta. Ayer Margaret te hizo el equipaje. ¿Quedan resueltos todos tus problemas?

Le hablaba con suavidad, porque Pilar sería siempre la niña de sus sueños, al margen de lo que hiciera, de que sus sueños siempre quedaran defraudados.

—¡Madre, no me prestas atención! —Por un instante el pensamiento de Deanna se había alejado, y ahora Pilar le dirigía una mirada encendida.

—Te he preguntado qué has hecho con mi pasaporte.

Deanna sostuvo la mirada de Pilar durante largo tiempo. Quería decirle algo, lo más adecuado, pero se limitó a comunicarle:

—Tengo tu pasaporte. Te lo daré en el aeropuerto.

—Soy perfectamente capaz de cuidarlo yo misma.

—Por supuesto que lo eres. —Deanna volvió lentamente al estudio, evitando la mirada de su hija—. ¿Vas a desayunar?

—Lo haré más tarde. Tengo que lavarme la cabeza.

—Le diré a Margaret que te lleve una bandeja.

—Muy bien.

Pilar se marchó tras haber lastimado con su inconsciencia juvenil el corazón de su madre. Necesitaba muy poco para sentirse herida; las palabras eran muy poca cosa, pero su vaciedad la hería siempre.

Estaba segura de que tenía que haber algo más; no era posible que una trajera hijos al mundo para terminar de aquel modo. A veces se preguntaba si las cosas habrían resultado igual con los chicos. Quizá todo el problema se debía a la naturaleza de Pilar, quizá las diferencias entre dos países y dos mundos fueran excesivas para ella.

Oyó el timbre del teléfono sobre su escritorio. Suspiró y tomó asiento. Era la línea interna de la casa; sin duda Margaret quería saber si debía servirle el café en su estudio. A menudo, cuando Marc estaba ausente, Deanna comía sola en su habitación; pero cuando se encontraba en casa, el desayuno con él era algo ritual, y muchas veces era la única comida que hacían juntos.

—Diga... —Su voz era suave y bien modulada y sus palabras tenían siempre un acento amable.

—Deanna, tengo que llamar a París. Bajaré dentro de quince minutos. Por favor dile a Margaret que quiero huevos fritos... pero no quemados. ¿Tienes ahí los periódicos?

—No. Margaret debe de haberlos dejado en la mesa, esperándote.

—*Bon. À tout de suite.*

Ni siquiera «Buenos días» o «¿Qué tal? ¿Has dormido bien? Te quiero». Sólo los periódicos, la falda negra, el pasaporte... Los ojos de Deanna se llenaron de lágrimas. En seguida se las enjugó con el dorso de la mano. Se dijo que no la trataban así deliberadamente, sino que era su manera de ser. Pero ¿por qué no se preocupaban de dónde estaba su falda negra, dónde estaban sus zapatillas, cómo iba su última pintura? Lanzó con tristeza una última mirada por encima del hombro y cerró la puerta del estudio tras ella. Había comenzado su jornada.

MARGARET OYÓ EL RUIDO que hacía al desdoblar los periódicos en el comedor y abrió la puerta de la cocina con su sonrisa acostumbrada.

—Buenos días, señora Duras.

—Buenos días, Margaret.

Era el ritual cotidiano, con precisión y afabilidad. Se daban órdenes con voz suave y una sonrisa, los periódicos se disponían como siempre, por orden de importancia; el café se servía al instante, con la delicada cafetera de porcelana de Limoges, que perteneció a la madre de Marc; se descorrían las cortinas, se miraba el tiempo que hacía, y todo el mundo se mantenía en su puesto, con la máscara colocada para iniciar un nuevo día.

Deanna olvidó sus pensamientos anteriores mientras hojeaba el periódico y sorbía el café de la tacita azul, restregando los ateridos pies en la alfombra para hacerlos entrar en calor. Su aspecto aquella mañana era muy juvenil, con el cabello suelto y los ojos bien abiertos. Su piel era tan radiante como la de Pilar, y sus manos eran tan finas y bien cuidadas como hacía veinte años. No aparentaba ni mucho menos sus treinta y siete años. La forma en que levantaba el rostro al hablar, el brillo de sus ojos, la sonrisa que aparecía en sus labios como un arco iris, todo ello le daba un aire muy juvenil. En el curso del día, adoptaría un estilo decididamente conservador, con el cabello recogido y un porte señorial que le haría aparentar mayor de lo que era. Pero por la mañana no estaba abrumada con ninguno de esos símbolos; entonces era simplemente ella misma.

Oyó los pasos de Marc, que bajaba la escalera, antes de oír su voz. Se dirigió alegremente a Pilar, que estaba en el rellano del segundo piso, con el cabello húmedo, hablándole en francés. Le dijo que no se acercara a Niza y se portara bien en Antibes. Al contrario que Deanna, Marc vería a su hija en el curso del verano, porque viajaría entre París y San Francisco varias veces, y se detendría en Antibes para pasar un fin de semana siempre que pudiera. Los hábitos antiguos eran difíciles de vencer, y el atractivo de su hija era demasiado grande. Siempre habían sido muy buenos amigos.

—*Bonjour, ma chère.*

Deanna observó que le decía *ma chère* y no *ma chérie*, querida en lugar de amor mío. Hacía años que no utilizaba estas últimas palabras al dirigirse a ella.

—Estás preciosa esta mañana.

—Gracias —respondió ella, esbozando una sonrisa, pero vio que él estaba enfrascado en el periódico.

Su cumplido había sido una mera formalidad más que una expresión auténtica. Aquel era el arte de los franceses, que ella conocía tan bien.

—¿Hay algo nuevo en París? —preguntó con rostro serio.

—Ya te lo comunicaré. Mañana viajaré allí.

Algo en su tono le reveló que eso no era todo..., como siempre.

—¿Cuánto tiempo estarás fuera?

La miró, divertido, y ella recordó, una vez más, todas las razones por las que se había enamorado de él. Marc era un hombre muy apuesto, de rostro delgado y aristocrático y ojos de un azul brillante que ni siquiera los de Pilar podían igualar. El gris de sus sienes apenas destacaba entre el cabello todavía rubio. Su aspecto era juvenil y dinámico, y casi siempre parecía divertido, sobre todo cuando se encontraba en Estados Unidos. Para él los estadounidenses resultaban «divertidos»: le divertía ganarles al tenis, squash, bridge o chaquete; pero, sobre todo, en los tribunales. Trabajaba de la misma manera que se divertía, con dureza y rapidez, sin miramientos y, además, con extraordinarios resultados. Era un hombre al que sus congéneres envidiaban y a quien las mujeres halagaban. Siempre ganaba, el triunfo era lo suyo y ésta era una de las cosas que atrajo a Deanna al principio. Fue una gran victoria oírle decir por primera vez que la amaba.

—Te he preguntado cuánto tiempo estarías fuera —insistió con un leve matiz de impaciencia en la voz.

—Aún no estoy seguro. Tal vez algunos días. ¿Tiene eso importancia?

—Naturalmente —le respondió con el mismo tono de impaciencia.

—¿Tenemos pendiente algo importante? —Parecía sorprendido, pues había consultado su agenda, sin ver nada especial—. ¿Y bien?

«No querido, no hay nada importante —pensó Deanna—. Sólo nosotros dos.»

—No, no me refería a nada en concreto. Sólo quería saber.

—Te lo diré más adelante. Lo sabré hoy mismo, después de varias reuniones. Al parecer hay problemas en el caso de la compañía naviera. Es probable que tenga que ir directamente de París a Atenas.

—¿Otra vez?

—Es posible. —Volvió a enfrascarse en la lectura del periódico, hasta que Margaret le sirvió los huevos. Entonces miró de nuevo a su mujer—. Llevarás a Pilar al aeropuerto, ¿verdad?

—Por supuesto.

—Por favor, procura que vaya vestida correctamente. A mamá le dará un ataque si la ve bajar del avión otra vez con uno de esos vestidos extravagantes.

—¿Por qué no se lo dices tú mismo? —inquirió Deanna, mirándole fijamente.

—Pensé que ése era tu dominio —contestó él, sin alterarse.

—¿A qué te refieres? ¿A la disciplina o a su guardarropa? —Ambos aspectos eran un verdadero problema, y los dos lo sabían.

—Las dos cosas, hasta cierto punto. —Ella deseaba preguntarle hasta qué punto, pero no lo hizo. ¿Se refería al punto que señalaba el límite de su capacidad de imponerse? ¿Era eso lo que quería decir? Marc añadió—: Por cierto, le he dado un poco de dinero para el viaje, así que no tendrás que darle tú.

—¿Cuánto le diste?

—¿Cómo dices? —Marc alzó bruscamente la mirada.

—Digo que cuánto dinero le diste para el viaje —respondió ella con mucha suavidad.

—¿Tiene eso alguna importancia?

—Creo que sí. ¿O acaso la disciplina y el guardarropa son mis únicos dominios?

Su voz traslucía claramente el peso de dieciocho años de matrimonio.

—No, no necesariamente; pero no te preocupes, tendrá bastante.

—No es eso lo que me preocupa.

—Entonces, ¿por qué te inquietas? —De pronto, el tono de su voz dejó de ser agradable.

La mirada de Deanna era dura como el acero.

—No creo que deba disponer de demasiado dinero para pasar el verano; no lo necesita.

—Es una chica muy responsable.

—Marc, recuerda que todavía no tiene dieciséis años. ¿Cuánto dinero le diste?

—Mil dólares —respondió él, en voz muy baja, como si estuvieran cerrando un trato.

—¿Mil dólares? —repitió Deanna, atónita—. ¡Es absurdo!

—Ah, ¿sí?

—Sabes perfectamente bien que sí, y también lo que hará con ese dinero.

—Supongo que divertirse... inocentemente.

—No. Comprará una de esas malditas motocicletas que tanto desea y me niego terminantemente a permitir que lo haga. —Pero la ira de Deanna sólo era comparable a su impotencia, y ella lo sabía. Ahora Pilar se iba con «ellos», y estaría fuera de su control—. No quiero que disponga de tanto dinero.

—No seas absurda.

—Por el amor de Dios, Marc...

En aquel momento sonó el timbre del teléfono. Era una llamada para Marc desde Milán. Ya no tenía tiempo para prestar atención a su mujer. Le esperaba una reunión a las nueve y media. Consultó su reloj.

—No te pongas histérica, Deanna, la niña estará en buenas manos. —Estas palabras podrían iniciar otra discusión, pero Marc

25

no podía perder ni un minuto—. Te veré esta noche —añadió.

—¿Cenarás en casa?

—Lo dudo; pero le diré a Dominique que te llame.

—Gracias —le dijo Deanna en tono glacial.

Se lo quedó mirando hasta que la puerta se cerró tras él. Al cabo de unos instantes oyó el ruido del Jaguar que arrancaba. Acababa de perder otra batalla.

Más tarde, mientras acompañaba a su hija al aeropuerto, volvió a tocar el tema con Pilar.

—Creo que tu padre te ha dado mucho dinero para pasar el verano.

—¡Ya empezamos! ¿De qué se trata ahora?

—Sabes perfectamente bien de qué se trata. Me refiero a la moto. Voy a decírtelo con toda claridad, cariño: si te la compras te traeré a casa inmediatamente.

Pilar sintió deseos de desafiarla, de preguntarle cómo iba a enterarse si compraba la moto. Pero no se atrevió a hacerlo.

—De acuerdo. No la compraré.

—Ni correrás con ninguna.

—Ni correré con ninguna.

Pero no eran más que palabras huecas y Deanna sintió, por primera vez en mucho tiempo, unas ganas tremendas de gritar.

Miró a su hija durante unos instantes, luego volvió a fijar la vista en la carretera.

—¿Por qué tienen que ser las cosas así? Estarás fuera tres meses y no nos veremos. ¿No podríamos hacer que todo fuera más agradable, por lo menos hoy? ¿Qué objeto tiene discutir constantemente?

—Yo no he empezado. Fuiste tú quien mencionó la moto.

—¿No se te ocurre por qué? Porque te quiero, porque me importas mucho y no quiero que te mates por ahí. ¿Tiene esto algún sentido para ti? —Había desesperación en su voz y, finalmente, ira.

—Sí, claro.

Siguieron en silencio hasta llegar al aeropuerto; Deanna sentía que las lágrimas se le agolpaban en los ojos; pero no estaba dispuesta a llorar ante Pilar. Tenía que ser fuerte, perfecta, como lo era Marc y pretendía serlo toda su maldita familia francesa, como quería serlo Pilar. Deanna dejó el coche a un vigilante que aguardaba en el bordillo, y siguieron al mozo de cuerda para registrar el equipaje de Pilar. Cuando le devolvieron su pasaporte y el resguardo, la muchacha se volvió hacia su madre.

—¿Vas a acompañarme hasta la misma puerta de embarque? El tono de su voz no la alentaba precisamente a hacerlo.

—Sí, me gustaría mucho. No te importa ¿verdad?

—No —respondió Pilar, malhumorada.

Era una niña malcriada y Deanna deseó abofetearla. ¿Quién era aquella muchacha? ¿En quién se había convertido? ¿Dónde estaba aquella alegre criatura a la que tanto amaba? Ambas se mantuvieron en silencio, entregadas a sus reflexiones, mientras caminaban por el corredor, recogiendo las miradas admirativas de cuantos las veían pasar. Formaban una pareja sorprendente: la belleza morena de Deanna, que vestía un bonito traje de lana negro, el cabello recogido en la nuca y una chaqueta de color rojo vivo al brazo; Pilar, rubia, alta y esbelta, con un traje de lino blanco que se había ganado la admiración de su madre cuando la vio bajar la escalera. También la abuela aprobaría su elección, a menos que el estilo de sus ropas le pareciera demasiado norteamericano; pero tratándose de Madame Duras, cualquier cosa era posible. Los pasajeros ya estaban embarcando cuando llegaron a la puerta, y Deanna apenas tuvo tiempo para coger a su hija de la mano y decirle por última vez:

—Te he dicho en serio lo de la moto, cariño. Por favor...

—Muy bien, de acuerdo —concedió Pilar, pero ya miraba más allá de su madre, deseosa de tomar el avión.

—Te telefonearé. Y tú hazlo también, si tienes algún problema.

—No lo tendré —le dijo con la seguridad de los adolescentes.

—Espero que así sea. —El rostro de Deanna se suavizó al contemplar a su hija. Luego, la estrechó entre sus brazos y agregó—: Te quiero, hija mía. Espero que te diviertas.

—Gracias, mamá.

Dirigió a su madre una leve sonrisa, agitó la mano en un gesto de despedida y se volvió con rapidez hacia la pasarela, haciendo ondear su rubia cabellera. De repente, Deanna se sintió abrumada. Se había vuelto a marchar su pequeña, aquella criatura de ricitos rubios, aquella chiquilla que le había tendido sus brazos tan confiadamente, para que la abrazara y besara antes de acostarse... su Pilar. Deanna regresó a la sala de espera, tomó asiento y aguardó a que el avión iniciara su carrera hacia el cielo. Finalmente, se levantó y fue despacio hasta su coche. Dio un dólar de propina al vigilante, y éste saludó llevándose la mano a la gorra, mientras miraba las piernas de Deanna al introducirse en el coche. Era una mujer impresionante; al vigilante le era difícil precisar su edad: ¿veintiocho? ¿Treinta y dos? ¿Treinta y cinco o cuarenta años? Imposible decirlo. Su rostro era joven; pero el resto de su persona, su forma de moverse, su mirada, le hacían parecer mayor.

DEANNA LE OYÓ SUBIR las escaleras cuando estaba sentada ante su tocador, cepillándose el cabello. Eran las diez y veinte, y Marc-Edouard no la había llamado en todo el día; pero Dominique, su secretaria, había dejado un mensaje a Margaret, hacia el mediodía: *monsieur* Duras no cenaría en casa aquella noche. Deanna había comido en su estudio, mientras trabajaba, pero sin concentrarse en lo que hacía porque seguía pensando en Pilar.

Cuando Marc entró en la habitación, ella se volvió y le sonrió. Verdaderamente le había echado de menos, y la casa le había parecido demasiado silenciosa todo el día.

—¡Hola, querido! Parece que has tenido un día interminable.

—Ha sido un día larguísimo. ¿Y a ti cómo te ha ido?

—Muy bien, pero esto es demasiado tranquilo sin Pilar.

—Jamás creí que te oiría decir eso.

Marc-Edouard sonreía a su mujer mientras se arrellanaba en un sillón de terciopelo azul cerca de la chimenea.

—Yo tampoco. ¿Qué tal las reuniones?

—Han sido aburridas.

Era evidente que no tenía muchas ganas de conversar; Deanna se volvió, sin levantarse de su asiento, y le miró.

—Dime, ¿te irás a París mañana?

Él asintió y estiró sus largas piernas. Deanna seguía contemplando a aquel hombre cuyo aspecto no difería en nada del que tenía a primera hora de la mañana; parecía incluso dispuesto a iniciar una nueva jornada. En realidad, aquellas reuniones tan «aburridas» le revitalizaban. Se levantó y se aproximó a ella, sonriente.

—Sí, tendré que ir a París mañana. ¿Estás segura de que no quieres reunirte con Pilar y mi madre en Cap d'Antibes?

—Completamente segura —le dijo con determinación—. ¿Por qué habría de ir?

—Tú misma has dicho que esto es demasiado tranquilo. Pensé que tal vez... —Se acercó hasta detenerse a sus espaldas y le puso las manos sobre los hombros—. Voy a estar fuera todo el verano, Deanna.

—¿Todo el verano? —Sus hombros se pusieron rígidos bajo las manos de Marc.

—Más o menos. El caso de la Naviera Salco es demasiado importante para que lo deje en otras manos, de modo que me pasaré todo el verano viajando constantemente entre París y Atenas. Me será imposible estar aquí. —Ahora su acento parecía más fuerte al hablarle, como si ya se encontrara a gran distancia de allí—. Eso me dará muchas oportunidades para ver a Pilar, lo cual puede tranquilizarte;

28

pero muy pocas para venir a verte. —Deanna sintió deseos de preguntarle si lo lamentaba, pero no lo hizo. Él prosiguió—: Creo que el caso me llevará prácticamente todo el verano, tres meses, más o menos.

Aquellas palabras le parecieron una sentencia de muerte.

—¿Tres meses? —preguntó con voz apagada.

—¿Ves ahora por qué te he preguntado si te gustaría ir a Cap d'Antibes? ¿Has cambiado de opinión?

—No, no he cambiado de opinión en absoluto; de todos modos, tú no estarás allí, y creo que Pilar necesita estar sola cierto tiempo, eso sin mencionar... —Sacudió lentamente la cabeza, dejando la frase sin terminar.

—¿A mi madre? —inquirió Marc. Ella asintió en silencio—. Ya veo; muy bien, *ma chére*. ¿De modo que te quedarás aquí sola?

¿Por qué no le pedía que le acompañara en sus idas y venidas entre Atenas y París? En un arranque de vehemencia, Deanna estuvo a punto de pedírselo; pero sabía que él no se lo permitiría. Le gustaba sentirse libre cuando trabajaba. No, nunca la llevaría con él.

—¿Podrás arreglártelas sola? —le preguntó.

—¿Acaso puedo elegir? —Alzó la vista hacia él—. ¿Te quedarías aquí si te dijera que no?

—Sabes bien que eso es imposible.

—Sí, lo sé. —Se quedó silenciosa unos instantes; luego, se encogió de hombros y sonrió—. Ya me las arreglaré.

—Estoy seguro de ello.

«¿Cómo demonios puedes estar tan seguro? —Se dijo Deanna—. ¿Y si no puedo? ¿Y si te necesito? Pueden ocurrir tantas cosas...»

—Eres una esposa estupenda, Deanna.

Por un instante, no supo si agradecerle el cumplido o darle una bofetada.

—¿Qué quieres decir, que no me quejo demasiado? Quizá debería hacerlo. —Su sonrisa ocultaba sus verdaderos sentimientos, y permitió a Marc-Edouard evadir lo que no deseaba responder.

—No, no deberías hacerlo. Tal como eres, eres perfecta.

—*Merci, monsieur.* —Se levantó y volvió el rostro para esquivar su mirada—. ¿Quieres arreglar tus maletas o prefieres que lo haga yo?

—Yo lo haré. Ve a acostarte. En seguida iré.

Deanna le observó mientras iba de un lado a otro del vestidor. Luego, desapareció escaleras abajo, y ella supuso que había ido a su despacho. Apagó las luces del dormitorio y, cuando él volvió la encontró inmóvil en su lado de la cama.

—*Tu dors?* ¿Estás dormida?

—No. —Su voz sonó ronca en medio de la oscuridad.

—*Bon.*

¿Bien? ¿Por qué? ¿Qué importaba si estaba dormida o no? ¿Hablaría con ella y le diría que la amaba, que lamentaba tener que irse? En realidad, no lo lamentaba y ambos lo sabían. Aquello era lo que a él le gustaba hacer: pasearse por el mundo, trabajar con ahínco en sus casos, gozar de su profesión y su reputación, todo ello le apasionaba. Se metió en cama y ambos permanecieron algún tiempo, despiertos, pensativos y en silencio.

—¿Estás enojada porque voy a estar lejos tanto tiempo?

—No, no estoy enojada —dijo ella sacudiendo la cabeza—, sólo un poco triste; te echaré mucho de menos.

—Verás qué rápido pasa el tiempo.

Deanna no contestó y él se incorporó un poco, apoyándose en un codo, tratando de verle el rostro en la penumbra de la habitación.

—Lo siento mucho, Deanna.

—Yo también.

Le pasó suavemente la mano por el cabello, sonriente, y ella volvió lentamente la cabeza para mirarle.

—Sigues siendo muy hermosa, Deanne, ¿lo sabes? Incluso eres más hermosa ahora que cuando aún eras una niña. Eres muy guapa, de veras. —Pero ella no quería ser guapa, sólo quería ser suya, como lo había sido hacía mucho tiempo. Su *Diane*.

—También Pilar será hermosa algún día —dijo Marc con orgullo.

—Ya lo es.

Lo dijo de una manera desapasionada, sin enojo.

—¿Estás celosa de ella?

Casi parecía agradarle la idea, y Deanne se preguntó por qué. Quizás le hacía sentirse importante; o joven, pero de todos modos le respondió. ¿Por qué no?

—Sí, a veces siento celos de ella. Quisiera volver a tener su edad, sentirme tan libre y segura como se siente ella. A su edad todo es diáfano, uno se merece lo mejor y lo recibe. También yo solía pensar así.

—¿Y ahora, Deanne? ¿Te ha pagado la vida lo que te debía?

—De alguna manera, sí.

Sus miradas se encontraron; la de Deanna expresaba cierta tristeza. Por primera vez en muchos años, Marc-Edouard recordó a la huérfana de dieciocho años que se había sentado ante él en su despacho, vestida con un modelo Dior negro, y se preguntó si realmente la había hecho feliz, si había satisfecho del todo sus deseos. Sin embargo, él le había dado muchas cosas: joyas, coches, pieles, un hogar, todo lo que anhelaban la mayoría de las mujeres. ¿Qué más podría desear? La miró durante largo tiempo, con expresión interrogadora. Una idea repentina le hizo arrugar el rostro. ¿Era posible que de verdad no la comprendiera?

—Deanna... —No quería preguntarlo, pero, de pronto, sintió la necesidad de hacerlo. La mirada de ella era demasiado elocuente—. ¿No eres feliz?

Ella le miró directamente a los ojos, y deseó decirle que sí; pero no se atrevió. Temía perderlo; ¿qué haría si él la abandonaba? No quería perder a Marc, sino al contrario, acercarlo más a ella.

—¿No eres feliz? —repitió, con semblante entristecido, al darse cuenta de cuál era la respuesta. No era necesario que pronunciara las palabras. De pronto, todo estaba claro, incluso para él.

—Unas veces lo soy y otras no. No suelo pensar en ello, pero añoro... añoro los días en que nos conocimos, cuando éramos muy jóvenes. —Su voz era casi un susurro.

—Somos adultos, Deanna, eso no se puede cambiar. —Se inclinó hacia ella, y le tocó el mentón con la mano, como si fuera a besarla; pero la retiró, cambiando de idea—. Eras una chica tan encantadora... —El recuerdo le hizo sonreír—. Odiaba a tu padre por haberte abandonado en medio de aquel lío.

—Yo también le odié, pero aquella era su forma de ser y he terminado por perdonarle.

—¿Estás completamente segura?

—¿Por qué no?

—Porque a veces pienso que sigues resentida con él. Creo que ése es el motivo de que sigas pintando, como si quisieras demostrarte que aún puedes hacer algo por tu cuenta, si alguna vez tienes necesidad de ello. —Se acercó a ella, la miró, frunciendo el ceño, y añadió—: Sabes que nunca te encontrarás en esa situación. Nunca te dejaré en las condiciones en que te dejó tu padre.

—No estoy preocupada por eso. Y te equivocas; pinto porque me gusta, porque forma parte de mí misma.

El nunca había querido aceptarlo, admitir que su arte era tan importante para ella. Permaneció unos instantes en silencio, tendido, con la mirada perdida en el techo, absorto en sus pensamientos.

—¿Estás muy enfadada porque voy a estar fuera todo el verano?

—Ya te he dicho que no. Me dedicaré sencillamente a pintar, descansar, leer y ver a mis amigas.

—¿Saldrás con frecuencia? —Parecía preocupado, y Deanna se sintió regocijada; resultaba gracioso que él precisamente le preguntara aquello.

—No lo sé. Ya te diré si me invitan. No faltarán las cenas de costumbre, los festivales benéficos, los conciertos y todo eso. —Él asintió de nuevo, sin decir nada—. Oye, Marc, ¿acaso estás celoso?

Le miró con expresión risueña, y cuando él se volvió para mirarla, Deanna se echó a reír.

—¡Sí, estás celoso! No seas tonto; después de todos estos años...

—¿Y qué mejor ocasión?

—No seas absurdo, querido. Ya sabes que eso no va conmigo.

Él sabía que era cierto.

—Lo sé, pero *on ne sait jamais*. Nunca se sabe.

—¿Cómo puedes decir semejante cosa?

—Porque tengo una esposa muy guapa de la que se podría enamorar cualquier hombre que esté en sus cabales. —Era el cumplido más largo que le había dirigido en muchos años. Ella mostró su sorpresa—. ¿Por qué te sorprendes? ¿Crees que no lo he notado? Tú eres la absurda, Deanna. Eres una mujer joven y atractiva.

—Bien, en ese caso, no te vayas a Grecia —le dijo sonriéndole de nuevo, como una chiquilla. Pero la expresión de Marc ya no era nada divertida.

—Tengo que hacerlo. Lo sabes muy bien.

—De acuerdo; entonces llévame contigo. —Había un tono desacostumbrado en su voz, medio en broma y medio en serio. Él permaneció silencioso—. ¿Y bien? ¿Puedo acompañarte?

Marc sacudió la cabeza.

—No, no puedes venir.

—Entonces supongo que tendrás que seguir sintiendo celos. —Hacía muchos años que no bromeaban de aquella manera. Su marcha inminente para pasar tres meses fuera había producido toda una gama de curiosos sentimientos; pero ella no deseaba presionarle demasiado—. En serio, querido, no tienes de qué preocuparte.

—Así lo espero.

—¡Marc! *Arrête!* ¡Basta ya! —Se acercó a él y le tomó la mano—. Te quiero... Lo sabes, ¿verdad?

—Sí, y tú ¿sabes también que te quiero?

El semblante de Deanna se ensombreció al mirarle.

—A veces no estoy tan segura.

Marc estaba siempre demasiado ocupado para demostrarle su

cariño, y no era muy dado a exteriorizar sus sentimientos. Ahora, sin embargo, algo le dijo a Deanna que había tocado un punto sensible, y le miró asombrada... ¿Acaso no lo sabía? ¿No se daba cuenta de lo que había hecho? ¿No veía el muro que había levantado a su alrededor, siempre rodeado de negocios y trabajo, ausentándose días, semanas y hasta meses enteros, y con Pilar como única aliada?

—Lo siento, querido; supongo que me quieres, pero a veces tengo que recordármelo a mí misma.

—Pero yo te amo... No deberías dudarlo.

—Sí, en el fondo lo sé.

Lo sabía al recordar los momentos que habían compartido, los acontecimientos importantes en toda una vida, tan reveladores... Aquellas eran las razones por las que ella le amaba todavía.

—Pero tú necesitabas mucho más, ¿no es cierto, cariño? —dijo con un suspiro. Ella asintió con la cabeza; volvía a sentirse joven y valiente—. Necesitas mi tiempo tanto como mi afecto, necesitas... en fin, necesitas lo que no tengo para darte.

—Eso no es verdad. Podrías encontrar el tiempo, si de verdad lo quisieras. Podríamos hacer de nuevo las cosas que solíamos realizar juntos. ¡Ya lo creo que podríamos! —Su voz parecía la de una niña quejumbrosa y se detestó a sí misma por usar aquel tono. Realmente se comportaba como la niña que había acosado a su padre para que la llevara con él. Detestaba tener tanta necesidad de alguien. Hacía mucho tiempo que se había jurado no volver a sentirla nunca más—. Te comprendo. Lo siento —añadió.

Bajó la mirada y se apartó de él.

—¿De veras lo entiendes? —le preguntó mirándola intensamente.

—Claro que sí.

—¡Ah, *ma Diane*!

Asomaban lágrimas a sus ojos cuando la tomó entre sus brazos, pero ella no se dio cuenta porque también los suyos estaban inundados de lágrimas... Por fin le había dicho *ma Diane*.

33

Capítulo 2

—EN EL BANCO HAY SUFICIENTE dinero para cubrir todo el tiempo que permaneceré fuera, pero si necesitas más llama a Dominique y ella hará una transferencia. Le pedí a Sullivan que viniera a verte por lo menos dos veces por semana. y...

Deanna miró a su marido, sorprendida. Jim Sullivan era el socio norteamericano de Marc-Edouard, y uno de los pocos a quienes apreciaba realmente.

—¿Le dijiste a Jim que viniera a verme? ¿Por qué?

—Porque quiero asegurarme de que estarás bien, contenta y con todas tus necesidades satisfechas.

—Te lo agradezco, pero me parece una tontería molestar a Jim.

—No te preocupes. Le agradará hacerlo. Muéstrale tus últimas pinturas, cena con él de vez en cuando. Le tengo confianza. —La miró, sonriendo, y ella le devolvió la sonrisa.

—También puedes confiar en mí.

En sus dieciocho años de matrimonio, nunca le había sido infiel, y no iba a empezar en aquel momento.

—Claro que confío en ti. Te llamaré tan a menudo como pueda. Ya sabes donde estaré. Si hay alguna novedad, llámame. Si no estoy, te llamaré en cuanto regrese. —Deanna asintió calladamente a sus palabras, y luego suspiró. Él se volvió para mirarla, sentada a su lado en el Jaguar. Por un momento su semblante se mostró preocupado—. Estarás perfectamente, Deanna. ¿Verdad?

Sus miradas se encontraron. Ella asintió con la cabeza.

—Sí, estaré bien. Pero voy a echarte mucho de menos.

—El tiempo pasará volando, y si cambias de parecer, siempre puedes reunirte con Pilar y mamá en Cap d'Antibes —le sonrió de nuevo— aunque supongo que no lo harás.

—No, no lo haré —dijo sonriéndole a su vez.

—Qué testaruda eres. Quizá por eso te amo.

—¿Ah, sí? Siempre he querido saber la razón —bromeó mientras contemplaba el bello perfil de su marido—. Cuídate mucho y no trabajes demasiado.

Era una recomendación inútil y ambos lo sabían.

—No trabajaré demasiado —dijo, y le dirigió una tierna sonrisa.

—Sí que lo harás.

—Bien, lo haré.

—Y disfrutarás haciéndolo. —También lo dos sabían que era cierto—. Espero que ganes el caso de la Salco.

—Así será. Puedes estar segura.

—Eres insoportablemente arrogante. ¿Nadie te lo había dicho todavía hoy?

—Sólo la mujer a la que amo.

Le cogió la mano y ella acarició suavemente la suya. El contacto le hizo recordar la noche anterior, sus cuerpos confundidos después de tanto tiempo. *Ma Diane...*

—Te amo, cariño. —Se llevó su mano a los labios y besó con suavidad las puntas de sus dedos—. ¡Ojalá tuviéramos más tiempo!

—Yo también lo quisiera. Pero uno de estos días lo tendremos.

«Sí... pero, ¿cuándo?», pensó Deanna. Depositó suavemente la mano sobre el asiento, dejando sus dedos entrelazados con los de Marc.

—Cuando regreses..., ¿crees que podríamos ir a algún sitio de vacaciones?

Le miró con los ojos abiertos, como una niña. Seguía deseándole. Todavía quería estar con él y ser suya; después de tantos años, aún deseaba ardientemente hacer el amor, y a veces le sorprendía su propia vehemencia.

—¿A dónde te gustaría ir?

—A cualquier parte, a condición de que estemos juntos y solos.

Se detuvieron ante la terminal y Marc se quedó mirando a Deanna durante largo rato; ella creyó ver una nube de remordimiento en su mirada.

—Lo haremos, Deanna, en cuanto regrese. —Pareció faltarle el aliento—. Deanna, yo...

Ella esperó, pero Marc no dijo nada más, se limitó a rodearla con sus brazos y atraerla hacia sí. Deanna le abrazó también, se aferró a él y cerró los ojos con fuerza. Le necesitaba mucho más de lo que él creía. Las lágrimas rodaban por sus mejillas. Marc notó que se estremecía entre sus brazos y se apartó para mirarla sorprendido.

—*Tu pleures*? ¿Estás llorando?

—*Un peu.*

Sólo un poco. Marc le sonrió; hacía ya mucho que ella no le contestaba en francés.

—Ojalá no tuvieras que marcharte.

Si se quedara con ella, si tuvieran unos días para ellos, sin Pilar...

—Yo también lo quisiera.

Pero ambos sabían que no era cierto. Quitó las llaves de contacto y abrió la puerta. Hizo una seña a un mozo de cuerda.

Deanna caminó silenciosamente a su lado, absorta en sus pensamientos, hasta que llegaron a la sala de primera clase, donde él solía ocultarse mientras esperaba la salida de su avión. Deanna se sentó a su lado y le sonrió; pero él ya parecía diferente. El momento de intimidad en el vehículo había pasado y todo había quedado olvidado. Marc revisó los papeles de su portafolio y consultó el reloj. Faltaban diez minutos, y de pronto pareció impaciente por marcharse.

—*Alors*, ¿ha quedado alguna cosa pendiente? ¿Quieres que le diga algo a Pilar?

—Sólo recuérdale que la quiero. ¿Irás a verla antes de ir a Atenas?

—No, pero la llamaré esta noche.

—¿Y a mí también? —le preguntó con la vista fija en el segundero que avanzaba velozmente en el reloj gigantesco de la pared.

—A ti también. ¿No vas a salir?

—No, tengo un trabajo que deseo terminar en el estudio.

—Deberías tratar de divertirte un poco, así no te sentirías sola.

«No me sentiré sola. Ya estoy acostumbrada», pensó, pero de nuevo las palabras no salieron de sus labios.

—No te preocupes. Estaré bien.

Cruzó las piernas, bajó la vista y se quedó mirando su regazo. Llevaba un vestido nuevo de seda lila y los pendientes de jade morado, rodeado de diamantes, que Marc le trajo de Hong-Kong.

Pero él ni siquiera lo había notado; sus pensamientos estaban en otra parte.

—Deanna...

—¿Qué?

Alzó la vista y le vio en pie a su lado, con el portafolio en la mano y la familiar expresión de victoria en su mirada. Ya estaba preparado para marcharse a la guerra, nuevamente libre.

—¿Ya es hora de irte?

Marc asintió y ella se levantó. La altura considerable de su marido la empequeñecía, pero formaban una pareja perfecta. Siempre lo habían sido. Incluso Madame Duras, su desapasionada madre, lo reconoció así en una ocasión.

—No es necesario que me acompañes hasta la puerta.

Marc ya daba la impresión de hallarse ausente.

—Ya lo sé, pero me gustaría hacerlo, si no tienes inconveniente.

—Claro que no. —Sostuvo la puerta abierta para que pasara y se encontraron de nuevo en el bullicio de la sala general, perdiéndose al instante entre la multitud de viajeros cargados de maletas, regalos y guitarras. Al llegar a la puerta de embarque, Marc se volvió hacia ella y le sonrió—. Te llamaré esta noche.

—Te quiero.

Él no le respondió, pero se inclinó para darle un beso en la frente, y a continuación se dirigió hacia la pasarela, sin volver la cabeza ni agitar la mano. Deanna le miró hasta que desapareció. Entonces dio media vuelta y se alejó. «Te quiero.» Sus propias palabras resonaban como un eco interminable en su mente; pero él no le había contestado, y ahora se había ido.

Deanna subió al coche que la esperaba junto al bordillo, suspiró, hizo girar la llave de contacto y se dirigió a casa.

SUBIÓ RÁPIDAMENTE PARA cambiarse de ropa y pasó toda la tarde dibujando en el estudio, sumida en sus reflexiones. Apenas salió a la terraza para tomar un poco el aire, cuando Margaret llamó con suavidad a la puerta del estudio. Deanna se volvió, sorprendida, y vio al ama de llaves que entraba indecisa en la habitación.

—Señora Duras..., yo..., lo lamento...

Sabía que a Deanna le disgustaba que la molestaran cuando estaba allí, pero en aquel momento era inevitable, porque la señora había mandado desconectar el teléfono del estudio.

—¿Algo va mal?

Deanna parecía ausente. Estaba en pie con el cabello suelto sobre los hombros y las manos metidas en los bolsillos de los tejanos.

—No, pero el Señor Sullivan está abajo y desea verla.

—¿Jim?

Entonces, recordó la promesa que le había hecho Marc-Edouard de que Jim la visitaría de vez en cuando. Desde luego, no había perdido tiempo. Siempre cumplía de inmediato las órdenes sutiles de su asociado.

—Muy bien, bajaré en seguida.

Margaret asintió. Había hecho lo correcto. Sabía que a Deanna no le hubiera gustado que Jim subiera al estudio, por lo que le hizo pasar a la sala y le ofreció una taza de té que el hombre rechazó amablemente. Jim era todo lo contrario de Marc-Edouard, y a Margaret siempre le había parecido simpático, porque era el típico norteamericano robusto y fácil de tratar, y tenía siempre a flor de labios una sonrisa abierta que reflejaba su franqueza irlandesa.

Deanna lo encontró de pie ante la ventana, contemplando la niebla de verano que se deslizaba lentamente sobre la bahía. Parecían borlas de algodón blanco arrastradas por un cordón invisible, que flotaban entre los pilares del puente o se mantenían suspendidas sobre los barcos.

—¡Hola, Jim!

—Señora...

El hombre se inclinó ligeramente, como si fuera a besarle la mano; pero ella la retiró, riéndose, y le ofreció la mejilla que él besó sin formalidad alguna.

—Debo admitir que prefiero esto. Besar manos es un arte que nunca he dominado. No sabes nunca si van a darte la mano o esperan que les des un beso. En un par de ocasiones me ha ido de un tris que no me rompieran las narices quienes tenían la intención de estrecharme la mano.

Deanna se echó a reír y tomó asiento.

—Tendrás que decirle a Marc que te dé unas cuantas lecciones, porque es un verdadero genio en esas cosas. No sé si será por su origen francés o si tiene un sexto sentido que se lo indica. ¿Quieres una copa?

—Me encantaría —Bajó el tono de su voz, como si fuera a decirle un secreto—. Margaret opina que debería tomar té.

—¡Qué horror!

Deanna rió de nuevo y él la miró atentamente mientras abría un armarito taraceado y sacaba dos vasos y una botella de whisky.

—¿Bebes Deanna? —le preguntó sin darle importancia, pero algo sorprendido.

Nunca la había visto beber whisky. Tal vez, después de todo, Marc-Edouard habría tenido alguna buena razón para sugerirle que la visitara. Pero ella sacudió la cabeza.

—Me apetece beber un vaso de agua fría. ¿Estabas preocupado? —Le sonrió, divertida, alargándole su copa.

—Un poco.

—No te preocupes, cariño. Todavía no me doy a la bebida. —Le miró con tristeza mientras tomaba un sorbo de su vaso y luego lo colocaba con sumo cuidado sobre la mesa de mármol—. Pero este verano será interminable.

Suspiró y le miró, sonriendo. Él le cogió la mano y le dio unas palmaditas.

—Lo sé... Quizá podamos ir al cine alguna vez.

—Eres muy amable, pero ¿no tienes nada mejor que hacer?

Deanna sabía muy bien que estaba muy ocupado. Se había divorciado cuatro años antes y vivía con una modelo que se había trasladado desde Nueva York hacía unos meses. Le encantaba ese tipo de mujer y ellas siempre le querían. Era alto, guapo, atlético, con ojos azules y el cabello negro típico de los irlandeses, que apenas mostraba algunas canas.

Era el contraste perfecto de Marc-Edouard en todos los aspectos. Jim era de modales sencillos y Marc ceremonioso. Era un norteamericano típico, mientras que Duras era totalmente europeo, y se mostraba siempre accesible, contrastando con la arrogancia apenas disimulada del francés. A Deanna siempre le había parecido extraño que Marc hubiera elegido a Jim como socio; pero era evidente que la elección resultaba afortunada. Sin embargo, Jim era tan brillante como Marc, sólo que sus estrellas brillaban de manera distinta y se movían en sus propias órbitas independientes. Los Duras raramente se reunían con Jim en su mundo social y él siempre estaba ocupado con su propia vida, sus modelos y sus aventuras pasajeras. Jim nunca permanecía mucho tiempo con la misma mujer.

—¿A qué te dedicas últimamente?

—Trabajo, me divierto... lo de siempre —le dijo sonriendo—. ¿Y tú?

—Me divierto en mi estudio. También yo hago lo de costumbre.

—¿Y qué vas a hacer este verano? ¿Tienes ya algún plan?

—Todavía no, pero algo haré. Quizá vaya a ver a unos amigos en Santa Barbara o algo así.

—¡Dios mío! —exclamó, haciendo una mueca de horror, mientras Deanna se echaba a reír.

—¿Qué tiene eso de malo?

—No eres una viejecita de ochenta años para divertirte con eso. ¿Por qué no vas a Beverly Hills, finges ser una estrella de cine, comes en el Polo Lounge y haces que te llamen por tu nombre?

—¿Es a eso a lo que te dedicas? —La idea le hizo reír.

—Por supuesto. A eso me dedico todos los fines de semana. —Se rió entre dientes y dejó el vaso vacío sobre la mesa, mientras consultaba su reloj—. No te preocupes... Yo te organizaré algo en un santiamén; pero ahora tengo que marcharme.

—Gracias por tu visita. La tarde se me estaba haciendo un poco larga. Hay un ambiente muy extraño en la casa, ahora que los dos se han ido.

Jim asintió súbitamente serio. Recordaba la sensación que experimentó cuando su esposa y sus dos niños se marcharon, cuando creyó que se volvería loco en medio de tanto silencio.

—Te llamaré.

—De acuerdo, Jim..., y muchas gracias —le dijo, mirándole fijamente.

Él le revolvió el pelo con un gesto amistoso, depositó un beso en su frente y se fue. Mientras subía a su Porsche negro, agitando la mano, pensó que Marc estaba rematadamente loco. Deanna Duras era una mujer por la que habría dado cualquier cosa. Desde luego, él era demasiado inteligente para jugar con aquella clase de fuego; pero seguía pensando que Duras estaba chiflado. Mientras se alejaba en su coche, después de que Deanna cerrara suavemente la puerta, se preguntó si su socio se habría dado cuenta o no de la belleza que tenía en casa.

Deanna consultó el reloj, pensando en el amable gesto de Jim al visitarla, y preguntándose a qué hora la llamaría Marc. Le había prometido llamarla por la noche.

Pero Marc no lo hizo. En vez de la llamada, Deanna recibió un telegrama al día siguiente.

SALGO PARA ATENAS. SIN TIEMPO PARA LLAMAR. TODO BIEN. PILAR PERFECTAMENTE.

MARC

BREVE Y AL GRANO, PERO, ¿por qué no la había llamado? Sin tiempo para llamar, leyó de nuevo. Sin tiempo...

El teléfono interrumpió los pensamientos de Deanna mientras releía el telegrama de su marido, que ya se sabía de memoria.

—¿Deanna?

La alegre voz la sacudió de sus meditaciones. Era Kim Houghton, que vivía a pocas manzanas de distancia, pero cuya existencia no podía ser más distinta de la de Deanna. Se había casado y divorciado en dos ocasiones. Era celosa de su independencia, alegre y libre. Habían asistido juntas a la escuela de arte; pero Kim era ahora una figura importante de la publicidad creativa, porque nunca había destacado como artista. Era la única amiga íntima de Deanna.

—¡Hola, Kim! ¿Qué hay de nuevo?

—Poca cosa. Acabo de regresar de Los Ángeles, donde traté de convencer a uno de nuestros nuevos clientes, pero el bribón insiste en que va a rescindir el contrato, que, naturalmente, es uno de los míos. —Mencionó el nombre de una cadena nacional de hoteles, cuya publicidad estaba a su cargo—. ¿Quieres que comamos juntas?

—No puedo. Estoy ocupada.

—¿Qué estás haciendo? —Su voz traslucía sospecha. Siempre sabía cuando Deanna le mentía.

—Un almuerzo benéfico. Tengo que asistir.

—¡Olvídalo! Necesito tu consejo, porque me siento deprimida.

Deanna se echó a reír. Kimberley Houghton jamás estaba deprimida. Ni siquiera sus dos divorcios la habían deprimido. Se había dado prisa en pasar a un terreno más fértil, siempre en menos de una semana.

—Escucha, querida, vámonos a comer por ahí. Necesito un respiro.

—Yo también.

Deanna abarcó con la mirada su dormitorio decorado con seda y terciopelo azul, tratando de combatir una sensación abrumadora. Por un instante, su voz se quebró.

—¿Qué quieres decir con eso? —preguntó Kim.

—Quiero decir, mi querida y curiosa amiga, que Marc no está aquí y Pilar se marchó hace dos días.

—¡Cielos! ¿Y no puedes disfrutar de esa libertad? No es muy frecuente que una pueda descansar así, y si yo fuera tú, ahora que los dos están fuera me dedicaría a correr desnuda por la sala y a llamar a mis amigos.

—¿Mientras estuviera desnuda o después de vestirme? —Deanna extendió las piernas encima de la silla y se echó a reír.

—De cualquier manera. Mira, en todo caso, dejemos lo de

salir a comer... ¿Qué te parece si vamos a cenar esta noche?

—Me parece perfecto. Así tendré tiempo para trabajar toda la tarde en el estudio.

—Creí que tenías un almuerzo benéfico. —Deanna casi podía ver la sonrisa de Kim—. ¡Te pesqué!

—¡Vete al diablo!

—Gracias. ¿Te parece bien a las siete en Trader Vic's?

—Muy bien. Allí nos veremos.

—Hasta luego.

Colgó el teléfono, dejando a Deanna con una sonrisa en los labios, y agradecida.

—¡ESTÁS PRECIOSA! ¿ES UN vestido nuevo?

Kimberly Houghton levantó la mirada de su copa cuando llegó Deanna, y las dos mujeres intercambiaron su sonrisa de viejas amigas. Deanna estaba realmente impresionante con un vestido de lana blanca que acentuaba elegantemente su silueta y contrastaba con su cabellera oscura y sus enormes ojos verdes.

—Tú tampoco estás nada mal.

Kim tenía la clase de figura que encanta a los hombres, espléndida, generosa y llena de promesas. Sus ojos azules tenían siempre un brillo juguetón y su sonrisa deslumbraba a cuantos la veían. Conservaba el peinado de rizos rubios que llevaba desde hacía veinte años. No poseía la asombrosa elegancia de Deanna, pero sí un atractivo irresistible y, además, sabía vestirse muy bien. Siempre daba la impresión de tener por lo menos diez hombres a sus pies, lo que casi siempre era cierto; o por lo menos uno o dos. Aquella noche llevaba una chaqueta de terciopelo azul, pantalones y una blusa de seda roja que se abría con desenfado hasta revelar el inicio del busto. Un hermoso diamante solitario colgaba seductoramente de una delgada cadena de oro, acentuando la atractiva línea de sus senos, que no necesitaba, por otra parte, ayuda alguna.

Deanna pidió una copa y se acomodó en su asiento, dejando caer el abrigo de visón en una silla. Kim no se mostró interesada ni impresionada. Había crecido en aquel mundo de lujos y no deseaba dinero ni abrigos de pieles, sólo independencia y distracción. Y por supuesto, ella se las arreglaba para tener lo suficiente de ambas cosas.

—¿Qué me cuentas? ¿Disfrutas de tu libertad?

—Más o menos. En realidad, esta vez se me está haciendo un

poco difícil acostumbrarme a la soledad —suspiró Deanna y se llevó la copa a los labios.

—Por Dios, con lo que Marc viaja ya deberías estar acostumbrada. Además, un poco de independencia te sentará bien.

—Tal vez, pero estará fuera tres meses y eso me parece una eternidad.

—¿Tres meses? ¿Cómo es eso?

La voz de Kim perdió de pronto su tono festivo, y miró a Deanna inquisitivamente.

—Tiene que resolver un caso importante en París y Atenas. Para él no tiene sentido volver a casa mientras dure su trabajo.

—¿Y no aceptaría que le acompañaras?

—Parece ser que no.

—¿Por qué no? ¿Lo has intentado?

Deanna tuvo la sensación de que estaba respondiendo a su madre. Sonrió y miró a su amiga.

—Más o menos, pero va a estar muy ocupado, y si voy tendré que quedarme con madame Duras.

—Que se vaya a hacer puñetas.

Kim estaba enterada de todo acerca de la indomable madre de Marc-Edouard.

—Esa es exactamente mi opinión, aunque no se la expresé con esas mismas palabras a Marc. Así, pues, *voilà*, estoy libre durante todo el verano.

—Y al cabo de un par de días odiarás cada instante de libertad, ¿verdad? Naturalmente —se respondió a sí misma—. ¿Por qué no vas a alguna parte?

—¿Adónde podría ir?

—¡Caramba, Deanna! A cualquier sitio. Estoy segura que a Marc no le importaría.

—Quizá no, pero no me gusta viajar sola. —Nunca había tenido necesidad de hacerlo, porque siempre viajó con su padre, y luego con Pilar y Marc—. Además, ¿adónde iría? Jim Sullivan me dijo que me aburriría como una ostra en Santa Bárbara —añadió en tono compungido.

Kimberly se echó a reír.

—Pues te dijo la verdad... ¡Pobre criatura rica! ¿Qué te parecería acompañarme mañana a Carmel? Tengo que ver allí un cliente este fin de semana y me encantaría que vinieras conmigo.

—No digas tonterías, Kim. Sólo te estorbaría.

Sin embargo, durante unos instantes, la idea le pareció muy atractiva. No había vuelto a Carmel desde hacía muchos años, y la verdad era que no se encontraba muy lejos, apenas a dos horas de la ciudad, en coche.

—¿Y por qué ibas a estorbarme? Por Dios, no voy a vivir una aventura con ese tipo. Y me encantaría tu compañía. Si estoy sola será muy aburrido.

—No lo sería durante mucho tiempo —le respondió con picardía.

Kim se echó a reír.

—¡Por favor, cuidado con mi reputación! —Sonrió ampliamente a Deanna; luego, inclinó la cabeza hacia un lado y sacudió su cabellera rubia—. En serio, ¿por qué no me acompañas? Me encantaría que lo hicieras.

—Lo pensaré.

—No, me acompañarás. ¿De acuerdo? De acuerdo.

—Kimberly...

Deanna no pudo contener la risa.

—Te recogeré a las cinco y media —dijo Kim, con una sonrisa triunfal.

Capítulo 3

KIM SE DETUVO FRENTE A la casa e hizo sonar el claxon dos veces. Deanna echó un vistazo por la ventana de su habitación, antes de coger la maleta y bajar corriendo las escaleras. De pronto se sintió como una muchacha que sale a vivir una aventura con una amiga. Incluso el coche de Kim le pareció apropiado para dos chicas traviesas. Era un viejo MG de color rojo brillante. Deanna apareció en seguida en el umbral, vestida con pantalones y un suéter gris de cuello de cisne, y llevando un maletín de piel.

—Llegas puntual. ¿Qué tal has pasado el día?

—Fatal. No me lo menciones.

—De acuerdo, no lo haré.

Hablaron de todo lo demás, de Carmel, de la última pintura de Deanna, de Pilar y sus amigos. Luego callaron y permanecieron en silencio sin sentirse incómodas. Ya estaban cerca de Carmel cuando Kimberly observó la expresión melancólica de su amiga.

—Un centavo si me dices lo que piensas.

—¿Nada más? ¡Qué miseria! Yo creía que mis pensamientos valdrían por lo menos cinco o seis centavos.

Bromeaba, tratando de ocultar sus pensamientos; pero no logró engañar a Kim.

—Muy bien, te daré diez centavos; pero voy a tratar de adivinar... Pensabas en Marc, ¿verdad?

—Sí —asintió Deanna casi en un susurro.

—¿De veras le echas tanto de menos?

Su relación con Marc siempre había intrigado a Kim. Al principio, le había parecido un matrimonio de conveniencia; pero sabía que no era así, que Deanna le amaba, quizá en demasía.

Deanna volvió el rostro hacia otro lado.

—Sí, lo echo mucho de menos. Puede que te parezca tonto.

—No, más bien me parece admirable.

—¿Por qué? No le veo nada de admirable.

Kim sacudió la cabeza y se echó a reír.

—Mira, vivir dieciocho años con un hombre me parece algo sumamente admirable. Y no sólo eso, sino incluso heroico.

Deanna sonrió a su amiga.

—¿Por qué heroico? Le quiero y me sigue pareciendo un hombre encantador, inteligente, ingenioso y agradable.

No le dijo que la noche de amor que habían pasado antes de que Marc se marchara había hecho revivir algo en su corazón.

—Sí, tienes razón.

Kim mantuvo la mirada fija en la carretera y se preguntó si no habría algo más en el fondo. Quizá Marc tuviera un lado oculto, algo que nadie conocía, un aspecto tierno y amoroso, otra dimensión, además de su buena presencia física y su encanto, un lado humano que riera, llorara y fuera real. Si así fuera, sería un hombre al que valdría la pena amar, o al menos eso le parecía a Kim.

—Va a ser un verano muy largo —dijo Deanna, y exhaló un suspiro—. Dime algo sobre tu cliente. ¿Es desconocido?

—Sí. Insistió en que nos reuniéramos en Carmel. Vive en San Francisco, pero como tiene una casa allí, e iba camino de Los Ángeles, creyó que ése sería un lugar más agradable para hablar de negocios.

—¡Vaya! Muy considerado de su parte.

—Sí que lo es —convino Kim, sonriendo.

Eran casi las ocho cuando llegaron al hotel. Kimberly bajó del coche agitando los cabellos rizados y echó una mirada a Deanna; le costaba salir del automóvil y se quejaba.

—¿Crees que sobrevivirás?

—Sí, claro.

—Muy bien, lo admito. No es el automóvil más cómodo que existe.

Deanna miró a su alrededor. Todo aquello le era familiar. En los primeros tiempos de su matrimonio, ella y Marc solían ir a Carmel los fines de semana; vagaban por sus calles, miraban las tiendas, cenaban a la luz de las velas y daban largas caminatas por la playa. Al verse allí de nuevo, esta vez sin Marc, volvió a experimentar una sensación agridulce.

El hotel era pequeño y muy agradable, con una fachada provincial francesa y jardineras en las ventanas, llenas de flores de colores vivos. El interior tenía vigas de madera, una enorme chimenea enmarcada por vasijas de cobre y un tapiz azul con un pequeño dibujo en blanco. Era la clase de hotel que a Marc le hubiera gustado porque tenía un aire muy francés.

Kimberly firmó en el registro de la recepción y le pasó la pluma a Deanna.

—Pedí dos habitaciones contiguas. ¿Te parece bien?

Deanna asintió encantada porque prefería tener una habitación para ella sola.

—Me parece perfecto.

Escribió sus datos en la tarjeta, y luego siguieron al botones hasta sus habitaciones.

Cinco minutos más tarde, Deanna oyó que llamaban a su puerta.

—¿Te apetece una cocacola, Deanna? —preguntó Kim—. He sacado dos de la máquina del pasillo:

Se tendió plácidamente en el lecho de Deanna y le ofreció el refresco.

Deanna tomó un largo sorbo; luego suspiró y se dejó caer en una silla.

—Es muy agradable volver a este lugar; estoy contenta de haberlo hecho.

—Yo también; me habría aburrido sin tu compañía. Quizá mañana tengamos un rato libre para ir de tiendas, después de terminar el trabajo. ¿O preferirías regresar a San Francisco mañana por la tarde? ¿Tienes algo pendiente?

—No, nada en absoluto y, además, esto me parece el cielo. A lo mejor no vuelvo jamás. La casa me parece una tumba sin Marc ni Pilar.

A Kimberly también le parecía que la casa de Deanna era una verdadera tumba, incluso cuando estaba la familia reunida; pero se guardó bien de decirlo. Sabía que Deanna amaba la casa y que la seguridad de su familia tenía una importancia fundamental para ella. Se habían conocido en la escuela de arte, poco después de que la muerte del padre de Deanna la dejara sin dinero y completamente sola. La había visto luchar con denuedo para sostenerse con el poco dinero que ganaba con su trabajo, había estado presente cuando Marc comenzó a cortejar a su amiga y también había visto cómo ella empezaba a depender cada vez más de él, hasta sentirse totalmente indefensa sin su compañía; fue testigo de cómo Marc le arrebataba a su amiga, la subyugaba tierna e irresistiblemente, con la determinación de un hombre que consideraba el fracaso como algo inaceptable. Había visto también a Deanna adaptarse a aquella situación durante dos décadas, segura, protegida, oculta e insistiendo en que era feliz. Quizá lo fuera, pero Kim nunca había estado del todo convencida de ello.

—¿Quieres que cenemos en algún sitio en especial? —Preguntó Kim. Tomó el último sorbo de cocacola.

—En la playa —dijo Deanna, lanzando una mirada de ensoñación hacia el mar.

—¿La playa? No conozco ese lugar.

Kim parecía sentir curiosidad y Deanna se rió.

—No, no se trata de un restaurante; lo que quiero decir es que me gustaría caminar por la playa.

—¿Ahora? ¿A estas horas?

Eran apenas las ocho y media y aún no anochecía, pero Kim estaba ansiosa por iniciar una noche de diversión y recorrer sus lugares predilectos.

—¿Por qué no lo dejamos para mañana, después de la reunión con el cliente?

No había duda de que a Kim no le atraía la marea y las playas de arena blanca; pero Deanna estaba fascinada. Sacudió la cabeza con resolución y dejó el refresco a un lado.

—Ni hablar; no puedo esperar tanto tiempo. ¿Vas a cambiarte antes de salir? —Kim hizo un gesto de asentimiento—. Muy bien. Entonces iré a dar un paseo mientras te vistes. Saldré con lo que llevo puesto.

El suéter de cachemira y los pantalones grises seguían impecables después del viaje.

—No te pierdas en la playa.

—No te preocupes —respondió Deanna—. Me siento como una chiquilla que no puede esperar más para salir a jugar.

«Y contemplar la puesta del sol —pensó— y llenarme los pulmones con el aire del mar y recordar los días en que Marc y yo caminamos por esa playa cogidos de la mano.»

—Volveré dentro de media hora.

—No te apresures. Voy a darme un baño bien caliente. No tenemos ninguna prisa. Podemos cenar a las nueve y media o las diez.

Kim se encargaría de reservar mesa en el elegante comedor victoriano del Pine Inn.

—Hasta luego —dijo Deanna, sonriente y agitando la mano en señal de despedida.

Se puso la chaqueta y cogió un pañuelo para el cuello porque sabía que en la playa soplaría el viento. Al salir del hotel, la niebla comenzaba a extenderse.

Recorrió la calle principal de Carmel, sorteando a los escasos turistas que aún no se habían refugiado en los restaurantes o en sus hoteles, con los niños charlatanes pisándoles los talones, cargados con el botín recogido en las tiendas, y los rostros sonrientes y relajados. Deanna recordó la época en que ella y Marc estuvieron allí con Pilar. Entonces Pilar tenía nueve años y estaba llena de inquietud. Una vez les acompañó en su paseo por la playa al ponerse el sol, y recogió pedacitos de madera y conchas; corría delante de ellos y volvía una y otra vez para informarles de sus descubrimientos, mientras Deanna y Marc conversaban. Le pareció que habían pasado siglos desde entonces. Llegó al final de la calle y, de pronto, se detuvo para contemplar la extensión impresionante de la playa de alabastro. Incluso Marc había admitido que en Francia no existía nada parecido. La arena era completamente blanca, las gaviotas revoloteaban por encima de las olas que se rompían en la orilla. Deanna aspiró profundamente el aire y contempló una vez más el panorama, la marea que subía inexorablemente. Aquel lugar tenía un hechizo especial, un encanto que no había sentido en ninguna otra parte. Guardó el pañuelo para el cuello en el bolso y se quitó los zapatos. Notó la arena que se metía entre los dedos y echó a correr hacia la playa, sin detenerse hasta llegar al borde mismo del agua. El viento empezó a jugar con sus cabellos y Deanna cerró los ojos y sonrió. Aquel era un escenario bellísimo, un mundo que había permanecido sepultado en su memoria durante mucho tiempo. ¿Por qué se había mantenido alejada de allí durante tantos años? ¿Por qué no habían regresado antes? Volvió a respirar hondo y empezó a caminar por la playa, con un zapato en cada mano y los pies ansiosos por bailar, como si fuera una niña.

Recorrió largo trecho antes de detenerse a contemplar el último reflejo dorado en el horizonte. El cielo adquiría tonalidades violáceas, y una espesa masa de niebla avanzaba hacia la playa. Permaneció en pie, contemplando la escena durante un momento interminable; luego se dirigió lentamente hacia las dunas, y una vez allí se sentó entre las altas hierbas, se llevó las rodillas al mentón y se quedó mirando el mar. Instantes después apoyó la cabeza en una rodilla, cerró los ojos y escuchó el murmullo del mar, sintiendo que la embargaba una intensa alegría.

—Es perfecto, ¿no le parece?

Deanna se sobresaltó al oír la voz inesperada a su lado. Abrió los ojos y vio un hombre alto y moreno que estaba en pie a su lado. Al principio tuvo miedo, pero la sonrisa del hombre era tan amable que no pudo sentirse amenazada. Sus ojos eran verdiazules, como el mar, tenía el cuerpo atlético de un jugador de fútbol y su cabello, que el viento revolvía, era tan moreno como el de Deanna, a la que miraba con curiosidad.

—A esta hora es cuando más me gusta venir aquí —comentó.

—A mí también —convino Deanna. Descubrió que le era fácil responderle y se sorprendió al no molestarse cuando él se sentó a su lado—. Creía estar sola en la playa.

Le miró con timidez, sonriéndole.

—Probablemente lo estaba. Yo acabo de llegar; lamento haberla sobresaltado. —Volvió a mirarla con la misma sonrisa abierta—. Mi casa está ahí detrás. —Señaló con la cabeza por encima del hombro hacia un lugar rodeado de árboles retorcidos por el viento—. Siempre vengo aquí al anochecer. Hoy mismo he regresado de un viaje. He estado tres semanas lejos de aquí. Siempre que estoy fuera me doy cuenta de lo mucho que quiero este lugar, lo importante que es para mí andar por esta playa y admirar todo esto.

Miraba fijamente hacia el mar.

—¿Vive aquí todo el año?

Deanna hablaba con aquel hombre como si fuera un viejo amigo, pero había algo en él que inspiraba confianza, y era imposible sentirse incómoda a su lado.

—No, pero vengo los fines de semana, siempre que puedo. ¿Y usted?

—Hacía mucho tiempo que no venía por aquí. Esta vez he venido con una amiga.

—¿Se alojan en la ciudad?

Deanna asintió, y entonces recordó que Kim la esperaba. Consultó su reloj.

—Eso me recuerda que debo volver. Me olvidé de todo mientras paseaba por la playa. —Eran ya casi las nueve y media y la última luz del día había desaparecido mientras conversaba con el desconocido. Se puso en pie y le miró, sonriéndole—. Afortunado de usted, que puede estar aquí siempre que lo desea.

Él hizo un gesto de asentimiento, pero en realidad no la escuchaba; la miraba a la cara con intensidad y, por primera vez desde que notó su presencia, Deanna experimentó una oleada de calor en las mejillas y se sintió azorada.

—¿Sabe qué parecía cuando estaba sentada ahí, de cara al viento? Parecía una pintura de Andrew Wyeth. Eso es lo primero que pensé al verla sentada en la duna. ¿Conoce la obra de Andrew Wyeth?

Parecía haber una gran concentración en su mirada, como si estuviera midiendo su rostro y el espesor de sus cabellos.

—Sí, la conozco muy bien. —Andrew Wyeth le había apasionado de niña, antes de descubrir que el estilo impresionista le interesaba mucho más—. Llegué a conocer todos y cada uno de sus cuadros.

—¿De veras?

Su mirada adquirió de pronto un matiz burlón, pero seguía siendo amable.

—Así lo creía.

—¿Conoce el cuadro de la mujer en la playa?

Ella meditó unos instantes y negó con la cabeza.

—¿Le gustaría verlo? —Se puso en pie, con los ojos brillantes y lleno de excitación, como si fuera un muchacho. Sólo la anchura de sus hombros y las hebras grises de su cabeza contradecían aquella imagen juvenil—. Dígame, ¿le gustaría?

—Yo... La verdad es que debo volver ahora mismo, pero se lo agradezco... —En su azoramiento, se le adelgazó la voz. No parecía la clase de hombre que inspira temor, pero con todo era un desconocido que había aparecido de pronto en la playa. Pensó que debía estar un poco chiflada por hablar con él, solos los dos en la oscuridad—. No puedo, de verdad. Quizás en alguna otra ocasión.

—Comprendo. —La intensidad de su mirada disminuyó un poco, pero siguió sonriendo—. Es una obra magnífica, y la mujer se parece mucho a usted.

—Muchas gracias, es usted muy amable.

Deanna no sabía qué hacer para marcharse. Él no parecía tener la intención de volver en seguida a su casa.

—¿Puedo acompañarla por la playa? Ya está demasiado oscuro para que vaya sola. —Le sonrió, entrecerrando los ojos—. Podría abordarla algún desconocido. —Ella se rió y asintió con la cabeza mientras empezaban a bajar por la duna, en dirección al mar—. Dígame, ¿cómo llegó a ser tan admiradora de Wyeth?

—Durante mucho tiempo creí que era el mejor pintor americano que jamás había visto. —Le miró directamente a los ojos, comó disculpándose—. Luego me enamoré de todos los impresionistas franceses y ellos hicieron que me olvidara casi por completo de Wyeth. En realidad, no lo olvidé, sólo sentí menos entusiasmo por él.

Era agradable caminar juntos por la playa desierta, con el oleaje batiendo a sus espaldas. De repente, Deanna se echó a reír: le parecía demasiado absurdo hablar de arte con un desconocido mientras andaban por la arena de Carmel. ¿Qué le diría a Kim? ¿Le hablaría de aquel encuentro? Por un momento le pareció mejor no hablar con nadie acerca de su nuevo amigo. No era más que un encuentro fortuito, al atardecer, en una playa tranquila. ¿Qué podía contar?

—¿Siempre olvida sus amores con tanta facilidad?

Le pareció que era una pregunta bastante tonta, como las cosas que se dicen los desconocidos cuando no tienen nada mejor de qué hablar, pero le sonrió.

—En general, no. Sólo cuando se trata de impresionistas franceses.

—Me parece una razón justificada. ¿Pinta usted?

—Un poco.

—¿Cómo los impresionistas? —Parecía saber ya la respuesta, y ella asintió—. Me gustaría ver sus obras. ¿Las expone?

Ella meneó la cabeza. Miraba las olas coronadas por los primeros rayos iridiscentes de la luna.

—Ya no. Sólo expuse una vez, hace mucho tiempo.

—¿También dejó de amar la pintura?

—¡Jamás! —exclamó con la vista fija en la arena. Luego alzó la mirada hacia él—. La pintura es mi vida.

—Entonces, ¿por qué no exhibe su obra?

Parecía sorprendido por su reacción, pero ella se limitó a encogerse de hombros. Habían llegado al límite de la playa.

—Muchas gracias por haberme acompañado.

Se miraron a los ojos bajo la luz de la luna. En un momento de abandono sintió el deseo de verse cobijada entre aquellos brazos fuertes y protectores, bajo su cazadora.

—Ha sido muy agradable conversar con usted —le dijo con una extraña gravedad en el rostro.

—Me llamo Ben.

Ella vaciló un instante antes de responder.

—Mi nombre es Deanna.

Él le tendió la mano, estrechó la suya y dio media vuelta hacia la playa. Deanna observó sus anchos hombros, sus espaldas fuertes y el cabello revuelto por el viento. Deseó gritar «adiós», pero su voz se hubiera perdido en el viento. Entonces él se volvió y a Deanna le pareció que la saludaba agitando la mano en medio de la oscuridad.

Capítulo 4

—¿DÓNDE DIABLOS TE habías metido?

Kim la esperaba en el vestíbulo del hotel. Parecía preocupada. Deanna se pasó la mano por el cabello enredado y sonrió a su amiga; tenía las mejillas sonrosadas por el viento y los ojos brillantes. Kim pensó que estaba radiante, mientras Deanna comenzaba a explicarle atropelladamente lo sucedido.

—Lo siento, me alejé más de lo que creía y he necesitado mucho tiempo para regresar.

—Ya lo veo. Comenzaba a preocuparme.

—Lo siento de veras.

Parecía tan arrepentida que Kim suavizó su expresión con una sonrisa.

—Está bien, pero por Dios, Deanna, eres como una niña que se pierde si la dejan sola en la playa. Creí que te habrías encontrado con alguna amiga.

—No. —Hizo una pausa—. Sólo paseé un poco.

Había perdido la oportunidad de hablarle a Kim de Ben. ¿Pero qué podía decirle sobre lo ocurrido? ¿Que había encontrado en la playa a un desconocido, con el que había hablado de arte? Parecía algo ridículo, infantil o, lo que era peor, estúpido e incorrecto. Al pensar en ello se dio cuenta de que deseaba reservárselo, guardar para sí aquel momento. De todos modos, no volvería a verlo jamás.

54

¿Por qué molestarse entonces en darle explicaciones a su amiga?

—¿Estás lista para cenar?

—Claro que sí.

Fueron andando hasta el cercano Pine Inn, mirando escaparates y charlando sobre sus amigos. Su conversación era siempre fácil e informal, y en las pausas de silencio Deanna se abandonaba a sus propios pensamientos. Ahora pensaba en la obra desconocida de Wyeth que Ben le había dado a entender que poseía. ¿Sería cierto o se trataría de alguna reproducción? ¿Tenía eso alguna importancia? Se dijo que no.

—Estás muy callada esta noche, Deanna —observó Kim cuando terminaron de cenar—. ¿Te sientes cansada?

—Un poco.

—¿Estás pensando en Marc?

—Sí.

Era la respuesta más fácil.

—¿Te llamará desde Atenas?

—Lo hará en cuanto pueda; es difícil debido a la diferencia de horario.

Debido a aquella diferencia, Marc parecía hallarse a una distancia inmensa. Habían transcurrido apenas dos días y Marc parecía pertenecer ya a otra vida, o quizás aquella fuera la sensación que le producía volver a Carmel. En casa, donde podía ver su ropa, sus libros y su lado de la cama, lo sentía más cerca.

—¿Y el cliente que verás mañana? ¿Qué tal persona es?

—No le conozco. Nunca le he visto. Sé que está relacionado con el arte, con las galerías Thompson. Precisamente iba a preguntarte si querrías acompañarme a la entrevista. Así verías su casa, a la que llama su «cabaña». He oído decir que tiene una colección magnífica.

—No quisiera estorbarte.

—De ninguna manera. —Kimberly le dirigió una mirada tranquilizadora.

Pagaron la cuenta y salieron del restaurante. Ya eran las once y media y Deanna tenía ganas de acostarse.

Aquella noche soñó con el desconocido llamado Ben.

SONÓ EL TELÉFONO EN LA mesilla de noche. Deanna estaba tendida boca arriba, soñolienta, sin decidirse a levantarse. Había prometido a Kim que la acompañaría, pero el sueño volvía a tentarla. Lo que le apetecía era dormir, y luego ir a dar otro paseo por la playa; sabía por qué quería regresar allí, y era extraño e inquietante que la imagen de aquel hombre no se apartara de su mente. Lo más probable era que no volviese a verle jamás. Pero ¿y si se encontraban de nuevo? ¿Qué ocurriría entonces? El teléfono sonó otra vez, y alargó la mano para cogerlo. Era Kim.

—Ya es hora de levantarse —le apremió.

—¿Qué hora es?

—Más de las nueve.

—¡Cielos! Creía que eran las siete o las ocho.

—Ya ves que no, y la entrevista es a las diez. Levántate. Te llevaré el desayuno.

—¿No puedo pedir que lo traigan a mi habitación? —Deanna estaba acostumbrada a viajar con Marc y disfrutar de todas las comodidades.

—Esto no es el hotel Ritz. Yo te llevaré café y una pasta.

Deanna comprendió de pronto que estaba muy mal acostumbrada. La falta de Margaret y sus desayunos perfectos constituía una dificultad.

—Muy bien, te lo agradezco. Estaré lista dentro de media hora.

Se duchó, se arregló el pelo y luego se puso un suéter de cachemira azul y pantalones blancos. Cuando Kim llamó a la puerta, ya estaba despejada del todo.

—¡Vaya, estás estupenda! —exclamó Kim mientras le alargaba una taza de café humeante y un plato.

—Y tú también. ¿Debo ponerme algo más serio? Tú vas muy formal. —Kim llevaba un traje de gabardina beige, con el que hacía juego una blusa de seda caqui, un gracioso sombrero de paja y un minúsculo bolso también de paja que apretaba bajo el brazo.

—Estás muy elegante.

—No me mires así. —Kim sonrió y se dejó caer en una silla—. Espero que ese tipo no sea un hueso duro. No estoy de humor para discutir de negocios el sábado por la mañana.

Bostezó y observó cómo Deanna terminaba su taza de café.

—A propósito, ¿cuál será mi papel? ¿Secretaria o carabina? Alzó la vista de la taza, mirando a Kim con picardía.

—Nada de eso, tonta. Eres sólo una amiga.

—¿No le parecerá raro a tu cliente que vayas con tus amigas a las reuniones de negocios?

—Peor para él si piensa así.

Kim volvió a bostezar y se levantó de la silla.

—Será mejor que vayamos.

—Sí, señora.

Sólo tardaron cinco minutos en coche. Deanna iba leyendo las instrucciones para que Kim se orientara. La casa se encontraba en una bonita calle, donde las casas tenían amplios jardines frontales y quedaban ocultas por los árboles. Al bajar del coche vio que era una casa pequeña y agradable, sencilla y sin pretensiones. Los efectos del viento en la fachada le daban un aspecto muy natural. Frente a la casa estaba aparcado un pequeño automóvil extranjero, un utilitario nada lujoso. Nada de lo que se veía en el exterior sugería que la prometida colección de arte sería impresionante o rara, pero una vez dentro cambiaron las cosas. Una mujer pequeña y pulcra, con un delantal de ama de llaves, abrió la puerta. Por su aspecto parecía una empleada que iba allí una o dos veces por semana, más eficiente que amable.

—El Señor Thompson dijo que le esperaran en su cuarto de trabajo. Está hablando por teléfono con Londres.

Por el tono de su voz se notaba que no aprobaba la conferencia telefónica, como si se tratara de un gasto extravagante. Pero Deanna pensó que no era un gasto tan grande como los cuadros que colgaban de las paredes. Los miró con admiración mientras seguían al ama de llaves hasta el cuarto de trabajo. El cliente de Kim tenía una magnífica colección de pinturas inglesas y de los primitivos norteamericanos. Deanna no hubiera incluido ninguna de ellas en una colección personal, pero eran dignas de contemplarse. Le hubiera gustado mirarlas con más detenimiento, una tras otra, pero la señora del delantal las acompañaba al cuarto de trabajo con tanta decisión y rapidez que no pudo entretenerse.

—Siéntense —musitó con frialdad. Luego dio media vuelta y volvió a sus quehaceres.

—¡Dios mío, Kim! ¿Has visto lo que tiene en las paredes?

Kimberly sonrió y se colocó bien el sombrerito.

—Buen material, ¿verdad? No es lo que yo prefiero, pero tiene algunos cuadros realmente excelentes, aunque no todos son suyos. —Deanna alzó las cejas inquisitivamente—. Es dueño de dos galerías, una en San Francisco y la otra en Los Ángeles, y supongo que algunos de estos.cuadros son de las galerías. En cualquier caso son unas obras preciosas.

Deanna asintió con un rápido movimiento de cabeza y miró a su alrededor. Se encontraban en una habitación con un amplio ventanal que daba al mar. Había un escritorio sencillo, dos sofás y una silla. Al igual que el exterior de la casa y el modesto utilitario, todo era más funcional que lujoso, pero la colección de pinturas lo compensaba con creces. Incluso en aquella habitación había dos bosquejos en blanco y negro, muy bien enmarcados. Deanna se inclinó para ver las firmas, luego, se volvió hacia la pintura que colgaba a sus espaldas, único adorno en la pared blanca, totalmente desnuda. De repente sintió que el aliento se le cortaba. Era el cuadro de Wyeth, la mujer en la duna, con el rostro parcialmente oculto, apoyado en las rodillas. Deanna reconoció con sorpresa que la mujer del cuadro tenía un notable parecido con ella: la longitud y el color de los cabellos, la forma de los hombros y hasta la insinuación de una sonrisa. La mujer estaba rodeada por una playa solitaria y triste, y su única compañía era una gaviota.

—Buenos días. —Oyó la voz a sus espaldas antes de que pudiera hacer comentario alguno acerca de la pintura—. ¿Qué tal? Soy Ben Thompson. ¿La señorita Houghton?

Su mirada era interrogadora, pero Deanna meneó con rapidez la cabeza y señaló a Kim, que avanzó con la mano extendida y una sonrisa.

—Yo soy Kimberly Houghton y ésta es mi amiga Deanna Duras. Habíamos oído hablar tanto de su colección que la animé a que me acompañara. Es también una artista de gran talento, aunque se niega a admitirlo.

—No, no lo soy —dijo Deanna.

—¿Lo ve?

La mirada de Kim se iluminó al ver al hombre apuesto que acababa de presentarse. Debía tener cerca de cuarenta años. Sus ojos eran muy hermosos.

Deanna sonreía a ambos y sacudía la cabeza.

—De veras, no soy una gran artista.

—¿Qué le parece mi Wyeth? —le preguntó, mirándola directamente a los ojos. Ella sintió que el corazón le daba un vuelco.

—Es... Es una gran obra, pero estoy segura de que ya sabía eso.

Sintió que se sonrojaba al hablarle; no estaba muy segura de lo que debía decir. ¿Debería reconocer que le conocía o pretender que nunca se habían visto? ¿Qué haría él?

—Pero ¿le gusta?

Mantuvo la mirada fija en ella y Deanna sintió que se ruborizaba.

—Muchísimo.

Él asintió, complacido, y entonces Deanna comprendió. No diría nada sobre su encuentro de la noche anterior en la playa. Cuando se sentaron Deanna sonreía. Aquel secreto entre ambos le producía una sensación extraña, más aún al pensar que había conocido al «cliente nuevo» de Kim, antes que ella.

—¿Les apetece un café?

Las dos asintieron y él salió un momento al pasillo, para darle la orden al ama de llaves.

—Un café con leche y dos solos. —Al entrar de nuevo en la habitación comentó—: O serán todos con leche o todos solos. La señora Meacham no está de acuerdo con nada. No le gusta el café, ni las visitas, ni yo. Pero puedo confiar en ella para tener la casa limpia cuando estoy fuera. Piensa que todo esto es basura.

Hizo un amplio gesto con las manos, abarcando el Wyeth, los bosquejos y los cuadros que Deanna había visto antes. Kim y Deanna se rieron.

Cuando llegó el ama de llaves, las tres tazas que traía eran de café solo.

—Perfecto, muchas gracias —dijo al ama de llaves, sonriéndole mientras salía de la estancia—. Señorita Houghton...

—Llámeme Kimberly, por favor.

—De acuerdo, Kimberly, ¿ha visto los anuncios que presentamos el año pasado? —Ella asintió— ¿Qué le parecieron?

—No tienen suficiente clase. No creo que sea la idea adecuada ni que estén encaminados al mercado que le conviene.

Ben asintió, pero no apartaba la mirada de Deanna, que seguía contemplando el Wyeth colgado detrás de él. Era una mirada inexpresiva, y sus palabras revelaron que sabía lo que quería de Kim. Era conciso, simpático, astuto y muy práctico, de modo que la reunión concluyó en menos de una hora. Kim le prometió que le presentaría algunas ideas nuevas al cabo de dos semanas.

—¿Participará Deanna como asesora? —preguntó. Era difícil saber si bromeaba.

Deanna meneó la cabeza rápidamente, levantó una mano y se echó a reír.

—¡Oh, no! No sé cómo Kim concibe sus ideas geniales.

—Con sangre, sudor y muchos cafés —dijo Kimberly sonriendo.

—¿Qué es lo que pinta? —preguntó Ben a Deanna, con la misma mirada llena de calor que le había dirigido la noche anterior en la playa.

—Naturalezas muertas, muchachas, los temas habituales del impresionismo —respondió ella en voz muy queda.

—¿Y madres con bebés en el regazo? —Lo dijo en tono de broma, pero con mucha amabilidad.

—Sólo una vez.

Había pintado un retrato de ella misma con Pilar. Su suegra lo colgó en el apartamento de París y luego lo olvidó por completo.

—Me gustaría ver algunos de sus cuadros. ¿Los expone?

Ya le había dicho que no la noche anterior, y Deanna se preguntó por qué insistía.

—No, hace muchos años que no expongo. Creo que aún no estoy preparada para ello.

—Anda, no digas tonterías —La mirada de Kimberly se paseó de Ben Thompson a Deanna—. Deberías enseñarle tus cuadros.

—Por favor, Kim... —Deanna, azorada, apartó la mirada. Durante muchos años nadie había visto su trabajo, sólo Marc, Pilar y, de vez en cuando, Kim—. Algún día lo haré, pero todavía no. De todos modos, le agradezco su interés.

Con una sonrisa agradeció a Ben su silencio y su amabilidad. Le parecía extraño que también él deseara silenciar su encuentro en la playa.

La conversación llego a su fin con las frases de rigor y un breve recorrido por la casa para admirar la colección, bajo la mirada hosca del ama de llaves. Kimberly prometió llamarle la semana siguiente.

Ben se despidió de Deanna con toda naturalidad. No apretó su mano más de la cuenta, su mirada no transmitió ningún mensaje; sólo su amabilidad, su abierta sonrisa cuando cerró la puerta.

—Es un tipo agradable —comentó Kim, mientras ponía en marcha su pequeño MG. El motor gruñó un poco y luego rugió con potencia—. Será agradable trabajar con él, ¿no crees?

Deanna se limitó a asentir con la cabeza, perdida en sus propias meditaciones, hasta que Kim se detuvo con cierta brusquedad frente al hotel.

—¿Por qué diablos no dejas que vea tus cuadros?

La reticencia de Deanna siempre molestaba a Kim. Fue la única alumna de la escuela de arte que tenía un talento realmente notable, y la única que había ocultado su obra durante casi veinte años. Los demás habían intentado alcanzar el triunfo, pero al final todos fracasaron.

—Te digo que todavía no estoy preparada.

—¡Mentira! Si no le llamas tú misma, le daré tu número. Ya es hora de que hagas algo con el montón de obras maestras que tienes en el estudio, de cara a la pared. Eso es un crimen, Deanna. No debes hacerlo. ¡Dios mío! Cuando pienso en la basura que yo misma pintaba y trataba de vender por todos los medios...

—No era basura —negó Deanna, dirigiéndole una mirada cariñosa. Pero las dos sabían que sus cuadros no tenían una gran calidad. Kim había resultado mucho más adecuada para planear campañas, buscar titulares y efectuar composiciones, que para destacar con la pintura.

—Sí, era basura, pero eso ya no me importa. Me gusta lo que hago. ¿Pero y tú?

—También a mí me gusta lo que hago.

—¿Y qué es lo que haces? —Kimberly empezaba a sentirse frustrada y su voz revelaba sus sentimientos. Siempre que hablaban del trabajo de Deanna terminaban así—. Dime, ¿qué es lo que haces?

—Lo sabes perfectamente. Pinto, me ocupo de Marc y de Pilar, llevo la casa; siempre estoy ocupada.

—Sí, claro. Cuidas de todos los demás. ¿Y tú? ¿No te gustaría mucho ver tu obra expuesta en una galería, tus cuadros colgados en algún lugar que no sea el despacho de tu marido?

—No importa donde cuelguen. —No se atrevió a decirle que ya ni siquiera estaban allí, porque seis meses antes Marc contrató un nuevo decorador, el cual declaró que sus telas eran «flojas y deprimentes» y las rechazó todas. Marc llevó los cuadros a la casa, incluso el pequeño retrato de Pilar que ahora estaba en el pasillo—. Lo que me importa es pintar, no exhibir mis pinturas.

—Eso es como querer tocar el violín sin arco, no tiene ningún sentido.

—Para mí sí lo tiene —afirmó Deanna con suavidad, pero con firmeza.

Kim meneó la cabeza mientras bajaban del coche.

—Creo que estás chiflada, pero, de todos modos, te quiero.

Deanna le respondió con una sonrisa y ambas entraron en el hotel.

El resto de su estancia transcurrió con demasiada rapidez. Recorrieron las tiendas y cenaron una vez más en el Pine Inn. El domingo por la tarde, Deanna dio un paseo solitario por la playa. Ahora sabía dónde vivía Ben, pudo ver la casa semioculta tras los árboles y recordó lo cerca que estaba del Wyeth, pero pasó de largo. No volvió a ver a Ben, y se enfadó consigo misma al descubrir que deseaba encontrarle de nuevo en la playa. ¿Por qué habría de estar allí? ¿Y qué le diría si le encontrara? ¿Le agradecería que no hubiera mencionado ante Kim su encuentro anterior? ¿Qué importaba aquello? De pronto, se convenció de que no le volvería a ver jamás.

Capítulo 5

CUANDO SONÓ EL TELÉFONO, Deanna estaba ya en su estudio, tratando de valorar la tela en la que había trabajado durante toda la mañana. Era un jarrón con tulipanes, cuyos pétalos caían sobre una mesa de caoba, contra un fondo de cielo azul que se veía por una ventana abierta.

—¿Deanna?

Ella se quedó atónita al escuchar su voz.

—¿Ben? ¿Cómo ha conseguido mi número de teléfono? —Notó que el rubor cubría sus mejillas y se sintió furiosa consigo misma por su reacción—. ¿Fue Kim?

—¿Quién si no? Me amenazó con sabotear nuestro trabajo si no arreglo una exposición de sus obras.

—¡No es posible! —Se echó a reír y su rubor se acentuó.

—No, no hizo eso. Sólo me dijo que tiene usted mucho talento. Le diré lo que voy a hacer: le cambio mi Wyeth por una de sus pinturas.

—Está chiflado. ¡Y Kim también!

—¿Por qué no me deja que juzgue por mí mismo? ¿Le parece bien que vaya a verla al mediodía?

—¿Hoy? ¿Ahora? —Echó una mirada al reloj y sacudió la cabeza. Eran ya las once—. ¡No!

—Ya lo sé. No está preparada, pero los artistas nunca lo están.
—Su voz era tan amable como la noche que se conocieron en la playa.

Ella miró fijamente el teléfono.

—La verdad es que no puedo —le dijo casi en un susurro.

—¿Qué le parece mañana? —No había insistencia en el tono de su voz, pero sí firmeza.

—Mire, Ben, yo... No, no es eso... —No pudo terminar la frase y oyó la risa de Ben.

—Por favor, me gustaría de veras ver su trabajo.

—¿Por qué? —Le pareció que era una pregunta estúpida.

—Porque me gusta usted y quisiera ver su trabajo. Así de sencillo. ¿No le parece bien?

—No del todo. —No supo qué más decir.

—¿Tiene algún compromiso para comer?

—No, ninguno —suspiró tristemente.

—No se aflija tanto. Le prometo que trataré sus telas con cuidado. Confíe en mí.

Le extrañó comprobar que realmente confiaba en él. Bastaba con su forma de hablar, con la mirada que ella recordaba.

—Creo que confío en usted... De acuerdo, nos veremos al mediodía.

Ningún reo de muerte hubiera hablado jamás con tanta decisión. Ben Thompson sonrió mientras colgaba el auricular.

LLEGÓ PUNTUALMENTE. TRAÍA UNA bolsa con panecillos, queso de Gruyère, media docena de melocotones y una botella de vino blanco.

—¿Será suficiente? —preguntó mientras ponía los alimentos sobre el escritorio de Deanna.

—Claro que sí, pero no debería haber venido, en serio. —Le miraba un poco consternada. Llevaba unos tejanos, una camisa manchada de pintura y el cabello recogido en la nuca—. Me molesta verme en una situación embarazosa.

Le miraba con inquietud, y él dejó de colocar la fruta.

—No la estoy poniendo en una situación embarazosa, Deanna. Es cierto que quería ver su trabajo, pero no importa lo que yo piense. Kim dice que tiene talento. Usted misma sabe que pinta bien, y me dijo en la playa que la pintura era su vida. Nadie juega con esas cosas y yo no lo intentaría. —Hizo una pausa y añadió, en un tono más suave—: Ya vio usted algunos de mis cuadros preferidos en la cabaña de Carmel. Tengo en gran aprecio esas telas. Y usted aprecia las suyas. Si le gusta mi Wyeth, me alegraré mucho, pero si no es así, no cambiará un ápice el valor que tiene para mí. Nada de lo que vea cambiará lo que usted hace, o la importancia que tiene para usted. Eso es algo intocable.

Ella asintió en silencio. Luego, se volvió lentamente hacia la pared, donde estaban apoyados una veintena de cuadros, escondidos y olvidados. Se los mostró uno tras otro, en silencio, sin mirar a Ben mientras le iba descubriendo cada tela.

—Espere un momento.

Deanna, sorprendida, alzó la vista y vio a Ben apoyado contra el escritorio; había algo en su mirada que no podía descifrar.

—¿Qué experimentó al ver mi Wyeth? —Le preguntó mirándola con fijeza.

—Fue una sensación muy intensa.

—¿Qué sintió?

—En primer lugar, me sorprendí al ver que estaba en su casa, pero luego experimenté asombro y alegría al contemplar la pintura. Me sentí atraída por la mujer, como si la conociera. Comprendí todo lo que, para mí, Wyeth había querido expresar. Por un momento me sentí fascinada.

—Es lo que me ocurre a mí con su obra. ¿Tiene alguna idea de todo lo que ha plasmado en sus pinturas, de la belleza que encierran? ¿Sabe lo que significa sentirse atraído una y otra vez de ese modo a medida que me las iba mostrando? Son increíbles, Deanna. ¿Es posible que no se dé cuenta de lo buenos que son sus cuadros?

Le sonreía y ella sintió que el corazón le golpeaba en el pecho.

—Quiero a esos cuadros, pero es porque yo los he creado.

Se sentía halagada por sus palabras. Sabía que él hablaba en serio. Había pasado mucho tiempo sin que nadie viera sus pinturas… y se interesara por ellas.

—No solamente son suyas sino que son usted misma.

Se acercó a una de las telas y la contempló en silencio. Representaba una adolescente inclinada sobre el baño… Era Pilar.

—Es mi hija.

Deanna disfrutaba ahora de la situación. Quería sincerarse más con Ben.

—Es una gran obra. Muéstreme más.

Le mostró todas las pinturas y al terminar estaba llena de alegría. ¡Sus cuadros le gustaban! Comprendía su trabajo. Deseó rodearle el cuello con sus brazos y reír.

Ben se dispuso a abrir la botella de vino.

—Se da usted cuenta de lo que esto significa, ¿no es verdad?

—¿Qué?

De repente se sintió algo recelosa.

—Que no la dejaré en paz hasta que firme un contrato con la galería. ¿Qué le parece?

Ella le dedicó su mejor sonrisa pero negó con la cabeza.

—No puedo hacer eso.

—¿Por qué no?

—Porque eso no es para mí.

Pensó en Marc, a quien le daría un ataque si hacía algo semejante. Su marido opinaba que las exposiciones eran comerciales y vulgares, aunque la Galería Thompson tenía una gran reputación y la familia de Ben tenía renombre en el mundo del arte desde hacía mucho tiempo.

Al regresar de Carmel, Deanna había reunido algunos datos sobre Ben y se enteró de que su abuelo había poseído una de las galerías más famosas de Londres, y su padre tuvo otra en Nueva York. A sus treinta y ocho años Ben Thompson tenía carta blanca en el mundo del arte.

—Créame, Ben, no puedo hacerlo.

—¡No me diga que no puede hacerlo! Mire, no sea testaruda, venga a la galería y vea lo que hay allí; se sentirá mucho mejor.

Había algo infantil en su vehemencia, y Deanna se echó a reír. También se había preocupado de saber qué clase de obras poseía: Pissarro, Chagall, Cassatt, un Renoir muy pequeño, un Monet espléndido y algunos Corot. Tenía además algunos cuadros de Pollock, bien escondidos, un Dalí y un Kooning que rara vez mostraba. Todas ellas obras de primera clase. Completaban su colección algunas telas de artistas jóvenes muy bien seleccionados, entre los cuales quería incluir a Deanna. ¿Qué más podría pedir? Pero, ¿qué le diría a Marc? ¿Que fue preciso porque Ben se lo pidió y ella quiso...?

—No. —Marc no lo comprendería ni tampoco Pilar, quien lo encontraría jactancioso y detestable—. No, usted no lo entiende.

—En eso estamos de acuerdo —dijo Ben, pasándole una rebanada de pan y una lonja de queso.

Deanna sonrió al coger el plato. Había veintidós telas diseminadas por la habitación y a Ben le habían gustado todas.

—Tengo otras treinta en el desván y cinco más en casa de Kim.

—Usted no está en sus cabales.

—Sí que lo estoy.

Él le alargó un melocotón.

—Está chiflada, pero no se lo reprocho. ¿Querría acompañarme a una inauguración mañana por la noche? Eso no le hará daño, ¿no cree? ¿O hasta eso le da miedo?

Ahora la estaba aguijoneando y a ella no le agradó.

—¿Quién ha dicho que tengo miedo?

Mordisqueó el jugoso melocotón y sonrió. Su aspecto era muy juvenil.

—No es necesario que lo diga nadie. ¿Qué otra razón tendría para negarse a exhibir?

—Porque sería insensato.

—Usted lo será si continúa así —sentenció Ben, pero el tono de su voz era jocoso; iban ya por el tercer vaso de vino—. De todos modos me gusta usted —declaró—. Estoy acostumbrado a tratar con locos de su especie.

—No estoy loca, soy testaruda simplemente.

—Y se parece mucho a la mujer de mi Wyeth. ¿Lo notó también?

Volvió a mirarla con fijeza mientras dejaba la copa en la mesa. Ella vaciló un instante, pero luego asintió.

—Sí, también lo noté.

—La única diferencia es que puedo ver sus ojos. —Sostuvo la mirada fija en ella durante un largo instante y luego la desvió. Aquellos ojos eran tal como él siempre había supuesto que serían los de la mujer del cuadro—. Tiene unos ojos preciosos.

—Los suyos también son bonitos —replicó ella con una voz suave como la brisa.

Ambos recordaron el paseo que habían dado juntos en Carmel. Él permaneció unos instantes en silencio, observando las pinturas.

—Ha dicho que ésta es su hija. ¿Es cierto?

Su mirada era ahora inquisitiva.

—Sí, va a cumplir dieciséis años. Se llama Pilar. Es muy guapa, mucho más de lo que se ve en el cuadro. La he pintado varias veces. —Pensó con nostalgia en la tela que el decorador de Marc había rechazado—. Algunas de esas telas son bastante buenas.

Hablar con Ben le producía una sensación de libertad; podía expresar abiertamente cuánto significaba para ella su trabajo.

—¿Dónde está ahora? ¿Aquí?

—No, está en el sur de Francia. Su... mi marido es francés.

Quiso decirle que también Marc estaba lejos, en Grecia, pero le pareció que sería una traición. ¿Por qué habría de decírselo? ¿Qué quería de aquel hombre? Ya le había dicho que le gustaba su trabajo. ¿Qué más podría pedir? Quería preguntarle si estaba casado, pero tampoco eso le parecía bien. ¿Qué más daba? Él estaba allí para ver su trabajo, por muy halagadora que fuera la mirada de sus ojos de un intenso verde mar.

Ben miró su reloj con expresión de pesadumbre.

—Lo siento, pero debo volver al trabajo. Tengo una reunión a las tres.

—¿A las tres? —Deanna alzó la vista hacia el reloj de pared y vio que sólo faltaba un cuarto de hora—. ¿Cómo es posible que el tiempo haya pasado con tanta rapidez?

Sin embargo, habían tenido tiempo suficiente para examinar gran parte de su obra. Deanna se levantó, pesarosa.

—¿Asistirá a la inauguración mañana por la noche? —preguntó Ben en tono anhelante. Ella no supo por qué.

—Lo intentaré.

—Por favor, Deanna. Me encantaría que lo hiciera. —Le tocó un brazo levemente, miró una vez más a su alrededor, sonriendo con satisfacción, y salió del estudio, encaminándose a la escalera—. Ya encontraré la salida. ¡Hasta mañana!

Sus palabras se desvanecieron, mientras ella se hundía en su cómodo sillón blanco y miraba a su alrededor. Había cuatro o cinco retratos de Pilar, pero ninguno de Marc. Por un instante, presa de gran agitación, no pudo recordar el rostro de su marido.

Capítulo 6

DEANNA APARCÓ EL JAGUAR azul enfrente de la galería y cruzó la calle con lentitud. Aún no estaba muy segura de haber acertado al ir allí. ¿Y si Kim estuviera presente? Entonces se sentiría estúpida. Pensó en los ojos de Ben y empujó con decisión la pesada puerta de vidrio.

Dos camareros uniformados de negro servían whisky y champaña, y una joven muy bonita recibía a los invitados; todos ellos parecían de clase alta o artistas. Deanna vio en seguida que se trataba de la obra de un viejo artista. Éste se encontraba rodeado de amigos, y parecía rezumar satisfacción. Las pinturas estaban muy bien presentadas y recordaban algo a Van Gogh. Entonces vio a Ben. Estaba en el otro extremo de la sala, muy elegante con un traje azul marino a rayas. Él la siguió con la mirada y Deanna vio que sonreía y se libraba cortésmente del grupo para acudir a su lado.

—Por fin ha venido. Me alegra mucho. —Permanecieron unos instantes mirándose, y ella no pudo reprimir una sonrisa. Se sentía feliz al verle de nuevo—. ¿Tomará una copa de champaña?

—Sí, gracias —Aceptó la copa que le ofrecía uno de los camareros, y Ben la tomó amablemente por el codo.

—Tengo algo en mi despacho que deseo mostrarle.

—¿Grabados? —Sintió que se ruborizaba—. Oh, no debería haber dicho eso.

—¿Por qué no? —dijo él, riendo—. Pero no, se trata de un pequeño Renoir que adquirí anoche.

—¡Dios mío! ¿Dónde lo consiguió?

—Pertenecía a una colección particular, propiedad de un anciano admirable al que no le gusta Renoir. ¡Gracias a Dios! Lo he comprado por un precio increíble. —Abrió la puerta de su despacho y entró con rapidez. Allí, apoyado en la pared del fondo estaba el cuadro, un desnudo de extraordinaria delicadeza, con el estilo característico que hacía innecesario mirar la firma—. ¿No es maravilloso?

Contemplaba el cuadro como si fuera un recién nacido de quien se sintiera muy orgulloso.

—Sí, es maravilloso —asintió Deanna.

—Gracias.

Miró a Deanna como si deseara decirle algo más, pero no lo hizo, y miró a su alrededor con una sonrisa que le invitaba a hacer lo mismo. Sobre el escritorio había otro Andrew Wyeth, uno de sus cuadros más conocidos.

—Éste también me gusta, aunque no tanto como el otro.

—A mí tampoco.

Se quedaron silenciosos, evocando mentalmente los días de Carmel, y de improviso se oyeron unos golpes en la puerta. La joven que había recibido a los invitados llamó a Ben desde el corredor.

—¡Hola, Sally! ¿Qué sucede? Te presento a Deanna Duras, que pronto será una de nuestras artistas.

Sally se acercó sonriendo, con expresión de sorpresa, y le alargó la mano.

—¡Qué buena noticia!

—¡Oh, espere un momento! —Deanna miró a Ben, azorada—. Yo no he dicho eso.

—No, pero espero que lo haga. Sally, dile lo estupendos que somos, que nunca engañamos a nuestros pintores, no colgamos los cuadros cabeza abajo y jamás pintamos bigotes en los desnudos.

Deanna se echó a reír y sacudió la cabeza.

—Entonces ésta no es la galería más adecuada para mí. Siempre he querido ver un bigote en uno de mis desnudos pero nunca tuve el valor de hacerlo yo misma.

—Pues déjenos que lo hagamos por usted —dijo Ben.

Salieron al pasillo y él se puso a comentar con Sally las incidencias de la venta. El anciano pintor, Gustave, tenía ya varios compradores.

Luego Ben presentó a Deanna a los invitados, y ella se sintió sorprendentemente en su elemento mientras recorría la galería, y trababa conocimiento con artistas y coleccionistas. Le sorprendió no encontrar allí a Kim. Más tarde se lo dijo a Ben:

—¿No está aquí? Creí que vendría.

—No. Parece que se está quemando las pestañas en la creación de un nuevo anuncio para una marca de yogur. Con franqueza, espero que no nos confunda. Será mejor que termine con el yogur antes de empezar con el arte, ¿no le parece? —Deanna se rió de buena gana y cogió otra copa de champaña. Ben añadió—: Ayer lo pasé muy bien. Su obra es de una calidad extraordinaria y no pienso dejar de importunarla hasta que acceda a exponer.

Deanna sonrió, y antes de que pudiera protestar fueron interrumpidos por varios coleccionistas que querían consultar a Ben. Estuvo ocupado con ellos hasta casi las nueve.

Deanna deambuló lentamente por la galería, observando a los compradores en potencia y admirando la obra de Gustave. Luego se detuvo ante uno de los cuadros, y de súbito oyó una voz conocida a sus espaldas, que le hizo volverse, sorprendida.

—¿Te interesa esta técnica, Deanna?

—¡Jim! —El socio de su marido la miraba con expresión divertida— ¿Qué haces aquí?

—Pues no sé. Supongo que hago cultura. —Hizo un gesto vago en dirección a un grupo que estaba cerca de la puerta—. Me arrastraron hasta aquí, pero sólo después de haber bebido varias copas.

—Eres un auténtico amante del arte —bromeó Deanna, con su cálida sonrisa de siempre, pero se sentía incómoda. No hubiera querido encontrar a Jim Sullivan allí. Había ido para ver a Ben... ¿O no? ¿Sólo había ido a ver la galería? No estaba del todo segura y quizá Jim lo percibiría. Tal vez vería algo distinto en su rostro, en sus ojos, en su alma. Casi poniéndose en guardia, buscó un tema familiar de conversación—. ¿Has tenido noticias de Marc?

Él la miró un instante con expresión cautelosa.

—¿Y tú?

—Al día siguiente de su marcha recibí un telegrama. Decía que no pudo llamarme, que no encontró el momento adecuado, y luego pasé el fin de semana en Carmel. Con Kim —añadió rápidamente y sin necesidad—. Es probable que me llamara entonces. Supongo que ya estará en Atenas.

Sullivan asintió y se volvió de nuevo hacia sus amigos. Deanna siguió su mirada y la posó en una chica de cabello castaño y una esbelta figura que llevaba un vestido plateado muy atractivo. Debía de ser la modelo de Jim.

—Sí, ya debe estar en Atenas —le dijo Jim—. Bueno, querida, tengo que irme. —La besó en la mejilla y, casi como si se le hubiera ocurrido de repente, se separó para mirarla y le preguntó—: ¿Quieres acompañarnos a cenar?

Ella hizo un rápido gesto negativo.

—No, no puedo... Tengo que volver a casa, de veras, pero te lo agradezco mucho.

Le sorprendía sentirse tan incómoda. No tenía nada que ocultar y, además, Jim no parecía haber notado nada diferente en ella. Pero ¿qué podría haber notado? ¿Qué diferencia había?

—¿Estás segura?

—Completamente.

—Muy bien. Ya te llamaré.

Le dio otro beso rápido en la mejilla y fue a reunirse con sus amigos. Poco después habían desaparecido y ella se quedó mirando ensimismada hacia la puerta, pensando que Jim no había respondido a su pregunta sobre Marc y, él, en cambio, le había preguntado a su vez si ella había tenido noticias. Se preguntó por qué.

—Qué seria está, Deanna —le susurró Ben—. ¿Está pensando en firmar para nosotros? —Le preguntó jovialmente.

Ella no le había visto acercarse. Se volvió a él, sonriente.

—No, pensaba que ya es hora de que me vaya a casa.

—¿Tan pronto? No sea tonta. Además, ni siquiera ha comido nada. ¿Le importaría ir a cenar conmigo? ¿O tal vez podría molestarle a su marido?

—No sería fácil que le molestara. Está en Grecia y pasará allí todo el verano. —Sus miradas se encontraron y cada uno retuvo la del otro—. La idea de ir a cenar juntos me parece estupenda.

¿Por qué no? Sonrió y se propuso apartar a Jim Sullivan de su mente.

Ben advirtió a Sally con una seña que se iba. Pasaron desapercibidos entre los últimos rezagados y se deslizaron por la puerta de vidrio hasta la calle, invadida por una fresca niebla de verano.

—A veces esto me recuerda a Londres —comentó—. De niño solía ir allí para visitar a mi abuelo. Era inglés.

Aquella confidencia hizo sonreír a Deanna.

—Sí, ya lo sé.

—¿Ha venido en su coche? —preguntó Ben. Ella asintió, señalando el Jaguar azul—. ¡Vaya! Estoy impresionado. Yo tengo un cochecillo alemán, desconocido por estos pagos. Apenas consume gasolina y me lleva a todas partes. ¿Le avergüenza que la vean con tan poca cosa? ¿O quiere que vayamos en el suyo?

Por un instante sintió vergüenza por haber ido en el coche de Marc, pero siempre lo utilizaba cuando su marido estaba de viaje. Era una simple costumbre.

—Preferiría ir en el suyo.

—¿Le parece bien que vayamos a l'Etoile? —le preguntó dubitativo.

—Creo que me gustaría un sitio que armonice más con su coche, algo tranquilo y sencillo. —Ben sonrió, satisfecho, y ella se echó a reír—. Me parece que le horroriza la ostentación, excepto en el arte.

—Así es. Además, mi ama de llaves se marcharía si apareciera un día en un Rolls Royce. Ya piensa que toda esa «basura» de las paredes es una extravagancia. Cierta vez colgué un hermoso desnudo francés, y ella lo descolgó tan pronto como salí de Carmel. A mi regreso lo encontré cubierto con una sábana y lo tuve que traer nuevamente a la ciudad.

Deanna rió mientras él abría la portezuela y la sostenía para que subiera al coche.

La llevó a un pequeño restaurante italiano oculto en una callejuela, cerca de la bahía, y hablaron de arte casi toda la velada. Deanna le contó su vida de vagabundeo por Europa y Estados Unidos, en compañía de su padre, sus visitas a los museos de todas las ciudades a las que viajaban, y él le explicó que había aprendido arte de su abuelo, y luego de su padre, y asistiendo a las grandes subastas de Londres, París y Nueva York.

—Sin embargo, nunca pensé que yo mismo me dedicaría a este negocio.

—¿Por qué no?

—Deseaba hacer algo más interesante, por ejemplo, ser jinete de rodeos o espía. Tuve la intención de ser espía por lo menos hasta los nueve años, cuando mi abuelo insistió en que no era una profesión respetable. A decir verdad, a veces pienso que mi profesión actual tampoco lo es. Cuando iba a la universidad, quería ser uno de esos especialistas que detectan las falsificaciones en el arte. Estudié ese campo durante cierto tiempo; pero descubrí que no era capaz de detectar los fraudes. Confío en que ahora lo hago mejor.

Deanna sonrió, y se dijo que, por lo que había visto en la galería y la casa de Carmel, las falsificaciones ya no podrían engañarle.

—Dígame —le preguntó abruptamente—, ¿desde cuándo está casada?

Aquella súbita pregunta, tan personal, cogió a Deanna por sorpresa. Hasta entonces Ben no había sondeado su intimidad.

—Desde hace dieciocho años. Tenía diecinueve cuando me casé.

—De modo que ahora tiene... —Empezó a contar con los dedos y ella se echó a reír.

—Cumpliré ciento tres el próximo mes de noviembre.

—No —dijo él, arrugando la frente—. ¿No son ciento dos?

—Por lo menos. ¿Y qué me dice de usted? ¿Desde cuándo está casado?

—Lo estuve una vez y duró muy poco tiempo. —Por un instante apartó la mirada de ella—. Me temo que tampoco en ese aspecto era muy bueno para detectar las falsificaciones. Creí que todo sería miel sobre hojuelas, y lo cierto es que lo pasé muy bien... hasta que todo terminó.

Le sonrió y sus miradas volvieron a encontrarse.

—¿Tuvieron hijos?

—No. Eso es lo único que lamento. Me habría encantado tener un hijo.

—A mí también.

Había un matiz de nostalgia en su voz, y Ben la miró y dijo:

—Pero tiene una hija encantadora.

—Tuve dos niños que murieron al nacer.

Era una información muy íntima para transmitirla a una persona casi desconocida durante una cena, pero él seguía mirándola fijamente. Necesitaba saber aquello.

—Lo lamento.

—Yo también. Luego, el nacimiento de Pilar fue una especie de golpe. En las familias francesas las niñas no son muy bien recibidas. No hay aplausos para ellas.

—¿Quería usted que la aplaudieran? —preguntó Ben en tono divertido.

—Sí, eso por lo menos. —Le devolvió la sonrisa—. Y una banda de música, y un desfile.

—Nadie podría censurarla por eso. ¿Pilar fue la tercera? —Deanna hizo un gesto afirmativo—. ¿Están muy unidas?

Ben suponía que sí, y se sorprendió al saber la verdad.

—Por ahora no, pero confío en que nos llevaremos bien en el futuro. De momento tiene una crisis de identidad; no sabe bien si es norteamericana o francesa. Estas cosas pueden ser muy difíciles.

—Como tener quince años. ¿Se parece a usted?

No había podido descubrirlo en su rápida ojeada a los cuadros de Deanna.

—En absoluto. Es la viva imagen de su padre. Es una chica muy guapa.

—Como su madre.

Deanna no respondió en seguida. Luego sonrió y dijo:

—Muchas gracias, señor.

La conversación giró nuevamente en torno al arte. Se mantuvieron alejados de los temas dolorosos y personales, pero a veces Deanna se preguntaba si él realmente la escuchaba. Aparentemente, le prestaba mucha atención, pero parecía decirle otras cosas con la mirada. Cuando decidieron marcharse era ya media noche.

—He pasado una velada encantadora —dijo Deanna cuando llegaron al lugar donde estaba aparcado su Jaguar.

—Yo también.

Ben no dijo nada más. Deanna puso en marcha el motor y le vio mientras se alejaba retrocediendo y agitando una mano. Luego le vio por el espejo retrovisor, andando hacia su propio vehículo, con las manos en los bolsillos y la cabeza agachada.

YA ESTABA ACOSTADA, con las luces apagadas, cuando sonó el teléfono. Por el rápido zumbido supo que era una llamada internacional.

—¿Deanna? —Era Marc.

—¡Hola, querido! ¿Dónde estás?

—En Roma, en el Hassler, por si me necesitas. ¿Estás bien?

La conexión era muy deficiente y apenas oía su voz.

—Estoy perfectamente. ¿Qué haces en Roma?

—¿Cómo? No te oigo…

—Te he preguntado por qué estás en Roma.

—Asuntos de negocios. Se trata de la Salco. Pero este fin de semana iré a ver a Pilar.

—Dile que la quiero.

Estaba sentada en la oscuridad, gritando para hacerse oír.

—¡No te oigo!

—He dicho que le recuerdes cuánto la quiero. ·

—Muy bien, de acuerdo, así lo haré. ¿Necesitas dinero?

—No, no necesito nada.

Por un momento no se oyó nada más que los ruidos de la estática y una lejana algarabía.

—Te quiero.

Por alguna razón necesitaba decírselo y escuchar de él la misma frase. Necesitaba sentirse ligada a él, pero Marc parecía hallarse a una distancia interminable.

—¡Te quiero, Marc! —De pronto, sin entender por qué, se dio cuenta de que las lágrimas resbalaban por sus mejillas. Quería que él la oyera, quería oírse a sí misma—. ¡Te quiero!

—¿Qué dices?

La comunicación se interrumpió.

Rápidamente, Deanna llamó a la operadora de llamadas internacionales y pidió conferencia con Roma; pero pasó casi media hora antes de que respondieran a su llamada. El telefonista del Hassler respondió con un rápido «*Pronto*». Deanna preguntó por el *signore* Duras. Nadie descolgó el teléfono en la habitación de Marc. En Roma eran las diez de la mañana.

—Lo sentimos mucho, el *signore* Duras ha salido.

Deanna volvió a tenderse en la oscuridad y recordó la velada que había pasado con Ben.

Capítulo 7

MARC-EDOUARD DURAS PASEABA por la Via Veneto observando los escaparates y dirigiendo de vez en cuando miradas admirativas a las bonitas muchachas que pasaban por su lado. El día era soleado y las mujeres llevaban camisas sin mangas sujetas con cintas estrechas, faldas blancas que se adherían a las piernas bien torneadas y sandalias que dejaban al descubierto los dedos de los pies. Sonreía mientras avanzaba, con el portafolios bajo el brazo. No había ninguna razón de peso para pasar aquella breve estancia en Italia, pero, después de todo, ¿por qué no? Además, había prometido... A veces se preguntaba cómo podía prometer con tanta facilidad. Pero lo hacía. Se detuvo un momento y esperó que pasara el tumultuoso tráfico romano que hacía huir despavoridos a los peatones. Observó a una anciana en la acera de enfrente que agitaba una sombrilla y acto seguido hizo un gesto obsceno. *Ecco, signora.* La saludó con una ligera inclinación de cabeza y ella le obsequió con el mismo gesto. Marc se echó a reír, consultó su reloj y se acercó a la terraza de un café. Se sentó bajo un toldo de colores llamativos que le protegía del sol y siguió mirando la energía y la alegría que eran la esencia misma de Roma. Aquella era una ciudad mágica. Quizá, después de todo, había valido la pena cumplir la promesa. Recordó brevemente su conversación interrumpida con Deanna. Apenas había podido oír su voz, y se sentía aliviado. A veces no lograba entenderla, no podía comunicarse con ella, no soportaba la imagen del dolor reflejado en su mirada ni percibir la soledad en el tono de su voz. Sabía que estaba allí, pero era más de lo que él podía soportar. Podía enfrentarse con todo aquello en San Francisco, en el contexto de su rutina cotidiana, pero no cuando estaba inmerso en una crisis profesional en el extranjero, o cuando se encontraba en su casa de Francia, o allí, en Roma. Meneó lentamente la cabeza, como si tratara de borrar el recuerdo de su voz, y se puso a contemplar la calle anhelosamente.

Ahora no podía pensar en Deanna, no, no podía. Su mente se encontraba ya a una incalculable distancia de ella, mientras su mirada cernía la muchedumbre: una bonita rubia, una morena esbelta, dos hombres de estilo muy romano, con trajes claros y espeso cabello negro, una mujer estilizada, probablemente florentina, que parecía salida de una pintura del Renacimiento... y por fin la vio. Caminaba a zancadas, con su modo de andar inimitable. Tenía unas piernas tan largas que parecían bailar sobre la acera. Una falda de color turquesa acariciaba sus muslos. Llevaba una blusa de seda, de color malva pálido, sandalias delicadas y un enorme sombrero de paja que casi le ocultaba los ojos. Casi, pero no del todo. Nada podía ocultar aquellos ojos cuyo brillo variaba con su estado de ánimo. Pasaban del brillo del fuego al misterio del intenso azul marino. Su abundante cabellera castaña le caía sobre los hombros.

—*Alors, chéri* —dijo cuando llegó ante Marc, sonriendo sensualmente—. Perdona el retraso. Otra vez me entretuve mirando esos brazaletes.

Él se levantó para recibirla; por una vez, la fría reserva de Marc-Edouard Duras estaba del todo ausente. Había en su rostro una expresión juvenil, la de un muchacho muy enamorado.

La joven se llamaba Chantal Martin, y había sido modelo de Dior, la mejor de sus modelos durante seis años y medio.

—¿Has comprado los brazaletes? —preguntó Marc, acariciándole el cuello con la mirada—. Ella sacudió la cabeza, haciendo que sus cabellos castaños danzaran bajo el sombrero que él había comprado aquella misma mañana. Aquello era frívolo, pero delicioso, igual que ella—. ¿Y bien?

—No —dijo sacudiendo de nuevo la cabeza—. Tampoco esta vez los he comprado. —De pronto dejó caer un paquetito sobre el regazo de Marc—. He comprado esto para ti.

Se acomodó en la silla, y esperó que él lo abriera.

—*Tu me gâtes, petite sotte.* Me mimas demasiado.

—¿Y tú no me mimas a mí?—Sin aguardar su respuesta, hizo una seña al camarero—. *Senta... Cameriere...*

El camarero se acercó al instante, visiblemente impresionado por la belleza de Chantal, y ella pidió un Campari con soda.

—¿Qué quieres tomar?

—¿También vas a invitarme a una copa?

Ella nunca esperaba a que Marc tomara la iniciativa. Le gustaba llevar las riendas.

—¡Oh, cállate! ¿Qué vas a tomar?

—Un whisky.

Chantal pidió la bebida que a él le gustaba, y Marc la contempló largamente. La muchedumbre que se dirigía a comer formaba una corriente pintoresca a su alrededor.

—¿Siempre serás tan independiente, amor mío?

—Siempre. Ahora, abre tu regalo.

—Eres imposible.

Pero aquello era precisamente lo que siempre le había fascinado en ella. Era una mujer imposible, y a él le encantaba; como una yegua salvaje de las que corren por las llanuras de la Camarga. Una vez estuvieron en aquella región, la tierra de los vaqueros franceses y los soberbios caballos salvajes blancos. Desde entonces Chantal le había parecido así, indomable, inalcanzable hasta cierto punto y, sin embargo, más o menos suya. Más o menos. Marc se complacía en creer que era más que menos. Y había sido así durante más de cinco años.

Chantal tenía veintinueve años. Se conocieron el primer verano que Deanna no quiso acompañarle a Francia. A Marc le pareció absurdo pasar el verano sin ella. No le resultó fácil explicar a su familia la situación, insistiendo en que aquel año Deanna no estaba en condiciones para viajar. No lo creyeron, pero no se lo dijeron abiertamente; a sus espaldas comentaron si ella abandonaría a Marc-Edouard o si tenía simplemente algún amante en Estados Unidos. La familia de Marc nunca comprendió la verdad: que los odiaba, que estaba incómoda entre ellos y que prefería quedarse en su casa sola y pintar, porque detestaba compartir a Marc con ellos, no podía soportar el comportamiento de su marido cuando estaba con su familia y mucho menos la manera en que Pilar se iba convirtiendo en una Duras. Para Marc-Edouard fue un duro golpe que Deanna se negara a acompañarle y no quisiera pasar los veranos con su familia en Francia. Había decidido enviarle algo bonito, junto con una carta pidiéndole que cambiara de opinión. Recordó a aquella muchacha de dieciocho años, hermosa y nostálgica que

78

había estado en su despacho hacía ya tanto tiempo, y se encaminó a Dior.

Contempló el desfile de la colección completa, mientras tomaba notas y observaba a las modelos, estudiando con cuidado los vestidos y tratando de decidir cuál se adaptaba mejor al estilo de Deanna; pero su atención se había desviado constantemente de los trajes a las modelos, en especial, hacia una joven impresionante, cuyos movimientos le habían cautivado. Era genial: sus vueltas rápidas, sus giros, sus gestos que parecían dirigidos a él. Marc permaneció sin aliento, contemplándola. Al terminar el desfile preguntó si podía verla. Por un instante se sintió azorado, pero no fue más que un momento pasajero. Ella salió a su encuentro enfundada en un vestido negro ajustado, con su cabellera castaño rojiza suelta y aquellos ojos cuya mirada desgarraba y acariciaba alternativamente. Marc sintió el impulso de abrazarla y ver cómo se ablandaba entre sus brazos. Era un hombre sensato, que sabía controlarse, y nunca había sentido nada semejante. Le asustó y le fascinó al mismo tiempo, y Chantal pareció muy consciente del poder que tenía. Lo ejercía con gracia, pero con una fuerza abrumadora.

En lugar de comprarle a Deanna un vestido, Marc acabó invitando a Chantal a tomar una copa, a la que siguieron otras. Terminaron las existencias de champaña en el bar del Hotel George V. Luego hizo algo que le sorprendió a él mismo: le preguntó si le dejaba pedir una habitación. Pero ella soltó una risita entrecortada y pasó por su rostro una mano larga y delicada.

—Ah, non, mon amour, pas encore.

¿Cuándo, entonces? Quiso preguntar, pero se contuvo. Entonces se dedicó a cortejarla, la halagó, la llenó de regalos hasta que al fin ella cedió, con reserva y timidez, cuando él ya se sentía tan atraído que sólo rozarla le inflamaba. Pasaron un fin de semana en el apartamento que Marc pidió prestado a un amigo, en el barrio elegante de la avenida Foch, en una habitación milagrosamente romántica, con un balcón desde el que se veían las copas de los árboles.

Nunca olvidaría los sonidos, los olores, los instantes de aquel fin de semana. Supo entonces que jamás se saciaría de ella. Su vida se había entretejido con la de Chantal Martin de tal manera que ya jamás sería del todo feliz si no era a su lado. Ella le dejaba exhausto, le hechizaba, le hacía sentir un loco deseo que nunca había experimentado antes. Evasiva, exótica y exquisita Chantal. Su relación se había prolongado durante cinco años, en París, Atenas y Roma. Dondequiera que fuese en Europa la llevaba consigo, y en los hoteles, restaurantes y tiendas la presentaba como «la señora Duras». Se habían acostumbrado a aquella situación, que formaba parte de su vida, y de la que el socio de Marc, Jim Sullivan, estaba perfectamente enterado; pero por suerte su mujer no sabía nada. No lo sabría nunca. No había razón alguna para decírselo. Marc consideraba que no la estaba despojando de nada. Al fin y al cabo, ella tenía San Francisco y su pequeño mundo propio.

Marc tenía a Chantal y un mundo más amplio; tenía todo cuanto quería, mientras Chantal siguiera a su lado. Sólo rogaba que siguieran así para siempre, pero Chantal nunca se lo prometería.

—*Alors, mon amour*, tu regalo... ¡Ábrelo! —exclamó excitada, y Marc abrió nerviosamente la caja.

Era un reloj de buceador. Lo había visto por la mañana y se dijo que iría muy bien para la playa y cuando estuvieran en Cap d'Antibes.

—¡Dios mío, Chantal! Estás loca.

Era un reloj carísimo, pero ella acalló sus objeciones con un gesto de la mano. Ya no trabajaba en Dior y podía permitírselo. Tres años antes se había retirado de la pasarela y abierto su propia agencia de modelos. Se había negado rotundamente a que él le pusiera un piso en París, donde no haría nada más que arreglarse el pelo y las uñas y esperarle. Se negó a depender de nadie, y de él todavía menos. A veces aquella postura irritaba a Marc, y también le infundía miedo. Ella no le necesitaba, sólo le quería, pero al menos estaba seguro de ello y no le importaba lo que ella hiciera cuando él estaba en Estados Unidos. Sabía que le quería. Y su perfecto entendimiento cuando estaban juntos lo corroboraba.

—¿Te gusta?

Le miró tímidamente, por encima del borde de la copa.

—¡Es estupendo! —Bajó el tono de la voz y añadió—: Pero tú me gustas más.

—¿De veras, señor? —dijo ella enarcando las cejas.

Marc sintió un ramalazo de deseo.

—¿Necesitas una prueba?

—Tal vez. ¿En qué pensabas?

Le miraba maliciosamente bajo el ala de su sombrero.

—Pensaba sugerirte que comiéramos en el campo, pero quizá...

Ambos sonrieron.

—¿Pedimos que nos sirvan en nuestra habitación?

—Me parece una idea excelente —repuso Chantal.

Marc hizo una seña al camarero y pagó rápidamente la cuenta.

Ella se levantó con languidez y durante un momento dejó que su cuerpo rozara incitante el de Marc. Luego se abrió paso entre las mesas atestadas, mirándole por encima del hombro de vez en cuando. Él apenas podía esperar hasta que llegaran al hotel; quería correr, cogiéndola de la mano, pero ella caminaba a su propio ritmo, sin apresurarse, sabiendo que tenía a Marc-Edouard Duras a su merced. Él la miró regocijado. Dentro de pocos minutos ella estaría a su merced. Entre sus brazos. En la cama.

Una vez en la habitación, Marc comenzó a desabrocharle la blusa a una velocidad alarmante, y ella se zafó, juguetona, haciéndole esperar antes de revelarle lo que tanto despertaba su deseo. Le acarició con una mano mientras le besuqueaba en el cuello, hasta que él encontró al fin el botón de su falda y ésta cayó al suelo, dejando a Chantal con sus prendas interiores de encaje rosa. Casi le rasgó la blusa, y poco después quedó desnuda frente a Marc, que gemía de impaciencia. Ella le desvistió, con rapidez y experiencia, y ambos cayeron sobre la cama. Cada vez que hacían el amor era mejor que la vez anterior, y tan intensamente como la primera ocasión. Él quedaba saciado y hambriento a la vez, ansioso por saber que pronto se unirían de nuevo.

Chantal dio la vuelta en la cama y se apoyó en un codo. Sus cabellos estaban revueltos, pero eso no le restaba belleza. Miraba a Marc en silencio, sonriente. Deslizaba los dedos lentamente por su pecho, hacia el estómago. Él oyó su voz muy cerca de su oído; con un bronco susurro le dijo:

—Sabes que te quiero, ¿verdad?

Marc la miró intensamente.

—También yo, Chantal, quizá demasiado. Pero eso es inevitable.

Admitir aquello era muy notable en un hombre como Marc-Edouard Duras. Nadie que le conociera lo habría creído, y mucho menos, Deanna.

Chantal sonrió y volvió a tenderse, con los ojos cerrados. Él la observó preocupado.

—¿Estás bien?

—Sí, claro.

—Serías capaz de mentirme, lo sé. En serio, Chantal, ¿qué te ocurre? —Había un timbre de alarma en su voz.

—Estoy perfectamente —aseguró ella, sonriéndole.

—¿Ya has tomado la insulina? —inquirió en tono paternal, olvidando su pasión de hacía un momento.

—Sí, la he tomado. Deja de preocuparte. ¿Quieres probar tu nuevo reloj en el baño?

—¿Ahora?

81

—¿Por qué no? —Le sonrió alegremente y Marc se sintió tranquilizado—. ¿O te apetece hacer otra cosa?

—A mí siempre me apetece hacer otra cosa, pero estás cansada.

—Nunca estoy demasiado cansada para ti, *mon amour*.

Y él tampoco estaba nunda demasiado cansado para ella. La diferencia de edad se desvaneció cuando volvieron a hacer el amor.

Ya eran las tres de la tarde cuando estaban tendidos, descansando una al lado del otro.

—Bueno, se nos ha ido la mañana completa —dijo Chantal, sonriéndole maliciosamente.

—¿Tenías otros planes?

—No, ninguno.

—¿Quieres ir de compras?

Le gustaba ser complaciente, mimarla, estar con ella, admirarla, embeberse en ella. Su perfume, sus movimientos y hasta su aliento le excitaban, y ella lo sabía.

—Sí, creo que me apetecería ir de compras.

—De acuerdo.

Al fin y al cabo había ido a Roma para reunirse con ella. Aquel verano tendría que trabajar duramente, y Atenas sería aburrido para ella. Marc sabía cuánto le gustaba Roma, y siempre procuraba llevarla allí, para complacerla. Además, iba a tener que ausentarse aquel fin de semana. Chantal le había estado observando atentamente.

—¿Algo va mal? —inquirió.

—No. ¿Por qué lo dices?

—Por un momento me ha parecido que estabas preocupado.

—Lo estoy. —Pero era mejor poner las cosas en claro, y añadió—: Sólo un poco triste; voy a tener que dejarte durante un par de días.

—¿Cómo? —Su mirada se endureció repentinamente.

—Tengo que pasar por Antibes para visitar a mi madre y a Pilar antes de ir a Grecia.

Chantal se sentó en el lecho y le miró airada.

—¿Y qué piensas hacer conmigo?

—No te lo tomes así, querida. Ya sabes que no puedo evitarlo.

—¿No crees que Pilar es lo bastante mayor para resistir la conmoción de saber lo nuestro? ¿O aún me consideras tan poco presentable? Ya no soy un simple maniquí de Dior, ¿sabes? Dirijo una de las agencias de modelos más importantes de París —aunque sabía muy bien que en el mundo de Marc eso no contaba para nada.

—No se trata de eso. Y no creo que Pilar sea lo bastante mayor.

82

Con respecto a Pilar, Marc era singularmente testarudo, lo que irritaba mucho a Chantal.

—¿Y tu madre?

—Eso es imposible.

—Ya veo. —Deslizó sus largas piernas por el borde de la cama, cogió un cigarrillo y cruzó la habitación. Se detuvo junto a la ventana y se volvió para mirarle—. Empieza a cansarme que me dejes plantada en cualquier parte mientras visitas a tu familia.

—Difícilmente llamaría yo a Saint Tropez un sitio cualquiera.

Marc empezaba a irritarse y no había en el tono de su voz la pasión de antes.

—¿Dónde se te ocurre esta vez?

—Pensé que quizá te gustaría quedarte en San Remo.

—Muy adecuado. Pues bien, no iré.

—¿Prefieres quedarte aquí?

—No.

—¿Tenemos que volver a discutir esto, Chantal? Resulta muy aburrido, y aún más, no te comprendo. ¿Por qué de repente esto tiene que ser un problema entre nosotros cuando durante cinco años te ha parecido perfectamente aceptable pasar temporadas sin mí en la Riviera?

—¿Quieres saber la razón? —De repente, en su mirada llameaba la ira—. Porque ya tengo casi treinta años y sigo jugando a los mismos juegos que me divertían contigo hace cinco años, y ya estoy un poco cansada de ellos. Ese juego del «señor y la señora Duras» a que nos dedicamos en medio mundo, mientras que en los sitios que verdaderamente importan, en París, San Francisco o Antibes, tengo que ocultarme y desaparecer. Pues bien, estoy harta de todo esto. Tú quieres hacerlo todo a tu manera. Pretendes que me quede en París sin asomar la nariz durante la mitad del año, y luego, que salga de mi capullo cuando lo ordenes. Ya no lo haré más, Marc-Edouard. Por lo menos no lo haré durante mucho tiempo.

Se detuvo, y él la miró con fijeza, sorprendido. No se atrevía a preguntar si ella hablaba en serio. Pero pronto comprendió que así era.

—¿Qué esperas que haga yo al respecto?

—Aún no lo sé. Últimamente he estado pensándolo mucho. Creo que los americanos tienen un dicho que viene bien al caso: «Caga o levántate del orinal».

—No le encuentro la gracia.

—Tampoco yo le encuentro la gracia a San Remo.

Era inútil discutir. Marc exhaló un suspiro y se pasó los dedos por el cabello.

—Chantal, no puedo llevarte a Antibes.

—No *quieres* llevarme a Antibes, que es distinto.

A Marc no le había pasado inadvertido que Chantal había añadido San Francisco a su lista de quejas. Hasta entonces nunca había querido ir a Estados Unidos.

—¿Puedo preguntarte a qué viene todo esto? No creo que se deba a tu cumpleaños. Aún te faltan cuatro meses para los treinta.

Ella guardó silencio, dándole la espalda y mirando a través de la ventana. Luego se volvió con lentitud y se enfrentó a él.

—Alguien acaba de pedirme en matrimonio.

El tiempo pareció detenerse bruscamente. Marc-Edouard la miró despavorido.

Capítulo 8

EL TELÉFONO SONÓ MIENTRAS aún estaba en cama. Era Ben.

—¿Deanna?

—Hola —dijo con voz soñolienta.

—Lo siento. ¿La he despertado?

—Más o menos.

—¡Qué respuesta tan diplomática! La llamo para fastidiarla un poco más. Me parece que tarde o temprano venceré su resistencia y firmará un contrato con la galería, sólo para librarse de mí. ¿Qué le parece si comemos juntos?

—¿Ahora?

Aún estaba medio dormida y echó una mirada al reloj, preguntándose hasta cuándo había dormido, pero le interrumpió la risa de Ben.

—No, sólo son las ocho de la mañana. ¿Qué le parece a las doce o la una, en Sausalito?

—¿Qué hay en Sausalito?

—Un sol maravilloso, algo no muy frecuente a este lado del puente. ¿No le convence?

—Más o menos —respondió ella, riéndose.

¿Por qué la llamaba a las ocho de la mañana? ¿Por qué ir a comer tan temprano? Habían cenado juntos anoche y comido en su estudio anteayer. Empezaba a preguntarse si había encontrado un

85

nuevo amigo, un fervoroso distribuidor en potencia de sus pinturas o algo más. Se preguntó si sería prudente volver a verlo tan pronto.

—La respuesta es sí.

—¿Cómo dice? —preguntó confusa.

—Se está preguntando si es conveniente o no comer conmigo. Pues bien, lo es.

—Es usted imposible.

—Entonces comeremos en la ciudad.

—No, Sausalito me parece mejor. —Había aceptado sin pensarlo más; miró al techo, sonriendo, y añadió—: A estas horas es fácil convencerme. Como no he tomado mi primer café, estoy indefensa.

—Me alegra saberlo. ¿Qué le parece entonces firmar mañana un contrato con la galería, antes de su primer café?

—Me dan ganas de colgar el teléfono, Ben —le respondió riendo.

Era muy agradable iniciar un nuevo día con risas. Hacía años que no le ocurría.

—No cuelgue hasta que arreglemos lo de la comida. ¿Paso a recogerla hacia mediodía?

—De acuerdo.

Una vez más se preguntó por qué salía con él. Pero le gustaba, y comer en Sausalito sería divertido.

—Póngase unos tejanos.

—Bueno. Hasta luego.

BEN LLEGÓ PUNTUALMENTE, VESTIDO de manera informal, con un suéter de cuello de cisne y tejanos. Al subir al coche, Deanna vio en el asiento un cesto cubierto con un mantel de cuadritos rojos y blancos, por uno de cuyos lados asomaba el cuello de una botella. Ben lo colocó en el asiento trasero.

—Buenos días —saludó sonriente cuando ella se sentó a su lado—. He pensado que podríamos pasar un día en el campo, ¿qué le parece?

—Me parece una idea estupenda.

¿Lo era? ¿Debería ir de excursión con él? La mente de la señora Duras le decía que no, mientras que el corazón de Deanna deseaba gozar de una tarde de sol. Pero podría hacer otras muchas cosas, y si quería tomar el sol, podía hacerlo en la terraza de su estudio.

Ben la miró mientras ponía el coche en marcha y observó la arruga entre sus cejas.

—¿Tenemos algún problema?

—No —replicó ella suavemente.

El coche arrancó y Deanna se preguntó si Margaret los habría visto.

Él la distrajo con relatos acerca de los artistas más pintorescos de la galería, mientras atravesaban el espléndido puente Golden Gate. Luego se quedó silencioso y ambos contemplaron el paisaje.

—Hermoso, ¿verdad? —dijo al fin.

Ella asintió con una sonrisa.

—¿Puedo hacerle una pregunta algo rara?

Ella pareció sorprendida.

—¿Por qué no?

—¿Por qué usted y su marido viven aquí, y no en Francia? Por cuanto sé de los franceses, por regla general no les gusta vivir muy lejos de su país. Excepto bajo coacción.

Deanna se echó a reír. Aquello era cierto.

—Marc tiene mucho que hacer aquí. De todos modos, casi nunca está en casa, se pasa media vida viajando.

—Entonces se sentirá muy sola. —Era una afirmación, no una pregunta.

—Ya estoy acostumbrada a ello.

Él no la creía del todo.

—¿Qué hace cuando está sola?

—Pintar —dijeron ambos a la vez, y se echaron a reír.

—Ya lo suponía. ¿Por qué decidió ir a Carmel?

Ben parecía acribillarla a preguntas, y hasta entonces le había sido fácil responder a todas ellas.

—Kim se empeñó. Insistió en que debía huir de la rutina.

—¿Y acertó? —La miró mientras tomaba el desvío que conducía a la zona militar, al otro lado del puente—. ¿Necesitaba huir?

—Supongo que sí. Había olvidado lo encantador que es Carmel. Hacía muchos años que no iba allí. ¿Va usted todos los fines de semana?

Quería devolverle las preguntas. No deseaba hablar de Marc.

—Me escapo siempre que puedo, aunque no con la frecuencia que quisiera.

Deanna observó que habían abandonado la carretera principal y recorrían un estrecho camino rural, flanqueado por búnqueres y construcciones militares abandonadas.

—Ben, ¿dónde estamos?

Miró a su alrededor con curiosidad. Podría tratarse del decorado de una película acerca de la posguerra. Los barracones situados a ambos lados del camino estaban desmoronados, con puertas y ventanas clausuradas; las flores silvestres y la maleza invadían incluso el camino.

—Es un antiguo puesto del ejército durante la guerra. Por alguna razón lo han conservado, aunque ahora está vacío. Pero hay una playa maravillosa al otro extremo. A veces vengo aquí, simplemente para pensar.

La miró sonriente, y Deanna se dio cuenta, una vez más, de lo agradable que era estar con él. Ben tenía todo lo que configura a un buen amigo. Durante el resto del trayecto permanecieron en silencio, sin sentirse incómodos por ello.

—Es un lugar misterioso, ¿verdad? Tan hermoso y solitario.

Se detuvieron poco antes de alcanzar la playa. Su coche era el único que había allí. Deanna no había visto ningún otro vehículo desde que se desviaron de la carretera principal.

—Nadie viene por aquí. Nunca he hablado con nadie sobre este lugar. Me gusta tenerlo para mí solo.

—¿Viene a menudo? ¿Como cuando pasea por la playa de Carmel? —preguntó Deanna.

Ben asintió y extendió el brazo para coger el cesto del asiento trasero, mirándola con fijeza.

—Nunca pensé que la volvería a ver después de aquella noche en la playa.

—Tampoco yo. Fue algo muy extraño, aquel paseo con usted, hablando de arte... Tuve la sensación de que nos conocíamos desde hacía años.

—También yo tuve esa sensación, pero pensé que era porque se parecía tanto a la mujer del cuadro de Wyeth. —Deanna sonrió y bajó la vista—. Al día siguiente, cuando la vi en mi cuarto de trabajo, no estaba muy seguro de qué debía decir. No sabía si reconocer o no que nos habíamos conocido.

—¿Por qué decidió no hacerlo? —preguntó Deanna, mirándole a los ojos y esbozando una sonrisa.

—Por el anillo que vi en su mano izquierda. Pensé que la pondría en una situación incómoda si lo decía.

Deanna comprendió que era un hombre perspicaz y reflexivo. Vio que fruncía un poco el ceño mientras se acomodaba en su asiento.

—¿Sería embarazoso para usted que la gente supiera que estamos comiendo aquí? —le preguntó.

—No veo por qué —replicó ella, pero había más jactancia en su voz que certeza en su rostro, y él se dio cuenta de ello.

—¿Qué diría su esposo, Deanna? —inquirió con una dulzura insufrible.

Ella deseaba decirle que no le importaba en absoluto, pero no era cierto. La verdad era que le importaba, y mucho.

88

—No lo sé. Nunca se ha presentado el caso. No suelo ir de excursión con otros hombres.

—¿Y qué me dice de los tratantes de arte que desean exponer sus obras? —preguntó Ben, sonriendo.

—No, con ésos mucho menos. Nunca voy a comer con ellos.

—¿Por qué no?

Deanna respiró hondo y le miró a los ojos.

—Mi marido no aprueba en absoluto mi afición a la pintura. Como entretenimiento, le parece bien, pero, en su opinión, los artistas son «hippies y bufones».

—¡Vaya manera de describir a Gauguin y Manet! —Permaneció un momento pensativo. Cuando volvió a hablar, Deanna sintió como si su mirada la atravesara—. ¿Y eso no le hiere? ¿No le obliga a negar una parte esencial de sí misma?

—No lo crea. Con todo, sigo pintando. —Pero ambos sabían que la realidad era muy distinta. Se había visto forzada a renunciar a algo que le importaba mucho—. Supongo que el matrimonio es una especie de intercambio. —Añadió—: Cada uno transige en algo.

Pero ¿en qué había cedido Marc? ¿A qué había renunciado? Deanna parecía melancólica y triste. Ben desvió la mirada.

—Quizás ese fue mi error cuando me casé. Me olvidé de transigir.

—¿Era muy exigente? —preguntó Deanna, sorprendida.

—Tal vez sí. Ha pasado ya tanto tiempo que es difícil estar seguro. Quería que ella respondiera siempre a la imagen que me había formado de ella.

—¿Y cómo era esa imagen?

Ben alzó la vista y esbozó una sonrisa irónica.

—Fiel, honesta, complaciente y enamorada de mí. Lo normal.

Ambos se echaron a reír. Él cogió el cesto con las provisiones y ayudó a Deanna a salir del automóvil. No se había olvidado de llevar una manta, y la extendió con cuidado en la arena.

—¡Vaya! ¿Ha preparado usted la comida?

Observó las golosinas que él iba sacando del cesto: ensalada de cangrejo, «foie gras», pan de estilo francés, una cajita de dulces y más vino. Había también una cesta más pequeña llena de fruta y salpicada con cerezas. Deanna tomó un racimo y lo colgó de la oreja derecha.

—Está encantadora con cerezas, Deanna, pero ¿ha probado con las uvas? —Le ofreció un pequeño racimo de uvas; ella se rió y lo colgó de la oreja izquierda—. Parece como si saliera de un cuerno de la abundancia..., todo muy *fête champêtre*.

—¿Verdad que sí?

Se recostó y alzó la vista hacia el cielo con una sonrisa jovial. Se sentía joven e irreprimiblemente feliz en compañía de Ben.

—¿Le parece bien que comamos? —preguntó él. Tenía un cuenco con ensalada de cangrejo en la mano.

Su mirada volvió a Deanna. Estaba sorprendentemente hermosa, recostada sobre la manta, con las cerezas y uvas entre el cabello. Al ver su mirada, ella recordó la fruta y se la quitó de las orejas. Luego se apoyó en un codo.

—Para serle franca, le diré que estoy famélica.

—Estupendo, me gustan las mujeres con buen apetito.

—¿Y qué más? ¿Qué más le gusta?

No era una pregunta adecuada, pero no le importaba. Quería ser su amiga, conocerle mejor, compartir más cosas.

—Oh, déjeme ver... Me gustan las mujeres que bailan bien..., las que saben escribir a máquina..., las que saben leer... ¡y escribir! Las que pintan..., las de ojos verdes... —Hizo una pausa y volvió a mirarla fijamente—. ¿Y a usted? —Su voz era apenas audible.

—¿Qué clase de mujeres me gustan? —preguntó Deanna, riéndose.

—Oh, cállese. Tenga, coma algo. —Le ofreció una rebanada de pan y el «foie gras». Ella abrió el tarro y untó el pan con la pasta delicada.

La tarde era perfecta, el sol brillaba muy alto y soplaba una brisa suave. Las olas lamían suavemente la orilla. De vez en cuando un pájaro cruzaba el cielo. Detrás de ellos se levantaban los edificios abandonados, como testigos ciegos de la escena.

Deanna paseó la mirada en torno suyo y luego miró a Ben.

—A veces desearía pintar paisajes como éste.

—¿Por qué no lo hace?

—¿Se refiere a pintar como Wyeth? No, no es mi estilo. Cada uno tiene el suyo propio, y los nuestros son muy distintos. —Ben asintió y esperó que ella prosiguiera—. Ben, ¿usted también pinta?

Él meneó la cabeza y sonrió con tristeza.

—No, no. Lo intenté hace tiempo, pero me temo que mi talento es vender arte y no crearlo. Sin embargo, una vez hice una pequeña obra maestra.

Ahora contemplaba de nuevo la bahía, con expresión soñadora. La brisa estival jugaba con sus cabellos.

—¿Cómo era?

—Construí una casa. Era pequeña, pero muy bonita. La construí yo mismo, con la ayuda de un amigo.

—¡Qué maravilla! —exclamó ella, impresionada—. ¿Dónde la edificó?

—En Nueva Inglaterra. Entonces vivía en Nueva York, y quise darle una sorpresa a mi mujer.

—¿Y le gustó?

Ben meneó la cabeza y miró de nuevo hacia la bahía.

—No. Ni siquiera la vio. Me dejó tres días antes de la fecha prevista para enseñársela.

Deanna se quedó pasmada y permaneció unos instantes en silencio. Ambos habían sufrido decepciones en la vida.

—¿Y qué hizo con ella?

—La vendí. La retuve durante cierto tiempo, pero ya no me gustaba; estaba demasiado dolido. Luego, vine aquí y compré la cabaña de Carmel. —Miró a Deanna con una expresión de ternura y tristeza—. Pero era agradable saber que logré construirla. Nunca he sentido nada parecido a lo que sentí cuando terminé aquella casa. ¡Qué sensación! Fue toda una hazaña.

Deanna le escuchaba sonriente.

—Lo sé —dijo al cabo de un momento—, yo me sentí igual cuando tuve a Pilar, a pesar de que no era un niño.

—¿De veras tiene eso tanta importancia? —preguntó algo incómodo.

—Entonces sí; para Marc significaba mucho tener un chico, pero no creo que ahora le importe demasiado, porque adora a su hija.

—Creo que a mí me gustaría más tener una hija que un hijo —dijo Ben.

—¿Por qué?

Deanna parecía sorprendida.

—Es más fácil quererlas. Uno no tiene que obsesionarse con dar una buena imagen paterna y todas esas zarandajas que no significan nada. Basta con quererlas.

Parecía como si lamentara no tener un hijo, y Deanna se preguntó si alguna vez se volvería a casar.

—No, no lo haré —dijo Ben sin mirarla.

—¿No hará qué? —inquirió Deanna, confusa.

Ben tenía la extraña habilidad de responder a preguntas que ella sólo había formulado mentalmente.

—No me volvería a casar.

—Es usted increíble. ¿Por qué no? —dijo Deanna, todavía asombrada de que él pudiera adivinarle el pensamiento.

—No hay ninguna razón para ello. Tengo lo que necesito y ahora estoy demasiado ocupado con las galerías. No sería justo, a

91

menos que ella estuviera interesada en lo mismo. Hace diez años no estaba tan metido en el negocio, pero ahora estoy hasta el cuello.

—Sin embargo, quisiera tener hijos...

—También me gustaría tener una finca en las afueras de Viena, pero puedo vivir sin ella. ¿Y usted, Deanna?

—Ya tengo una hija. ¿Se refiere a si quiero tener más? —No comprendía bien qué le preguntaba.

—No, o quizás eso también. —La miró intensamente y añadió—: Quería saber si se volvería a casar.

—Si ya estoy casada...

—Pero ¿es feliz, Deanna?

Era una pregunta dolorosa y directa.

—A veces soy feliz. Acepto lo que tengo.

—¿Por qué?

—Porque Marc y yo compartimos muchas cosas. —No deseaba pronunciar el nombre de Marc en presencia de Ben—. Hay cosas que son irremplazables, no se pueden negar o abandonar. Tenemos un pasado común.

—¿Un pasado satisfactorio?

—A veces, sí. Una vez comprendí las reglas del juego, las cosas resultaron más sencillas.

Era una respuesta brutalmente sincera, incluso para ella misma.

—¿Qué reglas? —Su voz era tan dulce que Deanna deseó atraerlo hacia ella y no hablar más de Marc. Pero Ben era ahora su amigo y ella no tenía derecho a nada más. Sólo su amistad. No había razón para no hablar de Marc—. ¿Cuáles eran esas reglas?

Deanna suspiró y se encogió de hombros.

—Una serie de prohibiciones: no te opondrás a los deseos de tu marido, no harás demasiadas preguntas, no desearás una vida independiente y mucho menos como pintora... Pero antaño se portó muy bien conmigo. Cuando murió mi padre, me dejó sin un céntimo y atemorizada. Marc me sacó de apuros, quizá más de lo que yo deseaba, pero lo hizo. Me dio comodidades, un hogar, una familia, estabilidad y, finalmente, me dio a Pilar.

No había pronunciado la palabra amor.

—¿Y valió la pena todo eso? ¿Sigue valiendo la pena?

Deanna esbozó una sonrisa.

—Supongo que sí. Me he mantenido en mi puesto, y me gusta lo que tengo.

—¿Ama a su marido?

La sonrisa de Deanna se borró lentamente. Hizo un movimiento afirmativo.

—Perdóneme, Deanna. No he debido hacerle esa pregunta.

—¿Por qué no? Somos amigos.

—Así es. —Sonrió de nuevo—. ¿Quiere dar un paseo por la playa?

Se levantó y le tendió la mano para ayudarle a levantarse. Sus manos se tocaron brevemente antes de que él diera media vuelta y se alejara a zancadas hacia la playa, haciéndole señas para que lo alcanzara.

Deanna echó a andar con lentitud, pensando en lo que habían hablado. Por lo menos ahora todo estaba claro. Y era cierto que amaba a Marc. Se había sincerado, y así no tendría problemas con Ben, cosa que había temido en alguna ocasión. Había algo en su modo de ser que le encantaba.

Ben recogió conchas para ella. Se había descalzado y avanzaba por la orilla con el agua hasta las rodillas. Parecía un niño grande y feliz que jugaba con las olas. Ella le observaba y sonreía.

—¿Quiere que hagamos una carrera? —le preguntó cuando volvió a su lado, mirándola con malicia.

Deanna aceptó el desafío, divertida. Pensó en lo que diría Pilar si la viera en aquel momento, correteando con un hombre por la playa, como dos niños. Pero se sentía como una muchacha que corría alocadamente por la arena, con el aliento entrecortado y el cabello agitado por el viento. Finalmente, se detuvo, riéndose y sin aliento, y sacudió la cabeza cuando Ben pasó junto a ella como una exhalación.

—¿Se da por vencida? —le gritó.

Deanna asintió y Ben retrocedió hasta ella. Los rayos del sol arrancaban destellos rojizos de su cabello. Ben se sentó a su lado y permanecieron juntos, contemplando el mar, mientras recobraban el aliento. Poco después Deanna se volvió hacia él segura de que Ben aguardaba su mirada.

—Deanna... —Se interrumpió y la contempló largamente en silencio; luego se inclinó con lentitud hacia ella, susurrándole al oído—: Te quiero, Deanna...

Como si no pudiera detenerse, la rodeó con sus brazos y acercó su boca a los labios de Deanna. Ella le respondió con la misma rapidez, abrazándole y besándole ansiosamente. Estuvieron así largo rato, abrazados, acariciándose el rostro uno al otro, sin decir nada; no necesitaban las palabras, y el tiempo parecía haberse detenido. Finalmente Ben se separó de ella, silencioso, se levantó despacio y le tendió una mano. Caminaron juntos por la playa, con las manos enlazadas. No intercambiaron una sola palabra hasta volver al coche. Ben estaba pensativo, con aspecto preocupado.

—Debería decirte que lamento lo ocurrido, Deanna, pero no sería cierto.

—Tampoco yo lo lamento —replicó ella; su voz reflejaba la emoción que sentía—, pero no lo comprendo.

—Quizá no sea necesario. Aún podemos seguir siendo amigos.

Ben la miró y trató de sonreír, pero la mirada de Deanna no mostraba alegría, sino un vislumbre de inquietud.

—No me siento traicionada —dijo. Y añadió—: Al menos, no por ti. —No quería que él la interpretara mal.

—¿Y por ti misma?

—Tal vez. Creo que no lo comprendo bien.

—No es necesario que lo comprendas. Has sido muy clara al hablarme de tu vida. No hay nada que comprender o explicar. Podemos olvidarlo, estoy seguro.

Pero ella no quería olvidarlo, y eso era lo que más le asombraba. No quería olvidar nada de lo ocurrido.

—¿Me lo has dicho en serio? —Se refería a su declaración de que la quería; pudo ver que él la entendía—. Yo siento lo mismo. ¿No es un poco absurdo?

—¿Sólo un poco? —Ben se rio y la besó dulcemente en la mejilla—. Puede que sea una gran locura, pero sean cuales fueren nuestros sentimientos, no voy a destruir tu vida. Tienes ya bastantes problemas y no voy a echar leña al fuego. Supongo que has necesitado esos dieciocho años para congraciarte con la vida que llevas. No te lastimaré, Deanna. Te lo prometo.

—Pero ¿qué vamos a hacer? —Se sentía como una niña, perdida entre sus brazos.

—Nada. Seremos sensatos, y buenos amigos, ¿no te parece?

—Supongo que sí.

Su voz expresaba tanto alivio como pesar. No quería engañar a Marc. La fidelidad era muy importante para ella.

Ben puso el motor en marcha y se dirigieron a casa. Recorrieron el trayecto lentamente casi sin cruzar palabra. Deanna pensaba que no olvidaría fácilmente aquel día. Le pareció que tardaban una eternidad en llegar a su casa.

—¿Vendrás a comer en mi estudio de vez en cuando?

Había tanta aflicción en el tono de su voz, que Ben sintió agudizarse su dolor, pero sonrió y dijo:

—Cuando quieras. Te llamaré pronto.

Ella asintió y bajó del coche. Oyó que él se alejaba antes de que pudiera volver la cabeza.

Subió lentamente la escalera hasta su dormitorio y se tendió en la cama. Al mirar el teléfono vio que había un mensaje de Marc. Margaret había recibido la llamada por la tarde. Cuando leyó el mensaje, «llame al señor Duras, por favor», Deanna se sintió atemorizada. No deseaba llamarle en aquel momento. No quería oír su voz todavía. Hizo un esfuerzo para volver a la realidad y alejar el ensueño de la playa. Le costó media hora decidirse a realizar la llamada. Finalmente pidió conferencia con Roma. Esta vez pudo localizar a Marc en su habitación del hotel Hassler.

—¿Marc? Soy yo, Deanna.

El tono de su voz era extraño y frío. Pensó que no había entendido quién era. Entonces se dio cuenta de que en Roma eran las dos de la madrugada y que debía haber interrumpido su sueño.

—Soy Deanna —repitió.

—Sí, sí, lo sé. Estaba dormido.

—Perdona. La otra vez se interrumpió la comunicación y Margaret me dejó tu mensaje. Creí que podría tratarse de algo importante.

De pronto tuvo una molesta sensación; Marc no hablaba como si acabara de despertarse.

—Bueno, ¿dónde estabas?

¿Por qué parecía tan frío precisamente en aquel momento? Deanna necesitaba con urgencia una razón en la que apoyarse, una razón para no enamorarse de Ben, para seguir siendo fiel.

—Salí de compras. —Detestaba mentir, pero ¿qué podía decirle? ¿Que se había estado besando con Ben Thompson en la playa?—. ¿Todo va bien en Roma?

—Muy bien. Oye... —Pareció dudar unos instantes—. Te llamaré luego.

—¿Cuándo? —quiso saber. Tenía que oírle, necesitaba conservar en su mente el sonido de su voz. Pensaba que eso ayudaría a mitigar su dolor—. ¿Cuándo me llamarás?

—Mañana, este fin de semana, no te preocupes. ¿*D'accord*?

—Sí, de acuerdo —dijo ella, cortada por la frialdad de su marido—. Esperaré tu llamada. —Luego casi en tono de súplica, añadió—: Te quiero.

—Yo también —dijo él en el mismo tono seco—. *Ciao*.

Marc colgó y Deanna se quedó mirando el teléfono, anonadada.

Aquella noche cenó sola en su estudio, y luego se sentó en la terraza y contempló la puesta de sol en la bahía. Pensó que Ben podría estar allí, a su lado, si ella no lo hubiera alejado. ¿Por qué lo había hecho? ¿Para sentirse virtuosa cuando llamara a Marc, en el otro lado del mundo? Notó que las lágrimas se deslizaban por sus mejillas.

95

Cuando sonó el timbre de la puerta sintió un sobresalto. Decidió no abrir, pero luego pensó que podría ser Kim. Si era ella, vería la luz en el estudio y sabría que estaba en casa. Se enjugó las lágrimas y bajó la escalera descalza. Ni siquiera preguntó quién llamaba antes de abrir la puerta. Parecía una chiquilla desgreñada y cansada cuando alzó la mirada, esperando ver a Kim. Retrocedió sorprendida al ver a Ben frente a ella.

—¿Llego en mal momento? —preguntó. Ella meneó la cabeza—. ¿Podemos hablar?

Ben parecía tan trastornado como ella. Al ver su gesto de asentimiento, se apresuró a entrar.

—Vamos al estudio —indicó Deanna—. Estaba allí.

—¿Trabajando?

—No, pensaba.

—Yo también.

Deanna cerró la puerta suavemente y él la siguió escaleras arriba. Una vez en el estudio, le señaló su silla favorita.

—¿Quieres café o un poco de vino?

—No, gracias. —Parecía muy nervioso, como si no supiera por qué había ido allí. Se sentó en la silla, cerró los ojos y se pasó una mano por el cabello—. Esto es una locura, no debía haber venido.

—Me alegra de que lo hayas hecho.

—En ese caso —abrió los ojos y sonrió tímidamente—, creo que yo también. Deanna... esto es una locura, pero no puedo remediarlo. Te quiero... Me siento como un crío irracional. Sé que no debería estar aquí, que no tengo nada sensato que decirte, excepto lo que te dije en la playa —su voz se hizo un susurro, bajó la mirada y añadió—: Te quiero de veras.

Permanecieron largo rato en silencio, mirándose. Deanna tenía los ojos llenos de lágrimas. Ben la oyó suspirar.

—Yo también te quiero —dijo por fin Deanna.

—¿Sabes qué he venido a decirte? Que aceptaré lo que sea. Un instante, una noche, un verano. Luego, no me cruzaré en tu camino. Dejaré que te vayas. Pero no puedo soportar que perdamos lo que podríamos tener. —Vio que Deanna tenía el rostro empapado en lágrimas que se deslizaban lentamente hasta caer en su blusa; pero sonreía y le tendía la mano. Él la tomó con fuerza y la atrajo hacia sí—. ¿No te parece una verdadera locura?

—Sí, lo es. ¿Qué ocurrirá al final del verano?

—Cada uno seguirá su propio camino.

—¿Y si no podemos hacerlo?

—Tendremos que hacerlo. Yo estaré dispuesto, porque sé que será por tu bien. ¿Qué me dices?

—Creo que también podría —le rodeó con sus brazos—. No me importa lo que ocurra después. Sólo sé que te quiero.

Él la estrechó con fuerza, sonriendo feliz. Había deseado escuchar aquellas palabras y se sentía emocionado y lleno de vida.

—¿Vendrás a mi casa, Deanna? Está desarreglada, pero quiero compartir contigo cuanto tengo y mostrarte mis tesoros. Quiero enseñarte las cosas que me importan, entregarte mi vida, mostrarte mis galerías y cómo funcionan. Quiero pasear por la playa de Carmel contigo, quiero... Deanna, vida mía, ¡te quiero!

De repente, los dos se echaron a reír. Ben la alzó del suelo y bajó las escaleras con ella en brazos. Por un instante, Deanna agradeció que aquella fuera la noche libre de Margaret, pero no se atrevió a pensar lo que ocurriría después. Ahora era de Ben. Sería suya durante el verano.

Capítulo 9

OYÓ LA VOZ DE BEN que le daba dulcemente los buenos días, hablándole al oído. Abrió los ojos y vio que se encontraba en una habitación desconocida. Los postigos de las ventanas que daban a la bahía estaban abiertos de par en par, y el sol entraba a raudales en la habitación. Podía ver el verdor de los árboles a través de la ventana y oír el piar de los pájaros. Era un espléndido día de verano, más propio de septiembre que de junio.

La mirada de Deanna vagó por la pared y se fijó en las pinturas que colgaban de ella: una acuarela, que representaba una playa, un cuadro al pastel y un óleo. Eran muy sutiles y llenos de sol, como el mismo Ben. Se apoyó en un codo, bostezando y desperezándose, y sonrió a Ben. Él la contemplaba con una expresión de ternura.

—Hace una hora que te espero. Creí que nunca te despertarías.

Parecía más un niño que un amante, y Deanna se rió.

—Creo que estaba un poco cansada.

Volvió a meterse bajo las sábanas, y puso una mano en el muslo de Ben. Había pasado una larga y deliciosa noche en sus brazos. No se habían dormido hasta el amanecer.

—¿Es una queja?

—Claro que no.

Recorrió la pierna de Ben con sus labios y se detuvo en la

cadera, besando la piel blanca y suave bajo la que latía una vena minúscula.

—Buenos días, amor mío —le dijo sonriente. Él la atrajo entre sus brazos, nuevamente excitado.

—¿Aún no te he dicho hoy cuánto te quiero? —le preguntó mirándola tiernamente. Había algo en su rostro en lo que ella había soñado e incluso pintado, pero que jamás había visto. Era una pasión, un amor sin trabas, algo que había anhelado durante mucho tiempo y en cuya existencia había dejado de creer—. Te quiero Deanna, te quiero con toda mi alma. —La besó y su cuerpo comenzó a cubrir lentamente el de Deanna. Ella se quejó débilmente, sin dejar de reír y contorsionarse mientras él la oprimía con más fuerza—. ¿Tienes algo que objetar? —le preguntó.

La miraba risueño y con cierta sorpresa en el semblante. No parecía que nada de lo que ella pudiera decirle le haría desistir de sus propósitos.

—¡Pero si ni siquiera me he lavado los dientes! Ni me he peinado... ni... —Sus palabras se desvanecieron bajo los besos de Ben, mientras ella seguía riendo y le revolvía el cabello—. Ben, tengo que...

—No, no tienes que hacer nada... Te quiero así.

—Pero yo...

—Calla.

—¡Ben!

CUANDO ABRIÓ LOS OJOS, dos horas después, encontró a Ben en pie junto a la cama, ya vestido, con una bandeja en la mano. Deanna se incorporó, sorprendida.

—¿Qué estás haciendo? —le preguntó, pasándose una mano por el cabello. De repente se sintió desnuda y descuidada; la cama exhalaba el olor dulzón del sexo.

—¿Cuánto tiempo he dormido?

—No mucho. Me quedaría en cama, pero tengo un almuerzo en la galería. Ayer cancelé otro y, si pudiera, cancelaría también éste. Pero me temo que Sally presentaría su dimisión. De todos modos, no te preocupes, no estaré fuera mucho tiempo. Puso la bandeja sobre las rodillas de Deanna, y ella se recostó en las almohadas.

—Espero que tengas suficiente con esto. —Había croissants, fruta, café con leche y un huevo cocido—. No sabía qué te apetecería.

—Me mimas demasiado, Ben. Si sigues así voy a volverme inaguantable en menos de una semana.

Ni siquiera se sentía culpable por haberse despertado en la cama de Ben y no en la suya, la que había compartido durante dieciocho años con Marc:

—¿Qué harás hoy?

—Creo que ante todo me daré un baño.

Deanna arrugó la nariz y ambos se echaron a reír.

—Me gustas tal como estás.

Contempló sus senos desnudos mientras ella sorbía el café con leche.

—¡Qué horror! —exclamó Deanna.

Le tendió los brazos y él la besó una vez más. Cuando se separaron, Ben parecía afligido.

—Tal vez debería cancelar el almuerzo, después de todo.

—Podemos vernos luego, o quizá...

Iba a preguntarle si se verían por la noche, pero vio claramente la respuesta en su mirada.

—¿Quizá? No, Deanna. Terminaré en la galería hacia las cinco; luego podemos cenar en algún lugar tranquilo. ¿Te gustaría ir a Marin?

—Me encantaría. —Se recostó de nuevo en las almohadas, sonriendo, pero observó que había una sombra de preocupación en su mirada. —¿Qué sucede?

—No es por mí, Deanna, pero... me preguntaba qué te parece lo de salir juntos... No quiero ponerte en situaciones embarazosas.

—Debía recordar que Deanna tenía otra vida, que nunca sería totalmente suya. Era una especie de préstamo, como una obra maestra de un museo extranjero y no un cuadro que pudiera conservar en su propia galería. Aquello hacía que Deanna fuera un tesoro mucho más preciado por el poco tiempo que estarían juntos—. ¿No te crearé algún problema si salimos juntos?

—No tiene por qué ser un problema. Dependerá de lo que hagamos, a dónde vayamos y cómo nos comportemos. Creo que podemos hacerlo.

Él asintió sin decir nada, y Deanna le tendió una mano que Ben tomó entre las suyas mientras volvía a sentarse en la cama.

—No quiero hacer nada que pueda dañarte más tarde.

—No lo harás. Deja de preocuparte, todo saldrá bien.

—Pero hablo en serio, Deanna. Sentiría mucho hacerte sufrir.

—¿No crees que sufriremos los dos?

Ben alzó la vista. Parecía sorprendido.

—¿Qué quieres decir?

100

—Este será el mejor verano de toda mi vida. Espero que para ti lo sea también, pero cuando concluya, cuando debamos reanudar nuestras propias vidas, ¿no crees que sufriremos terriblemente los dos?

Ben asintió y contempló la grácil mano que sostenía firmemente entre las suyas.

—¿Te arrepientes de nuestra decisión?

Deanna se rió y echó la cabeza atrás. Luego le besó tiernamente en la mejilla.

—¡Nada de eso! —Volvió a ponerse seria y añadió—: Pero creo que estaríamos locos si pensáramos que luego no sufriremos. Si lo nuestro vale la pena, si es bonito, si realmente nos importa... entonces sufriremos. Es algo que tendremos que aceptar.

—Yo lo acepto, pero...

—¿Pero qué? —replicó Deanna—. ¿No quieres que yo sufra también? ¿No quieres que lo sienta, que no te ame? No seas tonto, Ben. Te aseguro que vale la pena.

—Eso lo comprendo y lo acepto, pero también quiero ser discreto. No deseo crear ningún problema entre tú y tu marido. —Deanna se estremeció al oír mencionar a Marc. Ben se inclinó nuevamente hacia ella, la besó rápidamente y se levantó—. Bueno, creo que ya hemos hablado bastante por ahora. —Ben no quería pensar qué ocurriría al final del verano; le era difícil creer que llegaría aquel momento; su vida en común acababa de comenzar—. ¿Dónde estarás a las cinco de la tarde? —le preguntó desde la puerta—. ¿Aquí?

—Será mejor que vaya a casa.

—¿Quieres que pase a buscarte?

—No, nos encontraremos aquí.

Él asintió, sonriendo y salió. Poco después, Deanna oyó que arrancaba su coche. Se incorporó y paseó por la habitación; luego se sentó desnuda en el borde de la cama y cruzó las piernas. Se sentía tan bien que tenía ganas de ponerse a cantar.

Se puso el batín de seda de Ben y salió a la terraza. Se tendió bajo el sol en una silla de lona, pensó en Ben y se preguntó dónde estaría... ¿En la galería? ¿Almorzando...? ¿Firmando cheques con Sally...? ¿Charlando con Gustave? Le gustaba su forma de vida, lo que hacía, su manera de relacionarse con los demás y con ella.

Entreabrió la bata y sonrió al notar el agradable calor del sol. Pronto tendría que volver a su estudio y ponerse a pintar. Pero aún no. Se sentía demasiado feliz, como un gato tendido al sol, pensando en Ben.

EL CONSERJE DEL HOTEL Hassler se inclinó ceremoniosamente al paso de Chantal y Marc: acababan de pagar la cuenta y le habían dado una propina considerable. Un coche les esperaba junto a la acera, cargado con su equipaje, para llevarlos al aeropuerto.

Durante la mayor parte del trayecto, Chantal permaneció silenciosa. Marc apartó la mirada de la ventanilla y se volvió hacia ella.

—¿Estás segura de que deseas hacer eso?

—Absolutamente.

Marc estaba preocupado. Ella nunca se había mostrado tan obstinada. Había insistido en no ocultarse en San Remo o cualquier otra ciudad de la Riviera; quería volver a París y esperarle allí, mientras él visitaba a su familia en Cap d'Antibes. ¿Lo haría para pasar el fin de semana con su amante, el hombre que quería casarse con ella? La amenaza implícita en sus palabras no le había pasado inadvertida. De repente, Marc sintió unos celos intensos.

—¿Qué piensas hacer exactamente este fin de semana? —le preguntó con impaciencia.

—Iré a la oficina. No puedo abusar de Marie Ange. Cada vez que viajamos tengo que dejarlo todo a su cargo. Si dispongo de tiempo, debo ir a ver cómo van las cosas.

—Me impresiona tu dedicación a los negocios. Eso es nuevo, ¿verdad?

Era raro que Marc se mostrara tan sarcástico con Chantal.

—No, no es nada nuevo. Lo que ocurre es que tú no sueles estar cerca de mí para verlo. ¿Qué creías que iba a hacer?

—No se me escapó lo que diste a entender ayer, Chantal.

—Sólo dije que alguien me ha pedido en matrimonio, no que yo haya aceptado.

—¡Vaya consuelo! No creo que te lo pidiera después de haber comido juntos un par de veces. Supongo que os conocéis bastante bien.

Chantal no respondió y se limitó a mirar por la ventanilla, mientras Marc-Edouard seguía furioso en silencio.

Se preguntó qué esperaba de él. No podía estar más tiempo con ella del que ya pasaba a su lado, ni podía proponerle el matrimonio. Tenía a Deanna.

—No te preocupes más por ello —dijo Chantal en un tono extrañamente dulce.

—Muchas gracias. —Suspiró y le cogió una mano—. Te quiero, cariño. Por favor, trata de comprender.

—Eso intento. Mucho más de lo que te imaginas.

—Sé que es difícil para ti, igual que para mí; pero no establezcas una competición entre tú, Pilar y mi madre. No sería justo. También las necesito a ellas.

—Puede que yo también.

El tono de su voz era tan triste que él no supo qué decir.

Si hubiera sido un hombre menos racional, habría decidido arriesgarse y llevarla consigo. Pero no se atrevía.

—Lo siento, cariño. —Rodeó tiernamente sus hombros, y al atraerla hacia él no encontró ninguna resistencia—. Trataré de encontrar alguna solución a todo esto, ¿de acuerdo? Sólo estaré fuera algunos días y volveré el domingo por la noche. Cenaremos en Maxims antes de salir hacia Atenas.

—¿Cuándo te marchas?

—El lunes o el martes.

Ella asintió de nuevo y permaneció apretada contra él durante el resto del trayecto hasta el aeropuerto.

DEANNA ABRIÓ LA PUERTA cautelosamente y se detuvo un instante, intentando averiguar si Margaret estaba en casa. Pero no había nadie. Se quitó las sandalias y andó descalza por el frío suelo. Luego se sentó en el sofá y reflexionó sobre lo que había hecho. Había engañado a Marc por primera vez en dieciocho años y con la mayor naturalidad. Aquella noche fue como si Marc no existiera, como si hubiera estado casada con Ben. Cogió una fotografía de Pilar en un marco de plata, y observó que le temblaba la mano. Pilar en el sur de Francia, en traje de tenis. Deanna la miraba casi sin verla. Ni siquiera oía el sonido persistente del timbre, hasta que al cabo de unos minutos se dio cuenta de que alguien llamaba a la puerta. Entonces se sobresaltó, dejó la fotografía de Pilar y corrió a abrir. ¿Quién sería? ¿Quién sabía que estaba allí? ¿Y si era Ben? No estaba preparada para verle en aquel momento. Lo que habían hecho estaba mal, y tenía que decírselo. Era necesario que se detuviera antes de que fuera demasiado tarde, antes de que su vida normal se convirtiera en un caos...

—¿Quién es?

Una voz desconocida le dijo que debía entregarle un paquete. De mala gana, abrió la puerta y se encontró con un recadero.

—Yo no he pedido...

Entonces vio que eran flores y las enviaba Ben. Por un instante quiso rechazarlas, devolvérselas, fingir que lo ocurrido la noche anterior no había existido y nunca volvería a ocurrir. Pero tomó el ramo y, tras cerrar la puerta, sacó la tarjeta que acompañaba a las flores y la retuvo un momento entre sus manos antes de leerla: «Vuelve a casa deprisa, cariño. Nos veremos a las cinco. Te quiero. Ben.»

Las lágrimas se agolparon en sus ojos mientras leía las palabras. Ya era demasiado tarde. Ella también le amaba.

Subió corriendo a su habitación y preparó una bolsa pequeña; luego se dirigió al estudio. Sólo se llevaría una o dos telas y algunas pinturas. Sería suficiente. Sólo estaría en casa de Ben algunos días.

Dejó a Margaret un número de teléfono y le explicó en una nota que pasaría unos días con una amiga. Llegó a casa de Ben hacia las cinco y media. Aparcó el Jaguar a cierta distancia y avanzó vacilante hacia la puerta, pensando que tal vez sería mejor que diera media vuelta. Pero él oyó sus pasos en los escalones de la entrada y le abrió la puerta antes de que ella apretara el timbre. Apareció en el umbral, sonriente, y le hizo una reverencia.

—Entra. Hace siglos que te espero.

Cerró la puerta tras ella, y Deanna se quedó unos instantes inmóvil, con los ojos cerrados para evitar que le saltaran las lágrimas.

—Deanna, ¿estás bien, cariño? —Había preocupación en su voz, pero ella negó con la cabeza. Él la estrechó con ternura entre sus brazos—. ¿Estás asustada?

Ella abrió los ojos y asintió, vacilante. Pero Ben se limitó a sonreírle y abrazarla con fuerza, mientras le susurraba al oído:

—Yo también.

Capítulo 10

LLEVABAN DOS SEMANAS VIVIENDO juntos. Un breve instante y, a la vez, toda una vida. Ambos cocinaban por turno y se repartían las tareas domésticas. Dos veces a la semana acudía una señora anciana para limpiar la casa, pero a Ben le gustaba hacer las cosas por sí mismo, y Deanna descubrió que le gustaba compartir aquel trabajo con él. Iban de compras, preparaban la cena, abrillantaban los metales y escardaban las plantas de la terraza. Deanna le veía enfrascado en los catálogos de las subastas más próximas, y él la observaba cuando dibujaba o pintaba. Ben era la primera persona a quien ella había permitido ver cómo realizaba una obra. Leían novelas de misterio, miraban la televisión y paseaban en coche. Una vez anduvieron por la playa a medianoche, y en dos ocasiones pasaron la noche en la casa de Carmel. Deanna asistió a otra inauguración en la galería de Ben, y le acompañó en una visita a un artista nuevo, al que la presentó como su esposa. Era como si nada hubiera ocurrido antes ni pudiera ocurrir después. No tenían más que el tiempo y la vida que compartían.

Deanna sirvió el desayuno. Ben estaba en la cama.

—Hacía mucho tiempo que no me ocupaba personalmente de nadie. Soy responsable de todos, pero creo que no he preparado un desayuno en muchos años, ni he realizado nada de lo que hacemos ahora.

—No me gusta depender de otras personas —dijo Ben—, de las sirvientas por ejemplo. Prefiero la vida muy simple.

Deanna sonrió y recordó los tres costosos cuadros que Ben había comprado el día anterior en Los Ángeles, pero sabía que lo que le decía era cierto. A Ben no le agradaba la opulencia. Había visto demasiada de niño, en el hogar de sus abuelos y su padre. Estaba mucho más a gusto en la casita situada en una colina de San Francisco o la sencilla casa de campo en Carmel.

Ben la besó en la nariz y se recostó en la almohada, sin tocar el desayuno. Le sonrió con malicia y dijo:

—Oye, ¿cuándo vas a firmar con la galería?

—¿Ya vuelves a lo mismo? Eso es todo cuanto quieres, que firme con la galería. ¡Lo sabía! —Se rió y le lanzó una almohada a la cabeza—. ¡Lo que llegan a hacer ciertas personas para conseguir artistas nuevos!

—Bueno, ¿ha salido bien esta vez?

—¡Claro que no! ¡Tendrás que intentar algo mejor que eso!

—¿Mejor? —La miró amenazadoramente y puso a un lado la bandeja del desayuno—. ¿Qué quieres decir con eso? —Su boca oprimió la de Deanna mientras exploraba su cuerpo con las manos—. ¿Algo mejor?

Media hora después yacían uno al lado del otro y recuperaban el aliento.

—¿Qué, te ha parecido mejor? —preguntó Ben.

—Mucho mejor.

—Estupendo. —La miró, satisfecho, y añadió—: ¿Firmarás ahora?

—No sé... —Ella apoyó la cabeza en su pecho y susurró—: Tal vez si vuelves a hacerlo de nuevo...

—¡Deanna! —Se colocó encima de ella y le rodeó la garganta con ambas manos, en actitud amenazadora—. ¡Quiero que firmes para mí!

Ella sonrió con dulzura.

—De acuerdo.

—¿Lo dices en serio, Deanna? —preguntó Ben, incrédulo.

—Sí, ¿me quieres aún? Para la galería, claro.

Ben la miró como si estuviera loca.

—¡Claro que te quiero todavía, chiflada! ¡Eres la mejor artista nueva que ha caído en mis manos en los últimos quince años!

—¿Y la única a la que has puesto las manos encima en los últimos quince años? —le preguntó con una sonrisa felina.

Ambos se echaron a reír.

—Escucha, Deanna. Ya sabes que no te obligo. Te quiero aunque no me dejes ver jamás tu obra.

—Lo sé. Pero he estado observando tu trabajo durante varias semanas y no puedo resistir más. También quiero tomar parte. Quiero mi propia exposición.

—Tú sola, ¿eh? Sin otros artistas. —Ben se rió—. Muy bien, la tendrás ¿Cuándo?

—Cuando te vaya bien.

—Hablaré con Sally. Tal vez dentro de algunas semanas.

—Ben, ¿crees que estoy haciendo lo correcto?

Él sabía lo que le ocurría. Las dudas estaban plasmadas en su semblante. Pero no iba a permitir que se echara atrás.

—Calla. Si empiezas a vacilar, haremos la exposición la semana que viene. Eres muy buena, Deanna, magnífica. Por el amor de Dios eres la mejor artista joven de esta ciudad, y probablemente también de Los Ángeles. Así que calla y déjame hacer la exposición. ¿De acuerdo?

—De acuerdo.

Se quedó silenciosa, pensando en Marc. ¿Cómo se lo diría? ¿O era realmente necesario que lo supiera? Hacía mucho tiempo que él la había desilusionado, le había dicho que la señora Duras no podía ser una «pintora hippie». Pero no lo era, y él no tenía derecho a...

—¿En qué piensas? —le preguntó Ben.

—Oh, en nada importante. Sólo pensaba en la exposición.

—¿Seguro? Parecía como si te fueran a dar una paliza.

Ella suspiró y se volvió a mirarle.

—Pensaba en... en cómo decírselo a Marc.

—¿Es preciso?

—Creo que sí. Quizá te parezca una tontería, pero quiero ser sincera con él.

—Sí, me parece una tontería, pero te comprendo. No le gustará que expongas, ¿verdad?

—No, no le gustará. Pero creo que debo decírselo.

—¿Y si no te lo permite?

Ben parecía herido y Deanna bajó la mirada.

—No hará eso.

Pero ambos sabían que lo haría.

MARC ENTRÓ SILENCIOSAMENTE EN el apartamento. Era el segundo fin de semana que se iba sin Chantal. Pero los fines de semana en el sur de Francia, con su familia, eran algo sagrado. Ella le había comprendido hasta entonces. ¿Por qué ahora hacía un problema de ello? El viernes, antes de que él se marchara, apenas le dirigió la palabra.

Dejó la maleta en el corredor y miró en torno suyo. Chantal no estaba en casa, a pesar de que ya eran las nueve de la mañana. Las preguntas se agolparon en su mente: ¿dónde estaba? ¿Había salido? ¿Con quién? Exhaló un suspiro y se dejó caer en el sofá; se sentía muy fatigado. Miró a su alrededor, en busca de alguna nota de Chantal. Volvió a consultar su reloj y descolgó el teléfono. Pronto sería mediodía en San Francisco, una buena hora para llamar a Deanna y hablarle de Pilar. Marcó directamente el número y esperó. Hacía una semana que no hablaba con ella. Había estado demasiado ocupado, y la vez anterior Margaret le dijo que Deanna estaba fuera.

—¿Diga? —dijo Deanna casi sin aliento, pues había subido corriendo al estudio.

Ben acababa de dejarla en casa. Le había prometido que seleccionaría veinticinco de sus mejores cuadros, lo cual la mantendría ocupada durante varios días.

—¿Diga? —repitió.

Todavía no había recobrado el aliento y ni siquiera había percibido el timbre especial de las llamadas de larga distancia.

—¿Eres tú, Deanna?

—¡Marc! —Se quedó mirando fijamente el teléfono, pasmada, como si él fuera un fantasma del pasado.

—No te sorprendas tanto. Sólo ha pasado una semana desde la última vez que te llamé.

—Perdona. Es que... estaba pensando en otra cosa.

—¿Algo va mal?

—No, claro que no. ¿Cómo está Pilar? ¿La has visto últimamente?

A Marc le parecía que su voz era imprecisa, como si no tuviera de qué hablarle.

—La he visto hoy mismo. Acabo de volver de Antibes. Está muy bien y me ha dado muchos recuerdos para ti. —Aquello no era cierto, pero se lo decía con frecuencia—. También mi madre te recuerda con mucho cariño.

Aquella última frase arrancó una sonrisa a Deanna.

—¿De veras Pilar está bien?

De pronto, al hablar con Marc de nuevo, recordó sus deberes. Cuando estaba con Ben sólo pensaba en ellos dos, en sus pinturas, en las galerías, en las noches que pasaban juntos, en sus diversiones.

Con Ben volvía a ser una chiquilla. Pero la voz de Marc hizo que volviera a su papel de madre, como si lo hubiera olvidado momentáneamente.

—Sí, Pilar está muy bien.

—No ha comprado una motocicleta, ¿verdad?

Hubo un largo momento de silencio. Demasiado largo.

—Deanna...

—Marc, dímelo de una vez. ¿La ha comprado? —Alzó el tono de su voz—. ¡No me lo niegues! Lo ha hecho, lo sé.

—No es una moto verdadera, Deanna. Es más bien, de una... —Trató de encontrar otra palabra, pero estaba cansado y seguía preguntándose dónde estaría Chantal. Eran casi las diez—. Créeme, Deanna, no tienes por qué preocuparte. No le pasará nada. He visto cómo la maneja, y tiene mucho cuidado. Si fuera peligroso, mamá no se lo permitiría.

—Tu madre no ve cómo conduce cuando está lejos de casa. No la controla más que yo, que estoy tan lejos, o que tú mismo. Marc, te dije claramente... —Notó que se le saltaban las lágrimas. Había perdido ante ellos, como siempre. Y esta vez se trataba de algo peligroso, algo que podría...— ¡Maldita sea, Marc! ¿Por qué no me escuchas jamás?

—Cálmate. Te digo que no le ocurrirá nada. ¿Qué has estado haciendo?

No podía hacer nada, y lo sabía. El asunto de Pilar y la motocicleta había quedado zanjado.

—No he hecho gran cosa —le dijo en un tono frío como hielo.

—Te llamé una vez y no estabas en casa.

—He comenzado a pintar en un estudio.

—¿No puedes trabajar en casa?

Marc parecía irritado y desconcertado. Deanna cerró los ojos y explicó:

—He encontrado un sitio donde puedo trabajar más fácilmente.

Pensó en Ben y el corazón empezó a latirle con fuerza. ¿Y si Marc pudiera leer su mente, si lo supiera, si alguien los hubiera visto juntos?

—Ahora que los dos estamos fuera, no entiendo por qué no puedes pintar en casa. ¿Y a qué se debe ese furor repentino por pintar?

—¿A qué le llamas furor? Sigo pintando como siempre lo he hecho.

—Deanna, no te comprendo.

De repente sus palabras le golpearon como una bofetada en el rostro.

—Siempre disfruto con mi trabajo —le dijo en tono provocativo.

—No creo que puedas llamar a eso trabajo.

—Le llamo trabajo porque lo es. El mes que viene expondré en una galería —le dijo en tono de desafío, y se le aceleró el corazón.

Marc no contestó en seguida. Luego preguntó:

—¿Qué vas a hacer?

—Voy a exponer en una galería.

—Ya veo —dijo en un tono desagradablemente burlón—. Así que vamos a tener un verano bohemio, ¿eh? Bueno, quizá te será beneficioso.

—Probablemente.

El muy desgraciado, se dijo, nunca la comprendía.

—¿Por qué te empeñas en hacer una exposición? ¿No puedes pasar sin eso y trabajar en el otro estudio?

—La exposición es muy importante para mí.

—Pero puede esperar. Lo discutiremos cuando regrese.

—Marc... —Casi estaba a punto de decirle que amaba a otro hombre—. Estoy decidida a hacer la exposición.

—De acuerdo, pero espera hasta el otoño.

—¿Por qué? ¿Para que me convenzas de no hacerlo cuando regreses a casa?

—No haré eso. Hablaremos del asunto, simplemente.

—No voy a esperar. Ya esperé demasiado.

—Mira, cariño, eres demasiado mayor para coger rabietas y muy joven para la menopausia. Creo que te comportas de un modo irrazonable.

Deanna sintió deseos de golpearlo y, a la vez, de echarse a reír. Aquella era una conversación ridícula, y se dio cuenta de que se estaba comportando como Pilar. Meneó la cabeza, riéndose.

—Tal vez tengas razón. Mira, Marc, tú gana el caso en Atenas; yo haré lo que me parezca conveniente con mis cuadros y nos veremos en otoño.

—¿Es esa tu forma de decirme que me ocupe de mis propios asuntos?

—Quizá. —De repente era más valiente de lo que había sido en muchos años—. Puede que los dos debamos hacer lo que consideremos correcto.

Dios mío, pensó, ¿qué estás haciendo? Le estás diciendo que... Contuvo el aliento.

—Bien, en cualquier caso, tienes que oír la opinión de tu marido, y ahora tu marido tiene que acostarse. ¿Por qué no dejamos este asunto de momento? Hablaremos de ello dentro de unos días.

110

¿De acuerdo? Entretanto, nada de exhibiciones. ¿Comprendes?

Deanna deseaba hacer rechinar los dientes. No era una niña y él era el de siempre. Pilar tenía su moto y ella no podía realizar su exposición hasta que discutieran de ello cuando él pudiera. Él siempre había de tener la última palabra. Pero Deanna no iba a tolerarlo más.

—Comprendo, Marc, pero no estoy de acuerdo.

—No tienes elección. —Aquella franqueza no era propia de él. Deanna comprendió que debía de estar muy agotado. Él también pareció darse cuenta—. No importa —le dijo—. Lo siento. Hablaremos más adelante.

—Muy bien.

Deanna se quedó en silencio, esperando, preguntándose qué le diría a continuación. Pero él se limitó a decirle:

—*Bonsoir*.

La comunicación se interrumpió.

Esta vez ella no se había molestado en decirle que le quería. Las palabras de Marc resonaban en su mente: «Nada de exposiciones». Suspiró tristemente y se dejó caer en el sillón. ¿Y si le desafiaba, si celebraba la exposición a pesar de todo? ¿Se atrevería? ¿Tendría la valentía suficiente para seguir adelante y hacer lo que deseaba? ¿Por qué no? Marc estaba lejos de allí y ella tenía a Ben; pero no lo hacía por él sino por ella misma. Miró a su alrededor. Su vida entera estaba allí, apoyada contra las paredes, oculta en las telas que nadie había visto y que nadie vería a menos que hiciera ahora lo que tenía que hacer. Marc no podía impedírselo y Ben no podía obligarla a hacerlo. Tenía que decidir por sí misma.

En cuanto Marc colgó el auricular, volvió a mirar el reloj. Eran casi las diez, y su conversación con Deanna no había contribuido en absoluto a calmar sus nervios. Se había propuesto no decir nada acerca de la moto, pero ella lo había descubierto. Y aquella maldita exposición... ¿Por qué no dejaba de hacer tales tonterías? Y Chantal sin aparecer. ¿Dónde se habría metido? Se sirvió un whisky, y sintió que los celos le roían las entrañas.

Poco después oyó el timbre y entreabrió la puerta. Era su anciano vecino, el señor Moutier. Según Chantal era muy amable. También él había sido abogado. Ahora tenía ochenta años y apreciaba mucho a Chantal. Una vez le había enviado flores.

Marc le miró inquisitivamente, preguntándose si estaría enfermo.

—¿Algún problema, señor Moutier?

—Yo no, yo... *Je regrette.* Quería preguntarle lo mismo. ¿Cómo está la señorita?

—Muy bien, gracias, pero hoy tarda más de la cuenta en volver a casa. ¿Quiere pasar?

Marc se hizo a un lado, pero el anciano meneó la cabeza.

—No, no... —Vaciló antes de proseguir—: No se retrasa, señor... Anoche se la llevaron al hospital.

Marc le miró sorprendido.

—¿Chantal? ¡Dios mío! ¿Dónde?

—El Hospital Americano, señor. Tenía una especie de conmoción. Eso dijeron los de la ambulancia.

—¡Oh, Dios mío!

Marc miró al anciano con expresión de terror. Se precipitó al interior para recoger su chaqueta y volvió en seguida. El señor Moutier salió y Marc cerró la puerta de golpe.

—Tengo que ir. Dios mío, Chantal... Oh, no...

No había salido con otro hombre, se dijo Marc mientras bajaba las escaleras, con el corazón latiéndole alocadamente. Salió corriendo a la calle y paró un taxi.

Capítulo 11

EL TAXI SE DETUVO EN el bulevar Victor Hugo de Neuilly, en las afueras de París. Marc pagó precipitadamente al conductor y entró corriendo en el hospital. No era hora de visita pero se acercó decidido a la recepción y preguntó por la señorita Chantal Martin. Estaba en la habitación 401 y padecía una conmoción provocada por la insulina, pero su estado era satisfactorio y podría regresar a casa al cabo de un par de días. Marc miraba fijamente a la enfermera, consternado. Sin más preámbulo, tomó el ascensor hasta el cuarto piso. Una enfermera de aspecto rígido, sentada en su puesto, le miró al verle salir del ascensor.

—*Oui, monsieur.*

—Busco a la señorita Martin. —Trató de aparentar firmeza, pero estaba atemorizado y se sentía culpable por haberse ido a Antibes—. Tengo que verla.

La enfermera meneó la cabeza.

—Mañana la verá.

—¿Está durmiendo?

—La podrá ver mañana.

—Por favor. Yo... acabo de llegar de... —Estuvo a punto de decir del sur de Francia; entonces tuvo una idea mejor, abrió su cartera y añadió—: Vengo de San Francisco, Estados Unidos. Tomé el primer avión, en cuanto me enteré de lo sucedido.

Se produjo una larga pausa.

—De acuerdo. Sólo dos minutos. Luego tendrá que irse. ¿Es usted su padre?

Marc se limitó a menear la cabeza. Aquel era el golpe final.

La enfermera le condujo a una habitación cercana, apenas iluminada por una luz tenue, y dejó a Marc-Edouard en la puerta. Él vaciló unos instantes, en el umbral, antes de entrar sin hacer ruido.

—¿Chantal? —Su voz era apenas un murmullo en la penumbra del cuarto.

La vio tendida en la cama, pálida y con un aspecto muy juvenil. Tenía inserto en un brazo el tubo del suero.

—Chantal, cariño...

Se aproximó a ella y le cogió una mano. Pensó en lo que había hecho con ella, ocultándola a su familia, dejando que sólo compartiera una parte de su vida.

—¿Qué ha ocurrido amor mío?

Intuía que el *shock* provocado por la insulina no era un simple accidente. La diabetes de Chantal era de cuidado, pero mientras tomara la insulina, se alimentara bien, durmiera lo suficiente y no quedase en estado, podía vivir con toda normalidad.

Tenía los ojos cerrados, pero las lágrimas resbalaron entre sus pestañas.

—*Je m'excuse...* Dejé de tomar la insulina.

—¿A propósito?

Hizo un gesto de asentimiento y Marc sintió como si le hubieran golpeado en el corazón.

—¡Dios mío, Chantal! ¿Cómo has podido hacerlo?

Había una expresión de terror en su semblante. ¿Y si hubiera muerto? No podría soportar su pérdida, le sería imposible. Aquella certeza le hizo estremecer. Le cogió una mano y la apretó con fuerza.

—¡No vuelvas a hacerlo jamás! ¿Me oyes? —Las lágrimas asomaban a sus ojos—. No podría vivir sin ti.

Ella no respondió, pero se daba cuenta de que le estaba diciendo la verdad. Para él mismo era una revelación. Y ahora se encontraba ante un dilema: decidir entre Deanna o Chantal. A ambas les debía toda una vida, y él era sólo un hombre. No soportaría una separación definitiva de Deanna ni podría seguir viviendo sin Chantal. Era la primera vez que sentía el peso abrumador de la realidad. Permaneció a su lado, contemplándola, con expresión dolorida.

—Por favor, Chantal, dime que no volverás a hacer una cosa así. ¡Prométemelo!

Apretó aún más su mano delicada.

—Te lo prometo —dijo ella débilmente.

Él la estrechó entre sus brazos, tratando de ahogar los sollozos que se agitaban en su garganta.

AL FINAL DEL DÍA, Deanna había escogido once cuadros y le parecía que sería muy difícil seleccionar los restantes. Puso las once telas a un lado y salió del estudio. Seguía pensando en su conversación con Marc. Dudaba de que se hubiera atrevido a desafiarlo si no hubiese salido a relucir la moto de Pilar. ¡De qué forma tan extraña sucedían las cosas! Su matrimonio estaba lleno de pequeñas venganzas. Subió a su habitación y se asomó al armario empotrado. Eligió las prendas que podrían agradar a Ben. Reflexionó un momento en lo que estaba haciendo: ¿planeaba su vida con otro hombre? ¿Era menopáusica o infantil, como Marc había sugerido, o acaso estaba loca? El teléfono sonó cuando cerraba la puerta del armario. Ya no se sentía culpable, excepto cuando hablaba con Marc. Aparte de ello se sentía como si perteneciera a Ben. El teléfono volvió a sonar con insistencia y, aunque Deanna no quería hablar con nadie, terminó por responder.

—¿Diga?

—¿Puedo pasar a recogerte? ¿Estás lista para venir a casa?

Se trataba de Ben, y aún era muy temprano.

—¿Ahora mismo?

—¿Quieres seguir trabajando un rato más?

Lo dijo como si su trabajo fuera importante, algo vital, y él lo entendiese.

—No, ya he terminado. Acabo de escoger once cuadros para la exposición.

—Estoy orgulloso de ti. He hablado con Sally y vamos a publicar un magnífico anuncio.

Se sobresaltó al oírle hablar de un anuncio. Pensó en la reacción de Kim.

—¿Es necesario? —preguntó con un hilo de voz.

—Ocúpate de lo tuyo y deja que yo meta mano a mis asuntos. Y hablando de meter mano...

—¡No sigas, Ben!

—¿Por qué?

—Porque estás en tu despacho y yo..., yo estoy aquí.

—¿Es eso todo lo que te detiene? Vamos a librarnos de estos ambientes tan represivos. Pasaré a recogerte dentro de diez minutos. ¿De acuerdo?

—De acuerdo. Tengo muchísimas ganas de salir.

—¿Y de viajar hasta Carmel?

—Me encantaría, pero ¿qué diría tu ama de llaves?

—¿La señora Meacham? Le diré que tiene libre el resto del día.
—Era desagradable ocultarse de aquella manera, pero sabía que
Deanna convenía en que no había otra alternativa. Aún no era
libre—. De todos modos, no te preocupes por la señora Meacham.
Iré a buscarte dentro de diez minutos. Ah, otra cosa, Deanna... Te
quiero.

—Yo también.

Cerró los ojos y sonrió, sintiéndose feliz.

PASARON UN DELICIOSO FIN de semana en Carmel. Vagaron por
la playa, se tendieron al sol, buscaron conchas y recogieron trozos
de madera arrojados por las olas a la orilla. Una o dos veces se
atrevieron a nadar un poco en el agua helada.

Ben salió del agua temblando y se tendió sobre la toalla, al lado
de Deanna. Ella le miró, sonriente. El sol ya había bronceado intensamente su piel.

—¿Por qué sonríes, bella durmiente?

Ella deslizó los dedos a lo largo de su brazo.

—Pensaba que todo esto se parece mucho a una luna de miel o a
un matrimonio perfecto.

—No sabría qué decirte. No he conocido ninguna de las dos cosas.

—¿No pasaste una luna de miel?

—La verdad es que no. Después de casarnos nos quedamos en
Nueva York. Ella era actriz y trabajaba en un teatro de Broadway, de
modo que pasamos la noche en el Hotel Plaza de Nueva York. Cuando
terminaron las representaciones nos fuimos a Nueva Inglaterra.

—¿La obra estuvo mucho tiempo en cartel? —quiso saber Deanna.

—Sólo tres días.

Ambos rieron. Ben se colocó de lado para poder verle la cara.

—¿Eras feliz con Marc antes de conocerme?

—Así lo creía... a veces. Otras veces me sentía terriblemente
sola. Nuestra relación nunca ha sido así. En cierto modo, no somos
amigos, nos queremos, sí, pero... todo es muy distinto. —Recordó
su última conversación con Marc, cuando le pidió que no expusiera
de una manera autoritaria—. Marc no me respeta igual que tú. No
respeta mi trabajo, ni mi tiempo, ni mis ideas. Pero me necesita y
me aprecia. Creo que, a su modo, me quiere.

—¿Y tú? —inquirió mirándola intensamente.

Ella tardó en responder.

116

—Creía que no hablaríamos de estas cosas —dijo con cierto tono de reproche—, que sólo nos ocuparíamos de nosotros.

—Pero es algo que nos afecta y hay ciertas cosas que necesito saber —replicó él con una súbita seriedad.

—Ya las sabes, Ben.

—¿A qué te refieres?

—Él es mi marido.

—¿Y no le abandonarás?

—No lo sé. ¿Por qué me lo preguntas ahora? —Una sombra de tristeza empañó su mirada—. ¿Por qué no nos conformamos con lo que está a nuestro alcance? Y después...

—Y después ¿qué?

—No lo sé todavía, Ben.

—Te prometí que no te lo preguntaría, pero cada vez me parece más difícil evitarlo.

—Lo creas o no, también a mí me parece difícil. Pienso con demasiada frecuencia en el final del verano y me hago preguntas que no puedo responder. Espero que la Providencia haga algo, un milagro, algo que nos dé la respuesta.

—Yo también. —Se inclinó hacia ella y la besó en los labios una y otra vez—. Yo también.

Capítulo 12

Oyó que Deanne le llamaba desde el cuarto contiguo. Hacía más de una hora que estaba allí, ordenando sus cuadros.

—¿Qué quieres? ¿Necesitas ayuda? —preguntó Ben.

Siguió un grito y el gorjeo de su risa. Ben saltó de la cama y fue a ver qué hacía. Al abrir la puerta vio que Deanna sostenía un rimero de cuadros que amenazaba con desmoronarse.

—¡Ayúdame! Es una avalancha. —Sujetaba un pincel entre los dientes y mantenía los brazos en alto para evitar la catástrofe—. Iba a firmar algunos cuadros que aún estaban sin firma y...

—Quítate ese pincel de la boca.

—¿Qué dices? —preguntó ella, distraída, pensando que aún le quedaban dos cuadros por firmar.

Ben apartó cuidadosamente las telas con una mano y le quitó el pincel con la otra.

—He dicho que te quites eso de la boca.

—¿Por qué? Así tengo las manos libres para buscar...

Ben la interrumpió con un beso.

—Por eso lo digo, tonta. ¿Vienes ya a la cama?

La atrajo hacia sí y ella se apretó contra su cuerpo.

—Iré un poco más tarde. ¿Puedo terminar esto?

—Claro que sí.

118

Ben tomó asiento y se quedó mirándola mientras ella buscaba las telas que debía firmar.

—¿Estás tan emocionada como yo por la exposición?

—Más que emocionada, estoy como loca. No he podido dormir en varios días.

Ben lo sospechaba. Siempre se dormía antes que ella después de hacer el amor y por la mañana la encontraba despierta.

—¿Sabes lo que pienso? —dijo Ben, sentándola en su regazo.

—¿Qué?

Ben cerró los ojos y aspiró el olor de sus cabellos.

—Que tenemos mucha suerte. ¿Qué más podríamos desear?

¿Qué más?, pensó Ben. Un futuro. Pero no lo dijo. Abrió los ojos y la miró.

—¿Te gustaría tener otro hijo?

—¿A mi edad? —preguntó atónita—. Por Dios, Pilar ya casi tiene dieciséis años.

—¿Y eso qué importa? ¿Y a qué viene lo de tu edad? Muchas mujeres tienen hijos a tu edad, e incluso más tarde.

—Tengo ya treinta y siete años. Sería una locura.

Ben meneó la cabeza. Deanna le miraba con expresión de asombro.

—Si un hombre no es demasiado viejo para eso ¿por qué tiene que serlo una mujer?

—Son cosas muy diferentes, cariño, ya lo sabes.

—No, no lo sé. Me encantaría tener un hijo nuestro, y hasta dos, y no creo que seas demasiado mayor para ello.

Deanna seguía mirándole asombrada.

—¿Lo dices en serio?

—Sí. —La miró largamente sin saber con exactitud qué veía en su rostro. Era una mezcla de confusión, sorpresa, pesar y dolor—. ¿O acaso no puedes tener más niños, Deanna?

Nunca se lo había preguntado. No había razón para ello.

—No —negó Deanna—, no hay ninguna razón por la que no pueda, pero... me parece que no podría volver a pasar por eso. Pilar fue un verdadero don después de los dos niños que perdí, y no quisiera repetir la experiencia.

—¿Saben por qué murieron?

—En ambos casos lo achacaron a la casualidad. Dos tragedias inexplicables. Son escasas las probabilidades de que ocurra dos veces en una familia, pero ya ves.

—Entonces, no ocurriría lo mismo —dijo él con decisión.

Deanna se apartó de Ben.

—¿Me estás proponiendo que tenga un bebé? —le preguntó, mirándole con expresión de incredulidad.

—No lo sé. Tal vez sí. ¿Crees que te lo he propuesto?

Ella asintió, con semblante muy serio, y dijo:

—No lo hagas.

—¿Por qué no?

—Soy demasiado mayor.

Y además ya tengo una hija y un marido, pensó.

—¡Esa es precisamente la única razón que no aceptaré! ¡Es una tontería!

Parecía casi enfadado, y Deanna se sorprendió. ¿Qué importancia podía tener que se considerara demasiado mayor para tener un hijo?

—Tengo casi cuarenta años, y lo que estamos haciendo es ya bastante descabellado. Me siento como una chiquilla y actúo como si tuviera diecisiete años y no treinta y siete.

—¿Y qué tiene eso de malo? —replicó Ben, buscando su mirada.

Ella se dio por vencida.

—Nada en absoluto. Además, me encanta.

—Excelente. Entonces vamos a la cama.

La levantó en brazos y la llevó al dormitorio para depositarla sobre su lecho.

DURANTE LOS CUATRO DÍAS siguientes, la proximidad de la exposición mantuvo a Deanna en un continuo estado de nerviosismo. Uno de los cuadros no debería ser expuesto, otro carecía del marco adecuado, algunos más no habían sido firmados... Ben trataba de tranquilizarla y hacerla pensar en otras cosas. La llevó a cenar, la arrastró hasta un cine, fueron a la playa e hicieron el amor hasta altas horas de la noche. El día de la inauguración fueron a comer a un restaurante.

—No quiero hablar de eso —dijo Ben, alzando una mano.

—Pero, Ben, y si...

—No. Ni una palabra más sobre la exposición hasta mañana.

—Pero...

—No hay pero que valga. —Le puso un dedo sobre los labios y ella lo apartó, haciendo un mohín de preocupación—. ¿Cómo está el vino?

—¿Qué vino? —preguntó distraída. Él le señaló la copa.

—El vino que no estás tomando. ¿Cómo está?

—No lo sé. Lo que quería preguntarte...

Ben se llevó las manos a las orejas, tapándoselas, y ellas se echó a reír.

—¡Ben, basta ya!

—¿Qué?

—¡Escúchame! ¡Quiero preguntarte algo sobre esta noche!

Ben empezó a tararear, sin apartar las manos de las orejas.

—¡Eres detestable y te odio! —exclamó Deanna entre risas.

—No, no me odias, sólo estás buscando la manera de atacarme.

—La verdad, ahora que lo...

Deanna sonrió y tomó un sorbo de vino. Bromearon durante el resto de la comida.

Ben se había tomado la tarde libre. Las pinturas de Deanna habían sido ya colgadas en la sala de exposición. Sally estaba al frente de la galería. Y Ben pensó que era buena idea quedarse con Deanna antes de que cambiara de opinión o sucumbiera a sus nervios. Además, le tenía preparada una sorpresa. Mientras se dirigían al coche, después de comer, miró su reloj y dijo:

—Deanna, ¿te importaría que pase un momento por Saks?

—¿Ahora? —preguntó sorprendida—. No, claro que no.

—Será muy poco tiempo. ¿Quieres acompañarme?

—No. Te esperaré.

—¿Estás segura?

No quería presionarla, pero sabía que no querría estar sola ni un momento.

—Muy bien, iré contigo. —Había sido fácil convencerla. Entraron juntos en los almacenes—. ¿Qué vas a hacer?

—Recoger un vestido —dijo él con absoluta indiferencia.

—¿Un vestido?

—Sí, es para Sally. Me dijo que no tendría tiempo de ir a buscarlo, así que me ofrecí a llevárselo a la galería a tiempo para que se cambie. A propósito, ¿qué te pondrás esta noche?

Deanna había estado tan ocupada con las firmas y los marcos que ni siquiera se había detenido a pensar en ello.

—No lo sé. Creo que podría ponerme mi vestido negro.

Varios de sus vestidos colgaban ahora en el ropero de Ben, junto con tejanos, blusas llenas de pintura y suéteres. A Ben le gustaba ver su ropa junto a la de ella.

—¿Por qué no te pones el vestido verde?

—Es demasiado formal —dijo Deanna—. Oye, ¿sabes qué críticos van a asistir?

—No creo que sea demasiado formal.

—¿Has oído lo que te he preguntado?

—No. Dime, ¿qué te parece el vestido verde?

—¡Al diablo con el vestido verde! Quería preguntarte...

La besó con fuerza en la boca, dejándola sin aliento, en el momento en que se abrían las puertas del ascensor en el segundo piso.

—¡Ben! ¿No vas a escucharme?

—No. —Ben saludó a la vendedora y ésta sacó un vestido—. Perfecto. —Se volvió hacia Deanna y preguntó—: ¿Qué te parece?

—¿Cómo?

Estaba distraída, pero de pronto, el vestido atrajo su atención. Era un precioso vestido de cuello alto, mangas largas y abierto por la espalda, con una chaqueta de corte impecable.

—¡Qué bonito! ¿Es el vestido de Sally?

Tocó el fino tejido de lana, de fabricación francesa, al igual que el diseño. Debía costar una fortuna.

—Es precioso. —La vendedora y Ben intercambiaron una mirada cómplice—. Tal vez debería ponerme el vestido verde, después de todo.

—No lo creo. ¿Por qué no te pones éste?

—¿Qué dices? ¿Cómo voy a ponerme el vestido de Sally?

—Podrías dejarle tu vestido verde.

—Te quiero, cariño, pero creo que estás chiflado.

—Yo también creo que estás loca. Anda, ve a probarte tu vestido nuevo.

Deanna le miró asombrada.

—¿Bromeas? ¿Este vestido es para mí?

Él asintió con una sonrisa de satisfacción.

—¿Te gusta?

—Yo... Oh, Ben, no sé qué decir. ¡Es maravilloso!

Era un vestido exquisito, pero sin duda demasiado caro. Y Ben se lo regalaba. El hombre que conducía un utilitario y prefería los espaguetis al caviar, el hombre que se había diferenciado de su boato al renunciar a la servidumbre y el lujo, le regalaba un vestido que ella misma habría dudado en cargar a la cuenta de Marc...

—¡Dios mío!

—Calla y pruébatelo. Quiero ver cómo te sienta.

Cuando se lo puso y se acercó a él, con la chaqueta doblada en el brazo, estaba espléndida.

—¿Qué llevarás con él?

—Pendientes de diamantes y zapatos de seda negros. Y me haré un peinado alto.

—¡Vaya, no podré soportarlo!

Ben estaba tan contento que hasta la vendedora se echó a reír.

122

LA OBSERVÓ, SENTADO en la cama, mientras ella se ponía el vestido. Le ayudó a subir la breve cremallera en la espalda. Luego se puso los pendientes y se arregló el cabello. Estaba perfecta, y Ben se quedó un instante sin aliento. Entonces le quitó suavemente los pendientes.

—¿Qué haces?

—Te quito esto.

—¿Por qué? ¿No te gustan? —Le miró perpleja. Tal vez lo hacía porque aquellos diamantes eran un regalo de Marc—. Nada de lo que tengo aquí haría juego con este vestido.

—No importa. —Metió la mano en el bolsillo y sacó una bolsita de seda azul. La abrió y extrajo dos perlas bellísimas de gran tamaño. Debajo de cada perla había un diamante diminuto. Parecían unos pendientes muy antiguos y valiosos—. Quiero que lleves éstos.

—¡Oh, Ben! —Miró los pendientes asombrada y luego alzó la vista hacia él—. ¿Qué has hecho?

El vestido, los pendientes, la exposición. Le estaba dando demasiadas cosas. Todo.

—Estos pendientes pertenecieron a mi abuela. Quiero que los conserves, Deanna. Esta noche es muy especial. —Ella tenía los ojos llenos de lágrimas, y Ben tomó su rostro tiernamente entre sus manos—. Quiero que ésta sea la noche más maravillosa de tu vida. Es el principio de tu vida en el mundo del arte, y quiero que todos te admiren.

En su mirada veía más amor que nunca, y se sintió desfallecer al rodearle con sus brazos.

—Qué bueno eres conmigo.

—Somos buenos el uno para el otro, y eso es un don muy especial.

—No podría quedarme con los pendientes.

No, no podría hacerlo a menos que se quedara con Ben. Pero muy pronto tendría que volver con Marc.

—Sí, puedes quedarte con ellos. Quiero que sean tuyos, suceda lo que suceda.

Ella le comprendía, y eso, de alguna manera, empeoraba las cosas. Volvieron a brotarle las lágrimas y se deslizaron por sus mejillas. Los sollozos empezaron a estremecerla.

—No llores, cariño.

—Oh, Ben... ¡No puedo dejarte!

—No tienes que hacerlo. No es necesario todavía. Disfrutemos lo que tenemos ahora.

Nunca había estado tan filosófico hasta entonces y Deanna se preguntó si finalmente habría aceptado lo que tenía que ocurrir.

—Te quiero.

—Yo también. Ahora ¿qué te parece si vamos a la apertura de tu exposición?

La apartó con suavidad, y ella asintió.

—Estás exquisita y estoy muy orgulloso de ti.

—Sigo pensando que de un momento a otro voy a despertar de un sueño maravilloso. Estaré de nuevo en la playa de Carmel y Kim aún me estará esperando en el hotel. Pero cada vez que me siento así miro a mi alrededor y me doy cuenta de que eres real.

—¡Claro que soy real, y me encantaría demostrártelo ahora mismo, amor mío, pero me temo que no tenemos tiempo... —Extendió un brazo e hizo una pequeña reverencia—. ¿Nos vamos?

—Adelante —dijo ella aceptando el brazo que le ofrecía.

SE DETUVIERON FRENTE A la galería.

—¿Estás preparada?

—¡Oh, Dios mío, no!

Le rodeó el cuello con los brazos, mirándole asustada. Él le dio un breve abrazo y la acompañó al interior. Ya había un fotógrafo esperando, y un número considerable de invitados. Había también varios críticos de arte, y Deanna vio a Kim que conversaba animadamente con un periodista. Sally iba de un lado a otro. Al ver a Deanna con su precioso vestido, expresó cálidamente su admiración.

La velada fue un éxito rotundo. La galería vendió siete de sus cuadros. Por un momento Deanna se sintió como si estuviera en la fiesta de unos viejos amigos. No quería separarse de sus pinturas, pero Ben bromeaba sobre su resistencia al presentarla a los admiradores de su trabajo. Ben le dedicaba toda su atención; siempre estaba cerca, pero a prudente distancia, prestándole apoyo de una manera discreta. Asumía a la perfección su papel de Benjamín Thompson III, extraordinario propietario de una galería de arte. Nadie habría imaginado la naturaleza de su relación. Se comportó con la misma discreción que le había mostrado el primer día en que Kim y Deanna se encontraron con él, y supo que ya no tenía nada que temer. Por un instante, temió que Marc se enterara de todo; en esa clase de exposiciones nunca se sabe quién puede acudir, qué pueden ver o conjeturar. Pero aquella noche nadie sospechó nada, ni siquiera Kim, que le había enviado un enorme ramo de flores a su casa. Kim se sentía personalmente responsable de haberlos presentado, pero desde el punto de vista profesional, pues no se había enterado de nada más. Sin embargo, se preguntó si Deanna habría hablado con Marc de la exposición. Más tarde, Deanna la sacó de dudas.

—¿Y qué te dijo?

—No dijo gran cosa, pero no estaba precisamente complacido.

—No le durará mucho el disgusto.

—Supongo que no.

Deanna no habló más sobre el asunto. Ni siquiera le dijo a Kim que su marido le había prohibido que hiciera la exposición y luego le había colgado el teléfono. Sólo le dijo que él se había mostrado vulgar y agresivo, pero ella, por vez primera en su matrimonio, había defendido su punto de vista. Era demasiado importante para que cediera en aquella ocasión, y él, por otra parte, había hecho caso omiso a sus recomendaciones acerca de Pilar y la moto. ¿Por qué tendría que ceder ella en lo que se refería a su arte?

—¿Qué te preocupa, querida? —le preguntó Ben en voz baja para que nadie pudiera oírle. Ella salió de sus pensamientos.

—Oh, nada, perdona. Sólo pensaba en todo cuanto ha ocurrido...

—Sally acaba de vender otros dos cuadros. —Parecía muy feliz, y Deanna deseó abrazarle, pero se limitó a acariciarle con la mirada—. Tenemos que celebrarlo. ¿Qué te parece una cena?

—Bueno, podemos comer cualquier cosa. Una pizza, por ejemplo.

—Esta vez no, señora. Será una cena de verdad.

—¿Con hamburguesas?

—¡Vete al diablo!

Sin más ceremonias, le pasó el brazo por encima del hombro y le besó en la mejilla. No era un gesto inapropiado para el dueño de una galería en la noche de triunfo de una nueva pintora; pero Kim los observaba y comenzó a preguntarse si habría algo más entre ellos. Sólo vio que Deanna susurraba algo al oído de Ben, y que éste, sonriente, le respondía: «Estoy contento de que te gusten». Deanna se llevó la mano a los pendientes, y ambos salieron. Mientras Kim los contemplaba, se le ocurrió la idea por vez primera.

Capítulo 13

—MUY BIEN, ESTOY LISTA. Dime la verdad.

Deanna estaba sentada en la cama, con los ojos cerrados, los puños apretados y una almohada sobre la cabeza.

—Parece como si esperases un terremoto —dijo Ben a su lado—. ¿Qué quieres que te lea, querida? ¿Los índices del mercado de valores? ¿Las tiras cómicas? ¡Ah, creo que ya sé lo que quieres!

—¿Empezarás a leerlo de una maldita vez? ¡No puedo aguantar ni un minuto más!

Tenía los dientes apretados, y el hombre rió de nuevo, mientras buscaba las críticas de la exposición. Pero ya sabía lo que iba a encontrar. Llevaba demasiado tiempo en el negocio para tener una sorpresa, y en general sabía lo que podía esperar. Echó una mirada al artículo y supo que había acertado una vez más.

—Muy bien, allá voy. ¿Estás lista?

—¡Benjamin! ¡Lee de una vez! —dijo ella entre dientes.

—... un estilo luminoso y delicado, que revela no sólo años de estudio y devoción a su trabajo, sino también una clase de talento que raramente se ve... —iba diciendo Ben, y Deanna abrió desmesuradamente los ojos y se quitó la almohada de la cabeza con una expresión de sorpresa.

—¡Eso lo acabas de inventar! —Intentó arrebatarle el periódico,

126

pero él lo mantuvo fuera de su alcance y siguió leyendo hasta que terminó el artículo.

—¡No lo creo! ¡No puede ser!

—¿Por qué no? Eres muy buena. Ya te lo dije hace tiempo. Lo sé y ellos lo saben, al igual que los compradores de tus cuadros. Todo el mundo lo sabe, excepto tú, tan tonta y modesta. —Extendió la mano y comenzó a hacerle cosquillas.

—¡Déjame! ¡Soy famosa! ¡Ahora no puedes hacerme cosquillas! —Pero se reía demasiado para detenerle—. ¡Basta! ¡Soy una estrella!

Los dos reían sin poder contenerse, y Ben la sujetaba entre sus brazos. Su camisa de dormir ascendía peligrosamente hacia la cintura. Él se detuvo un momento y la contempló entre sus brazos. Nunca la había visto tan bella y delicada, y sintió el deseo de retenerla así para siempre. Quería detener el tiempo.

—¿Qué sucede, amor mío? —Había visto la expresión de su rostro y le miró con inquietud—. ¿Algo va mal?

—Por el contrario. Eres increíblemente hermosa.

—Y totalmente tuya.

Acercó su cuerpo al de Ben y le sonrió mientras él comenzaba las caricias. Poco después, el camisón de seda roja yacía olvidado en el piso. No se levantaron de la cama hasta el mediodía.

—Querida, ¿qué hacemos este fin de semana?

—Ya te lo he dicho. Quiero ir a Carmel.

—Entonces iremos a Carmel.

—Eso me recuerda... —apartó un poco el rostro y frunció el ceño—. Tengo que ir a casa y recoger varias cosas.

Llevaba ya varios días ausente, y a veces se preguntaba qué pensaría Margaret. Le había dicho que estaba trabajando en el estudio de una amiga y la mayoría de las noches le resultaba más cómodo dormir allí. De vez en cuando iba a su casa y revolvía la cama para hacer ver que había dormido en ella, pero, aun así, no lograría engañar a Margaret, que había trabajado para ella durante tantos años. Cuando se veían, Deanna callaba y evitaba la mirada de la vieja sirvienta.

A primera hora de la tarde, Ben la acompañó a su casa. Tenía que recoger el correo, pagar a Margaret y dejarle más dinero para la alimentación, aunque nunca comía en su casa, ni trabajaba en su estudio. Pintaba sus cuadros en casa de Ben, incluso uno secreto que realizaba cuando él estaba ausente.

Deanna entró en la casa y llamó a Margaret, pero no estaba. Pensó que era lógico; como ella no iba nunca, había pocas cosas que hacer. Encontró el montón habitual de recibos e invitaciones, pero ninguna carta de Pilar ni de Marc. Su marido no solía escribirle, y se limitaba a llamarla por teléfono. Tampoco había correo para él. Cruzó lentamente la habitación, con las cartas en una mano y sujetándose a la barandilla con la otra. Ahora su propia casa la deprimía, como si se viera forzada a abandonar un sueño, a recuperar su edad verdadera, lejos del hombre que aseguraba querer casarse con ella y tener doce hijos. Sonrió al recordarlo. En aquel instante sonó el timbre del teléfono. Primero decidió no contestar, pero luego pensó que podría tratarse de Ben.

—Diga...

Oyó una voz lejana que decía «*Allo?*». ¡Era Marc!

—¿Marc? —preguntó tratando de ganar un poco de tiempo.

—¿Quién si no? Quiero que me expliques esa tontería de la exposición. Dominique acaba de llamarme.

—Qué diligente...

—Ya te di mi opinión —le dijo en un tono brusco—. Has actuado sin el mejor asomo de buen gusto.

—Al contrario, te aseguro que todo ha sido del mejor gusto.

—Eso es discutible, querida. Sabes perfectamente que te prohibí que celebraras la exposición. ¡Y, además, con publicidad! Pareces una especie de hippie, Deanna.

—Los críticos me han tomado en serio.

—Creí que ya habíamos resuelto esa cuestión hace tiempo.

—Lo resolviste tú, pero yo no.

Sintió que le detestaba porque no la comprendía; jamás la había comprendido.

—Ya veo. De todos modos, espero que estas cosas no se repitan.

—Es difícil que ocurra. Con suerte, no volveré a celebrar otra exposición hasta dentro de cinco años.

—Entonces siento haberme perdido esta ocasión.

—Sé que no lo lamentas.

Se sentía furiosa y no estaba dispuesta a seguirle el juego.

—¿Qué quieres decir?

—Digo que no lamentas haber estado ausente. Estoy harta de tu hipocresía. ¿Cómo te atreves a menospreciar mi trabajo?

—Deanna —dijo él aturdido—. Lo siento, yo...

Ella sintió como si no pudiera reprimir más sus sentimientos, como si tuviera que liberarlos para no estallar.

—No sé qué me sucede, Marc... Quizás estoy fatigada.

—Eso debe ser. Quizá no debí llamarte ahora...

Su tono era frío y sarcástico. No le gustaba en absoluto la actitud de Deanna, y lamentaba no haberla obligado a pasar el verano en Cap d'Antibes.

—Estaba a punto de salir para Carmel.

—¿Otra vez?

—Sí, con Kim —mintió una vez más. Y al instante se reprochó haberlo hecho—. No tengo mucho qué hacer cuando estás ausente.

—Lo estaré por poco tiempo más.

—¿Cuánto? —preguntó Deanna. Cerró los ojos y contuvo la respiración. Que vaya para largo, pensó, que no vuelva a casa.

—Aproximadamente un mes.

Deanna asintió en silencio y pensó que Ben y ella disponían de un mes más... Eso era todo.

MEDIA HORA MÁS TARDE Deanna y Ben recorrían la familiar carretera de Carmel. Ella no pronunciaba palabra y Ben la miraba de vez en cuando, admirando la belleza de su cabellera que flotaba al viento.

—¿Ocurre algo? —le preguntó, y ella sacudió la cabeza—. ¿Acabas de recibir alguna noticia desagradable?

—No, pero Marc me ha llamado.

—¿Y cómo te ha ido?

—Como de costumbre. Estaba muy enfadado, casi fuera de sí por lo de la exposición. Su secretaria le llamó especialmente a París para comunicárselo.

—¿Te importa mucho? ¿Aún te afectan tanto sus reacciones?

—En cierto modo, es como mi padre. Marc ha representado para mí la figura de la autoridad durante muchos años.

—¿Le temes?

—Siempre he creído que no, pero es probable que, en el fondo, le tema. Me parecía que le respetaba, pero ahora... Oh, quién sabe.

—¿Qué es lo peor que podría hacerte?

—Dejarme... Al menos eso es lo que pensaba antes.

—¿Ya no sientes lo mismo?

—No.

En cierto modo, casi deseaba que la abandonara, porque así todo resultaría mucho más sencillo. Pero tenía a Pilar, y sabía que ella nunca la perdonaría. Deanna frunció el ceño. Ben le cogió una mano.

—No te preocupes demasiado, ya verás cómo todo se soluciona.

—Ojalá supiera cómo, Ben. La verdad es que... No sé qué voy a hacer. —En realidad lo sabía, aunque no se atrevía a reconocerlo:

perder a Ben o abandonar a Marc—. Además, tengo mis obligaciones hacia Pilar.

—Sí, y también tienes obligaciones para contigo misma. Déjame decirte que tu primera obligación es hacia ti misma, la segunda hacia tu hija y, lo que sigue, es algo que debes decidir.

Ella asintió y permaneció largo tiempo en silencio, pero ahora parecía menos trastornada.

—Qué extraño... Hasta me olvido de su existencia. Durante dieciocho años él ha sido el centro de mi vida y, de pronto, es como si hubiera desaparecido, como si nunca lo hubiera conocido. Me siento una persona nueva. Pero Marc existe, Ben... Me llama, se hace real y espera que hable con él, algo que, de alguna manera no puedo hacer.

—Entonces no hables con él por ahora.

Deanna pensó que no la comprendía y rogó en silencio que no se sintiera posesivo. Todavía no.

—¿Por qué no te olvidas de todo eso y disfrutas el presente? Ya llegará el momento de las verdaderas preocupaciones.

—Es lo que tú haces, ¿eh? ¿No te preocupas en absoluto?

—¿Quién, yo?

—No finjas. Estás tan preocupado como yo. Al principio te creí tan templado que nada podría trastornarte, pero ahora te conozco mejor.

—¿Ah, sí?

Quería aparentar una tranquilidad que estaba muy lejos de sentir. La verdad era que le asustaba pensar en el final del verano. Era la única cosa a la que no se atrevía a enfrentarse.

—Por lo menos ha dicho que tardará todavía un mes en regresar.

—¿Un mes?

Deanna asintió en silencio.

Capítulo 14

—ANDA, DORMILONA, LEVÁNTATE YA... Son casi las diez.

Deanna abrió un ojo, lanzó un gruñido y se volvió del otro lado. Ben le dio unas palmaditas en las nalgas y se inclinó para besarla.

—Date prisa. Tienes una cita con un posible comprador. Es necesario que estés a las once en la galería.

—¿Y tú que vas a hacer? —le preguntó ella, desde la profundidad de la almohada.

—Yo me marcho ahora mismo, amor mío. ¿Te levantas?

—No.

—Deanna, ¿te encuentras bien?

Durante las dos semanas que siguieron a la exposición, se había sentido agotada con frecuencia.

—Estoy bien.

En realidad tenía molestias en la cabeza y sentía como si su cuerpo estuviera hundido en cemento. Era mucho más cómodo quedarse en cama y dormir todo el día.

—¿Por qué estás tan cansada estos días? —preguntó, preocupado.

—Debo de estar envejeciendo.

—Será eso. Espero que el éxito no resulte excesivo para ti. ¿Quieres tostadas?

La idea no le atraía y meneó la cabeza.

—No, gracias.

Pero poco después él regresó con una taza de café y, por primera vez en mucho tiempo, tampoco eso le apeteció.

—Deanna, ¿de veras estás bien?

—Perfectamente, aunque un poco fatigada.

Volvió a sentir angustia al pensar en el regreso de Marc. Aquella debía ser la causa de su agotamiento. Pensaba demasiado en Marc y en Pilar. Era absurdo dejar que los recuerdos y los temores echaran a perder las últimas semanas que podía disfrutar con Ben, pero le parecía algo superior a sus fuerzas.

—Te digo la verdad, cariño, me encuentro bien... No te preocupes.

Le sonrió y quiso convencerle tomando un sorbo de café, pero al instante sintió una náusea y se puso pálida.

—¡Estás enferma! —dijo Ben, en un tono de acusación mezclado con temor.

—No, estoy en perfectas condiciones... y te quiero.

De repente, Ben tuvo miedo de perderla, y la abrazó con fuerza. En los últimos días le asaltaba a menudo aquella idea horrible: podía enfermar, tener un accidente, ahogarse en la playa de Carmel o volver con Marc.

—Háblame de ese comprador.

—Se llama Junot. Es suizo o francés. No estoy del todo seguro.

¿Francés? Quizá conociera a Marc, pero Ben le respondió antes de que ella le formulara la pregunta.

—No le conoce. Llegó hace unos días, y al pasar por delante de la galería vio tu obra y le gustó. Así de simple. ¿Qué te parece?

—Perfecto, lector de mentes.

—Muy bien. Entonces te veré a las once.

Volvió a mirarla y le sonrió; luego hizo un gesto con la mano y salió de la casa. Ambos estaban igualmente angustiados, y lo sobrellevaban en silencio. Deanna sufría pesadillas y se aferraba desesperadamente a él mientras dormía. Parecía agotada y enferma. Ambos sentían el mismo temor ante el final del verano. Se atormentaban pensando en su inminente separación. Les quedaban dos semanas más, tres o lo sumo, si Marc se retrasaba un poco, porque traería consigo a Pilar. Pero, ¿qué sucedería después? Ninguno de los dos se atrevía a responder, todavía no... Y el milagro que esperaban no parecía producirse.

Deanna llegó puntual a la galería, con un traje elegante y sencillo. El posible comprador, *monsieur* Junot, pareció sorprendido al verla y se mostró muy amable en su conversación. Compró dos cuadros y, cuando se fue, Deanna y Ben se estrecharon alegremente la mano. La venta total representaba una suma de ocho mil dólares, de la que Ben, como tratante, se quedaría casi con la mitad. Sin embargo, las ganancias de Deanna habían sido abundantes en las últimas semanas: casi doce mil dólares.

—¿Qué piensas hacer con todo ese dinero? —le preguntó Ben mientras ella contemplaba su cheque con satisfacción.

—Me independizaré —le dijo, recordando de pronto, lo que Marc le había dicho antes de marcharse: que aquélla era la razón por la que pintaba, para poder ser independiente, si alguna vez se encontraba sola. Quizás había acertado en eso. No era la única razón, aunque la sensación de libertad que le confería era algo totalmente nuevo para ella.

—¿Quieres manifestar tu independencia invitándome a comer? —Ben la observaba como si quisiera cerciorarse de que se encontraba bien—. ¿Qué respondes?

Deseaba estar nuevamente con ella, llevarla a casa, disfrutar de su compañía y gozar cada minuto del tiempo que les quedaba. Era como una obsesión. Pero Deanna sacudió a cabeza.

—Me encantaría, pero hoy no puedo. Estoy comprometida con Kim.

—Está bien, no te pediré que rompas tu cita. Pero te advierto que cuando salga de aquí, a las cinco, serás toda para mí.

—Como quieras.

—¿Me lo prometes?

—Es la promesa más fácil de cumplir.

—De acuerdo, hasta luego.

La acompañó hasta la puerta de la galería y le dio un beso en cada mejilla. Luego se quedó observándola mientras ella se dirigía al Jaguar. Pensó que era una mujer muy elegante. Y le pertenecía. Ben sonrió con orgullo y volvió al interior.

—¿CÓMO ESTÁ HOY MI pintora favorita?

Kim a su lado, la miraba sonriente. Estaban en Traders Vic's, su viejo lugar de reunión. Hacía casi dos meses que Deanna no iba por allí.

—¿Me creerás si te digo que esta mañana he vendido otros dos cuadros?

—Lo creo. Gracias a Dios que Thompson supo cuándo debía empujarte. Nunca creí que llegaras a ceder. —Pero también sabía cuanto había contribuido la ausencia de Marc. Deanna nunca habría aceptado exponer si Marc hubiera estado junto a ella para reprimirla—. Estoy encantada de que lo hicieras. Ya era hora.

Kim pidió champaña, a pesar de las protestas y las risas de Deanna.

—¿Por qué no? Apenas nos hemos visto desde que fuimos a Carmel, y tenemos mucho que celebrar.

Deanna rió, pensando que había muchas otras cosas para celebrar.

—Bien, ya eres una pintora reconocida. ¿Qué más me cuentas? —inquirió Kim. Deanna se limitó a sonreír—. Tienes el aspecto del gato que se tragó un canario.

—No sé por qué.

—Tonta. Yo creo que sí lo sé. ¿Me lo vas decir o dejarás que me muera de curiosidad?

Había visto algo bastante revelador en la exposición de Deanna, pero al principio no estaba del todo segura.

—¿Quieres decir que tengo una alternativa?

—Ni hablar. Anda, Deanna, sé buena chica y dímelo.

Kim estaba jugando, pero Deanna se puso seria.

—Parece que ya lo sabes... Dios mío, espero que no sea tan evidente.

—No, no lo es. Empecé a preguntármelo la noche de la inauguración. Pero no creo que nadie más se haya dado cuenta.

Sus miradas se encontraron por fin, y Deanna permaneció un buen rato silenciosa.

—Ben es extraordinario, Kim, y le quiero.

—Sí, parece una persona muy agradable. ¿Va en serio?

—Me gustaría decir que no, pero va muy serio —admitió Deanna—. Sé que debo volver con Marc, y Ben también lo sabe. No puedo empezar todo otra vez, Kim. De ninguna manera. Soy demasiado mayor. Tengo casi cuarenta años y toda una vida con Marc. Siempre le he querido y... También está Pilar de por medio...

No pudo continuar. Las lágrimas inundaban su rostro y tuvo que sonarse. Kim deseaba abrazarla, consolarla o sugerirle alguna solución mágica, pero ambas sabían que no existía.

—¿No hay ninguna alternativa? ¿Qué piensa Ben?

Deanna respiró hondo.

—Está tan atemorizado como yo; pero me es imposible dejarlo todo y empezar de nuevo. Soy demasiado mayor.

—Si eso es lo que te detiene, sabes muy bien que no es cierto. ¡Cielos, muchas mujeres rehacen su vida a los sesenta, cuando se quedan viudas! Tú tienes treinta y siete y sería una locura que renunciaras a algo que te importa realmente.

134

—Pero no es correcto. Además, la edad sí cuenta, Kim. Él quiere hijos, nada menos, y yo tengo una hija que ya es casi adulta.

—Razón de más. Pilar se irá pronto, y si quieres más niños, ahora es el momento.

—¡Estás tan loca como Ben!

Trató de sonreír, pero era una situación difícil de abordar. Sentía como si las dos semanas que quedaban se desvanecieran ante sus ojos.

—¿Eres feliz con Ben, Deanna?

—Jamás había sido tan feliz, y no puedo entenderlo. He vivido con Marc durante casi veinte años y ahora, de pronto... ¡Oh, Dios mío, Kim! Apenas logro recordar el rostro de Marc, o su voz. Es como si toda mi vida hubiera transcurrido con Ben. Al principio me sentí culpable y me dije que era despreciable por lo que estaba haciendo, pero ahora no siento ninguna culpabilidad y sólo sé que le quiero.

—¿Y te crees capaz de renunciar a él?

Kim contemplaba a su amiga con tristeza, consciente de su sufrimiento.

—No lo sé. Quizá podamos vernos alguna vez, quizá... Kim, no sé qué decirte.

Kimberly tampoco lo sabía, pero suponía que Ben Thompson no soportaría compartirla con otro durante mucho tiempo. No le parecía que fuera ese tipo de hombre.

—¿Se lo dirás a Marc?

—Jamás. Nunca lo entendería, quedaría desolado y yo... No sé, ya veré. Ben tiene que ir a Nueva York en septiembre y estará allí varias semanas... Eso me dará tiempo para ver cómo van las cosas.

—Si en algo pudiera ayudarte, Deanna... Si necesitas mi apoyo, sabes que estoy a tu lado. Me crees, ¿verdad?

—Sí.

Sonrieron y hablaron de otras cosas, pero cuando Kim se marchó, poco después, Deanna se quedó con la misma expresión perdida y desorientada de antes. Tenía que recoger el correo y pagar las facturas. Disponía de tiempo hasta que se encontrara con Ben a las cinco de la tarde. Cenarían en algún sitio tranquilo y luego pasearían, irían al cine o harían cualquiera de las cosas que la gente que no tiene niños, apremios, ni el tiempo justo se permite hacer. Quería que las dos semanas que les quedaban pasaran como los dos meses anteriores, de un modo sencillo, tranquilo... y, sobre todo, juntos.

—¿Es usted, señora Duras —preguntó Margaret.

La estaba esperando y Deanna se dio cuenta de su expresión tensa, que, al principio, no pudo comprender.

—Margaret, ¿está usted bien? ¿Ocurre algo?

—Ha habido dos llamadas...

Margaret no supo qué más decir. No estaba segura de lo ocurrido y no tenía ningún derecho a preocupar a la señora Duras con sus suposiciones.

—¿Del señor Duras?

—No, de *madame* Duras, su madre.

—¿Y qué dijo? ¿Algo va mal? —preguntó Deanna frunciendo el ceño.

—La verdad es que no lo sé. Sólo habló con la telefonista de París, pero quiere que la llame de inmediato.

—¿De París ha dicho? Querrá decir de Antibes.

Deanna sabía que, para Margaret, todo era lo mismo, pero el ama de llaves negó con firmeza.

—No, era París... y dejaron un número.

La anciana tomó el mensaje de entre un montón de papeles y se lo entregó a Deanna. Era cierto, se trataba de París y reconoció el número de teléfono de la casa. Algo andaba mal. Quizá la anciana estaba enferma y deseaba que Pilar volviera a casa... ¡Marc! ¡Algo le había pasado a Marc! Las posibles catástrofes se sucedieron vertiginosamente en su mente. Fue corriendo al teléfono de su dormitorio. Apenas era medianoche en París. ¿Sería demasiado tarde? ¿Debería esperar hasta la mañana?

La centralita transmitió su llamada con rapidez y pronto escuchó el sonido típico de los teléfonos franceses. Durante mucho tiempo, le había parecido que la señal era la misma que se oye cuando la línea está ocupada, pero ahora la conocía bien.

—Puede que tarden un minuto en contestar. Lo siento.

—No se preocupe.

Poco después oyó la voz de su suegra:

—*Allo? Oui?*

—*Mamie?* —Era el término familiar que nunca le había sido fácil pronunciar. Al cabo de veinte años aún se sentía tentada a llamarla *madame* Duras. La conexión era deficiente y Deanna apenas lograba oírla. Alzó la voz para hacerse oír. La voz de la señora Duras no era soñolienta ni agradable, pero siempre era así—. Deanna al habla. lamento llamar tan tarde, pero pensé que...

—Deanna, tienes que venir en seguida —le dijo en francés.

Oh, no, se dijo Deanna, precisamente tenía que hablar en francés con una conexión tan mala. La anciana continuó hablando velozmente y Deanna apenas podía comprenderla.

—Espere, espere un momento. No puedo oírla, no entiendo lo que me dice. Por favor, hábleme en inglés. ¿Ocurre algo malo?

—Sí. —El monosílabo pareció un largo lamento, al que siguió una pausa aterradora. ¿Qué había sucedido? ¡Era Marc, lo sabía!—. Se trata de Pilar... Tuvo un..., un accidente con la moto.

Deanna sintió que su corazón dejaba de latir.

—¿Pilar? —dijo con un grito y no oyó a Margaret, que entraba a la habitación.

—¿Pilar? *Mamie*, ¿me oye bien? ¿Qué ha sucedido?

—La cabeza... Las piernas...

—¡Oh, Dios mío! ¡Dígame si está bien! —Las lágrimas le corrían por el rostro y trataba desesperadamente de controlar su voz—. *Mamie*, ¿está bien Pilar?

—*Paralysées*. Las piernas... Y la cabeza... No sabemos nada aún.

—¿Dónde se encuentra? —gritó Deanna, angustiada.

—En el Hospital Americano —dijo la anciana entre sollozos.

—¿Han llamado a Marc?

—No podemos localizarle. Está en Grecia. Su *societé* está tratando de localizarlo, creen que podrá estar aquí mañana... ¡Oh, Deanna, por favor! ¿Vendrás?

—Por supuesto. Salgo hacia ahí hoy mismo.

Temblando, consultó su reloj. Faltaban diez minutos para las cuatro y sabía que había un vuelo a las siete y media, el que Marc utilizaba siempre. Con la diferencia de horas, estaría en París a las cuatro y media del día siguiente.

—Estaré ahí por la tarde... Iré directamente al hospital. ¿Cómo se llama el médico? —Escribió apresuradamente el nombre—. ¿Cómo puedo ponerme directamente en contacto con él?

Madame Duras le dio el teléfono de su casa.

—¡Oh, Deanna, la pobre niña! Le dije a Marc que la moto era demasiado grande para una chica. ¿Por qué no me hizo caso? Se lo dije...

—*Mamie*, ¿hay alguien con ella?

Era lo primero que había acudido a su mente. Temía que su pequeña estuviera sola en un hospital de París.

—Tenemos enfermeras, desde luego.

Era muy propio de ella hacer aquel tipo de observaciones.

—¿No hay nadie más con ella? —preguntó ansiosamente.

—Aquí ya es más de medianoche.

—No quiero que esté sola.

—Muy bien. Mandaré a Angeline para que la acompañe y yo iré por la mañana.

Angéline era una sirvienta anciana y achacosa. ¿Cómo podía hacer una cosa así?

—Estaré ahí tan pronto como pueda. Dele recuerdos. Adiós, *Mamie*, hasta mañana.

Desesperada, Deanna, llamó a la operadora.

—Por favor, comuníqueme con el doctor Hubert Kirschmann, es una llamada personal; se trata de un caso de vida o muerte.

Pero el doctor Kirschmann no respondía a sus llamadas, y cuando se comunicó con el Hospital Americano, no obtuvo ninguna dato adicional. Sólo le dijeron que, aunque seguía en esta crítico, la señorita Duras descansaba en aquel momento, que estaba consciente y existía la posibilidad de que la operaran a la mañana siguiente. Todavía era demasiado pronto para confirmarlo, porque la habían llevado en avión desde Cannes aquella misma noche. Le dijeron que llamara al médico por la mañana. Pilar no podía recibir llamadas telefónicas y ella no podía hacer nada, excepto tomar el avión. Se sentó y permaneció inmóvil durante unos instantes, tratando de contener las lágrimas, sosteniéndose la cabeza con las manos hasta que no pudo más y rompió en sollozos.

—Pilar... Mi niña... ¡Oh, Dios mío!

Sintió que le rodeaban los brazos consoladores de Margaret.

—¿Es algo muy malo? —Su voz parecía un susurro en medio del silencio.

—No lo sé todavía. Dicen que tiene las piernas paralizadas, y algo va mal en la cabeza, pero no consigo información exacta. Saldré en el próximo avión.

—Voy a prepararle una maleta.

Deanna asintió y trató de ordenar sus pensamientos. Debía llamar a Ben, a Dominique. Instintivamente llamó al despacho, donde estaba Dominique, y la voz que tanto le desagradaba contestó en seguida.

—¿Dónde está el señor Duras?

—No tengo ni idea.

—¡Ya lo creo que la tiene! Nuestra hija acaba de tener un accidente y no le pueden localizar. ¿Dónde diablos está?

—Yo... Lo lamento muchísimo, señora Duras. Haré todo lo posible para localizarlo por la mañana y le diré que la llame.

—Salgo para París esta misma noche, —dijo con voz temblorosa—. Dígale, simplemente, que llame a su madre. Pilar está en el Hospital Americano de París... Y por el amor de Dios, Dominique, procure encontrarlo esta vez. ¿Me entiende?

—Le prometo que haré cuanto pueda, y créame que lo lamento de veras. ¿Es algo muy grave?

—No lo sabemos aún.

A continuación llamó a las líneas aéreas y al banco, echó un vistazo a lo que Margaret había puesto en la maleta y marcó el número de Ben para localizarle antes de que saliera de la galería. Apenas le quedaba una hora antes de salir hacia el aeropuerto. Ben respondió en seguida.

—Salgo de la ciudad esta misma noche.

—Vaya, ¿a qué te has dedicado esta tarde? ¿Has robado algún banco? —preguntó en tono risueño. Pero en seguida se dio cuenta de que algo andaba mal.

—Pilar ha sufrido un accidente. Oh, Ben... —Las lágrimas le brotaron de nuevo y estalló en sollozos.

—Cálmate, amor mío. Voy ahora mismo. ¿Puedo ir a tu casa?

—Sí.

Poco después, Margaret le abrió la puerta. Deanna se encontraba en la sala, aún con el traje que llevaba durante el almuerzo y los pendientes que Ben le había regalado. Éste la miró, lleno de ansiedad, y corrió a abrazarla.

—Tranquilízate, cariño. Ya verás como se pondrá bien.

Ella le habló de la parálisis que aquejaba a Pilar.

—Puede tratarse sólo de una reacción temporal, débido a la caída. No tienes aún todos los datos y quizá no sea tan terrible como parece en este momento. ¿Quieres tomar algo?

Ella hizo un gesto negativo, y empezó a llorar de nuevo al refugiarse en los brazos de Ben.

—Imagino cosas terribles.

—No, querida, no pienses en lo peor. Tienes que esperar hasta que llegues allí. ¿Quieres que te acompañe?

—No sabes cuánto me gustaría, pero no es posible.

—Si me necesitas, llámame e iré enseguida. ¿Me lo prometes?

Ella hizo un gesto de asentimiento.

—¿Podrías llamar a Kim y decírselo? Lo he intentado, pero no está.

—¿No se extrañará de que yo la llame?

Parecía preocupado, pero era por Deanna, no por Kim.

—No. Hoy mismo le hablé de lo nuestro. Ella ya lo había sospechado, no me preguntes cómo. Kim tiene un gran concepto de ti. —Tendió los brazos y le atrajo hacia sí—. Me hubiera gustado ir a casa una vez más... sólo estar allí... Me tranquiliza tanto...

—Pronto estarás en casa nuevamente.

—¿Me lo prometes?

—Te lo prometo. Ahora es mejor que nos vayamos. ¿Tienes cuanto necesitas? ¿Estás bien?

—Sí, muy bien.

Al pie de la escalera aguardaba Margaret, y la abrazó antes de salir. Antes de una hora debía estar en el aeropuerto, y doce horas más tarde estaría en París, con su pequeña Pilar.

Mientras se dirigían al aeropuerto, Deanna rogó en silencio que la encontrara con vida.

Capítulo 15

CUANDO DEANNA DESCENDIÓ DEL avión, en el aeropuerto Charles de Gaulle, estaba envuelta en una nube de agotamiento, terror y náuseas, después de la noche de incertidumbre pasada en el avión. Llamó al hospital desde el mismo aeropuerto, pero no le pudieron dar ninguna noticia distinta de lo que ya sabía. Tomó un taxi y pidió que la llevara «*Aussi vite que possible*» al Hospital Americano.

El taxista la tomó al pie de la letra y se lanzó a toda velocidad. Deanna notaba las pulsaciones de su cuerpo, cada latido de su corazón... Aprisa, aprisa... le pareció que transcurrían horas enteras antes de llegar ante las gigantescas puertas dobles del hospital.

En la recepción había una enfermera de expresión adusta.

—*Oui, Madame.*

—Pilar Duras. ¿Cuál es el número de su habitación?

Rogó en silencio que la enfermera se limitara a darle el número. Que no le dijera...

—El cuatrocientos veinticinco.

Deanna deseó dejar escapar un suspiro de alivio, pero se limitó a menear la cabeza y siguió en la dirección que la enfermera le señalaba.

El agotamiento del viaje y la angustia que sentía se marcaban visiblemente en su rostro. Sus pensamientos habían ido de Pilar a

Ben y viceversa. ¿Y si le hubiera permitido acompañarla? Anhelaba sus brazos, su calor, la tranquilidad que le inspiraba, su apoyo y la suavidad de sus palabras.

Las puertas del ascensor se abrieron por fin y salió a un pasillo que las enfermeras recorrían rápidamente. De pronto, Deanna se sintió perdida, a una distancia inmensa de su hogar, buscando a una hija que podía estar muerta en aquel preciso momento. Le pareció que ni siquiera podía hablar francés y que jamás encontraría a Pilar en aquel laberinto. Las lágrimas acudieron una vez más a sus ojos. Rechazó una oleada de vértigo y náuseas y se encaminó resueltamente al punto de información.

—Estoy buscando a Pilar Duras. Soy su madre.

Ni siquiera intentó hablar en francés. Sabía que no lo lograría y sólo rogaba que alguien la entendiera. La mayoría de las enfermeras eran francesas, pero sabía que alguna hablaría inglés, que alguien la ayudaría, la llevaría junto a Pilar y le mostraría que no estaba muy mal herida...

—¿Duras? ¡Ah, sí! —respondió la enfermera, después de consultar una gráfica. Luego, al encontrar la mirada desesperada de la mujer tan pálida que estaba frente a ella, preguntó: ¿*Madame* Duras?

—Sí —dijo en un susurro. Sintió que estaba en el límite de sus fuerzas y deseó ver a Marc.

—Madame Duras, ¿se siente usted bien?

La joven enfermera hablaba con un acento muy fuerte pero se hacía entender. Deanna la miraba fijamente, y ni siquiera estaba segura de cómo se encontraba. Sentía una sensación extraña como si fuera a desmayarse.

—He de... ¿Podría sentarme un momento?

Miró indecisa a su alrededor y observó que todo cuanto le rodeaba adquiría tonalidades grises y se encogía, como la imagen que desaparece lentamente en la pantalla de un televisor averiado. Finalmente no oyó más que un zumbido. Luego, sintió que una mano se posaba en su brazo.

—¿Señora Duras?... ¿Señora Duras?...

Era la voz de la misma muchacha y Deanna se esforzó en sonreír. Sentía un sopor invencible y lo único que deseaba era cerrar los ojos y perderse nuevamente en la oscuridad, pero la mano seguía tirando de ella. Sintió algo frío en el cuello y luego en la cabeza y, finalmente, la imagen volvió a la pantalla. Una docena de rostros extraños la miraban con atención. Trató de sentarse, pero una mano la detuvo inmediatamente y oyó a dos jóvenes que hablaban en francés con tono apremiante. Comprendió que querían llevarla a la sala de urgencias. Meneó con rapidez la cabeza.

—No, no, no es necesario. Ya estoy bien. Acabo de llegar de San Francisco, no he comido en todo el día y estoy terriblemente agotada. —Volvió a sentir que las lágrimas le fluían incontenibles y trató de controlarlas—. Debo ver a mi hija, a Pilar... Pilar Duras.

Al oír sus palabras los dos jóvenes la miraron atónitos y asintieron. Comprendieron lo que sucedía y, cogiéndola de ambos brazos, la ayudaron a ponerse en pie, mientras una enfermera le alisaba la ropa. Alguien acercó una silla y la primera enfermera le trajo un vaso de agua. Poco después los demás se marcharon y sólo se quedaron con ella la enfermera joven y la de más edad.

—Lo siento mucho.

—No se preocupe. Está muy cansada después de un viaje tan largo, es comprensible. Cuando se reponga un poco, la llevaré a ver a Pilar.

Las dos enfermeras intercambiaron una mirada rápida y la de más edad hizo un gesto de asentimiento, casi imperceptible.

—Se lo agradezco mucho.

Deanna tomó otro sorbo de agua y devolvió el vaso.

—¿Está aquí el doctor Kirschmann?

—Ya se ha ido. Pasó con Pilar toda la noche. ¿Sabe que la operaron?

—¿De las piernas?

Deanna se puso a temblar de nuevo.

—No, de la cabeza.

—¿Está bien?

Se produjo una pausa interminable.

—Está mejor. Venga, la verá usted misma.

La ayudó a levantarse, aunque Deanna se sentía más firme y estaba furiosa consigo misma por haber perdido tanto tiempo. La condujeron por el largo corredor y finalmente se detuvieron ante una puerta blanca. La enfermera dirigió a Deanna una mirada larga y penosa; luego, abrió la puerta con lentitud. Deanna entró en la habitación y sintió que se quedaba sin aire. De pronto, parecía que no podía respirar.

Pilar estaba envuelta en vendajes casi oculta por aparatos de los que salían tubos y cables en todas direcciones. En una esquina estaba sentada una enfermera de expresión muy seria; por lo menos tres monitores emitían informes misteriosos. Apenas era visible la silueta de Pilar entre tantos vendajes y su rostro estaba distorsionado por varios tubos.

Esta vez Deanna no se desmayó. Dejó la maleta a un lado y se adelantó con paso firme y una sonrisa, bajo la mirada vigilante de la enfermera que la había conducido hasta allí; ésta miró entonces a la enfermera de guardia, que se aproximó sin que Deanna lo notara.

—¡Hola, pequeña! ¡Soy yo! —exclamó tratando de sonreír.

Del lecho se elevó un gemido muy leve, y los ojos de Pilar siguieron sus movimientos. Sin duda estaba consciente y comprendía que al fin su madre había llegado.

—Todo saldrá bien, ya lo verás. No te preocupes.

Se detuvo junto a la cama y tomó la mano sana de su hija, con tanta suavidad que apenas parecía rozarla. Se la llevó a los labios y besó los dedos de su pequeña.

—Te pondrás bien, cariño. Todo saldrá de maravilla.

La muchacha emitió un sonido lastimero.

—Calla. Más tarde hablaremos. Ahora no debes hacerlo.

La voz de Deanna era apenas un murmullo, pero tenía firmeza. Pilar meneó la cabeza.

—Yo...

—Calla... —susurró Deanna, llena de congoja. Pero la mirada de Pilar estaba llena de palabras—. ¿Quieres algo?

Deanna la observaba atentamente, pero no vio ninguna respuesta en sus ojos. Entonces miró a la enfermera, tratando de saber si la pequeña sentía dolor. La enfermera se acercó y las dos observaron a Pilar, que hacía un nuevo esfuerzo por hablar.

—Me... ale... alegro... de que... estés... aquí.

Su voz era un susurro frágil que conmovió a Deanna. Sus ojos se llenaron de lágrimas. Se obligó a sonreír mientras seguía sujetando la mano de Pilar.

—También yo me alegro de haber venido, pero no hables ahora, por favor, ya lo haremos más tarde. Tenemos muchas cosas que decirnos.

Pilar sólo hizo un gesto afirmativo y cerró los ojos. Cuando salieron al corredor, la enfermera explicó a Deanna que, excepto cuando la anestesiaron para la operación, Pilar había estado consciente en todo momento, como si esperara algo o a alguien, y ahora era evidente que la aguardaba a ella.

—El hecho de que esté usted aquí supondrá una gran diferencia, señora Duras...

La enfermera de Pilar hablaba un inglés impecable y parecía muy capacitada. Sus palabras aliviaron a Deanna. Pilar la había estado esperando, la quería aún. Podría parecer estúpido que pensara en aquel momento en semejantes cosas, más para ella era muy importante. Muchas veces había temido que, en las circunstancias más delicadas, Pilar la rechazaría; pero ahora veía que sus temores habían sido infundados. ¿O acaso había estado esperando a Marc? No importaba. Volvió a entrar silenciosamente en la habitación y se sentó a esperar.

Pasaron más de dos horas antes de que Pilar despertara de nuevo, y se limitó a permanecer inmóvil en el lecho, contemplando a su madre, sin apartar la mirada de su rostro. Por fin a Deanna le pareció que Pilar sonreía y se acercó nuevamente al lecho, para tomar una vez más la mano de su hija entre las suyas.

—Te quiero mucho, cariño. Te aseguro que todo marcha bien. ¿Por qué no intentas dormir un poco más?

Pero Pilar le dijo que no con la mirada y mantuvo los ojos abiertos durante una hora, limitándose a observarla, a estudiar cada rasgo del rostro de su madre, como si deseara absorberlo, como si quisiera que su mirada expresara todo lo que no podía decir con palabras. Transcurrió otra hora antes de que hiciera un nuevo esfuerzo.

—Mi... perrito... —Deanna la miró sorprendida, y Pilar trató de comunicarse con ella, una vez más—. ¿Trajiste... mi... perrito?

Aquellas palabras hicieron que a Deanna le brotaran las lágrimas con nuevo ímpetu. El perrito de Pilar, un juguete de su niñez que había guardado durante tantos años, viejo, sucio y olvidado en algún estante. Deanna nunca se había sentido capaz de tirarlo, porque le traía recuerdos de la niñez de Pilar. Se quedó mirando a su hija, preguntándose si realmente sabía dónde estaba o si habría regresado a algún lugar distante, a su niñez, con su perrito.

—Te está esperando en casa.

Pilar hizo un movimiento casi imperceptible y en sus labios se esbozó una leve sonrisa.

—Bien... —susurró, y volvió a hundirse en sus sueños.

La mención del perrito hizo que Deanna regresara una docena de años atrás cuando Pilar era pequeña. Había sido una niña muy dulce en sus primeros años, diminuta y graciosa, de rizos rubios y ojos azules. Volvieron a su mente la multitud de ocurrencias deliciosas que había tenido, los bailes que había ejecutado para sus padres, los juegos de té con sus muñecas, los relatos que había escrito... los poemas... los dramas... la blusa que le había bordado a Deanna como regalo de cumpleaños, utilizando dos toallas de cocina... y que Deanna se había puesto, con toda seriedad, para ir a la iglesia.

—¿Señora Duras?

Deanna se sobresaltó y volvió al presente. Miró a su alrededor y se encontró con una enfermera desconocida.

—¿Sí?

—¿No quiere descansar un poco? Podemos arreglarle una cama en la habitación contigua. Lleva aquí demasiado tiempo.

Tenía un rostro amable y su mirada inspiraba confianza.

—¿Qué hora es?

Deanna sentía como si hubiera pasado horas enteras en sueños.

—Son casi las once.

Eran las dos de la tarde en San Francisco. Aún no hacía veinticuatro horas que había salido de casa y ya le parecían años enteros. Se levantó y estiró los brazos.

—¿Cómo sigue Pilar? —preguntó mirando ansiosamente hacia la cama.

—Sigue igual —respondió la enfermera, dubitativa, tras hacer una pausa.

—¿Cuándo volverá el doctor?

Se preguntó por qué no se había presentado todavía, cuando ya hacía cinco horas que ella estaba allí. ¿Y Marc? ¿Es que no iba a venir? Él sabría meter en cintura a aquel puñado de imbéciles. Deanna miró los monitores y le irritó no comprender la especie de jeroglíficos que salían de ellos.

—El doctor volverá dentro de unas horas. Debería descansar un poco. Incluso podría irse a casa. Hemos puesto otra inyección a su hija y dormirá durante bastante tiempo.

Deanna no quería dejarla sola, pero le pareció que debía ir a la casa de su suegra. Así sabría si habían localizado a Marc y qué ocurría con el médico de Pilar. ¿Quién era y dónde se encontraba? ¿Qué podía decirle sobre su hija? Lo único que Deanna sabía era que el estado de Pilar era crítico. Se sentía terriblemente angustiada e impotente, después de pasar varias horas sentada allí, esperando una explicación, un signo, cualquier cosa que le animara o le trajera buenas noticias, alguien que le dijera que no había peligro, aunque eso hubiera sido muy difícil de creer.

—¿Señora? —dijo la enfermera mirándola apesadumbrada.

Cuando cogió la maleta, parecía casi tan débil como Pilar.

—Dejaré un número de teléfono para que puedan localizarme, pero volveré muy pronto. ¿Cuánto cree que dormirá la niña?

—Por lo menos cuatro horas, quizá cinco o incluso seis; pero, desde luego, no despertará antes de tres horas. Puede estar segura de que si hay algún problema o si se despierta y la busca, yo misma la llamaré.

Deanna asintió y anotó en un papel el número telefónico de la madre de Marc; luego, miró a la enfermera con expresión angustiada.

—Avíseme inmediatamente si... si debo venir.

No podía pronunciar las palabras; pero la enfermera la comprendió. Adjuntó el número telefónico de Deanna a la gráfica y le sonrió.

—La llamaré, pero ahora váyase a dormir un poco.

Nunca se había sentido tan agotada, y no tenía intención de dormir. Tenía que llamar a Ben, hablar con el médico, saber si habían localizado a Marc. Su mente saltaba de un problema a otro, y volvió a sentirse mareada. Se apoyó en la pared, pero no perdió el sentido. Permaneció de pie largo rato, contemplando a Pilar. Luego abandonó la habitación, con los ojos llenos de lágrimas, la maleta en la mano y el abrigo en el brazo, sintiendo que dejaba su corazón tras ella.

Encontró un taxi en seguida y se dejó caer en el asiento con un suspiro tan profundo que más bien parecía un lamento. Se sentía exhausta y con todo el cuerpo dolido. No dejaba de pensar en Pilar en las diversas etapas de su vida. Era como si viera una película que no podía detenerse, que había contemplado durante todo el día, unas veces con sonido y otras en silencio, pero era una visión a la que no podía sustraerse, ni siquiera dentro del taxi que corría rápidamente por París, en dirección a la casa de su suegra.

La casa estaba en la calle Francisco I, en un barrio elegante, cerca de Christian Dior. Era una calle bonita, como tantas hay en París, muy cerca de los Campos Elíseos. De joven, Deanna se había escapado con frecuencia por las tardes, para ver las tiendas y tomar un café antes de volver a la rigidez de la vida bajo la tutela de su suegra. Pero ahora todos los recuerdos de aquellos días se borraron de su mente. El cansancio la envolvía como una manta empapada en éter.

Al llegar a la casa, Deanna recordó con dolor que su suegra no había estado en el hospital en toda la tarde y la noche. La enfermera le había dicho que había estado con Pilar dos horas, por la mañana... ¿Dos horas nada más? ¿Y la había dejado tan sola en la terrible condición en que se encontraba? Aquello le confirmaba a Deanna lo que había sospechado toda su vida, que *madame* Duras no tenía corazón.

Pulsó el timbre de la entrada y, poco después, se abrió la enorme y pesada puerta del zaguán. Entró y cerró la puerta tras ella, dirigiéndose con pasos rápidos al elegante ascensor. Siempre le había parecido que en aquel ascensor debía haber un canario y no personas, porque parecía una jaula lujosa.

Cuando llegó al ático de la señora Duras, ya la estaba esperando una doncella uniformada.

—*Oui, Madame* —le dijo, mirando a Deanna con desagrado, casi con desdén.

—*Je suis Madame Duras* —respondió Deanna con su peor acento, y sin que le importara en absoluto.

—*Ah, bon. Madame* la espera en el salón.

Qué amable. ¿Acaso le ofrecería un té? Deanna hizo rechinar los dientes mientras caminaba detrás de la doncella hacia la sala. No había nada fuera de lugar, todo estaba como siempre. Nadie habría imaginado que la nieta de la señora Edouard Duras yacía en un hospital, a tres kilómetros de distancia, quizás en su lecho de muerte. Todo parecía estar en el orden más perfecto, incluyendo a *madame* Duras. Su suegra llevaba un vestido de seda verde oscuro y lucía un peinado impecable. Avanzó hacia Deanna con la mano extendida. Sólo en su mirada había una sombra de preocupación. Tomó las manos de Deanna y la besó en ambas mejillas.

—¿Acabas de llegar?

Hizo un leve gesto a la doncella, que salió al momento de la estancia.

—No, he estado con Pilar toda la noche y aún no he podido ver al médico.

Se quitó el abrigo y se dejó caer en un sillón.

—Pareces muy cansada —dijo la anciana. La observaba con una expresión pétrea. Sólo la mirada astuta indicaba que alguien vivía tras aquella estructura de granito.

—Eso no importa. ¿Quién diablos es ese Kirschmann y dónde está?

—Es un cirujano muy conocido en toda Francia. Estuvo con Pilar hasta esta tarde y la volverá a ver dentro de unas horas, Deanna... —pareció dudar y, en un tono algo más suave añadió—: Es que no se puede hacer nada más, al menos de momento.

—¿Por qué no?

—Porque ahora es preciso esperar. Pilar debe recuperar sus fuerzas, debe... vivir. —Mostró una expresión compungida y Deanna se pasó una mano por los ojos—. ¿Quieres comer algo?

Deanna hizo un gesto negativo.

—Sólo quiero darme un baño y descansar un poco. Siento presentarme de esta manera, *Mamie*, no he sido muy amable, pero no puedo hacer nada más.

—Comprendo.

148

Deanna se preguntó si de verdad comprendía, aunque no le importaba en absoluto.

—Creo que deberías comer algo, querida —dijo la señora Duras—. Estás muy pálida.

Se sentía mal, pero no tenía apetito. No podría probar bocado, al menos aquella noche, después de haber visto a Pilar destrozada y derrotada en su lecho, preguntando por su perrito y tan débil que ni podía sostener la mano de su madre.

—Sólo me bañaré, me cambiaré y regresaré al hospital. Será una noche muy larga. A propósito, ¿ha tenido noticias de Marc?

Su suegra asintió.

—Estará aquí dentro de una hora.

Hacía dos meses que no se veían, pero Deanna no sentía nada en su interior, excepto los sentimientos hacia su hija.

—Vuelve de Atenas. Está muy trastornado.

—Y tiene motivos. —Deanna miró fijamente a su suegra—. Le compró la motocicleta en contra de mi voluntad.

La señora Duras se picó al instante.

—Deanna, no puedes culparle. Ya debe sentirse bastante mal.

—De eso estoy segura. ¿Aterrizará dentro de una hora?

—Sí. ¿Irás a recibirle?

Deanna iba a decir que no, pero algo en su interior le hizo cambiar de opinión. Pensó en Pilar, en el aspecto que tenía, en lo terrible que sería para Marc entrar en la habitación y verla así por primera vez. Le pareció cruel que recibiera tal impresión ante un cuadro tan trágico y se conmovió. Pilar era su niña, su tesoro, su hija, igual que para Deanna, aunque para Marc Pilar era casi una diosa. Se dijo que no podía dejar que se enfrentara con el estado de Pilar como ella había tenido que enfrentarse; que debía ir a recibirle al aeropuerto.

—¿Sabe el número de vuelo? —La anciana asintió—. Entonces, iré. Sólo me lavaré la cara. ¿Puede pedirme un taxi?

—Por supuesto. —Era evidente que la anciana Duras estaba complacida—. Entretanto, Fleurette te preparará un bocadillo.

Fleurette, florecilla, era el nombre de la obesa cocinera de la señora Duras. A Deanna siempre le había parecido una incongruencia muy divertida, pero esta vez ni pensó en ello. Saludó a su suegra con una leve inclinación de cabeza y salió apresuradamente de la habitación. Cuando iba a entrar en el cuarto de huéspedes, observó un cuadro en el pasillo oscuro, abandonado e ignorado. Era el retrato de sí misma y Pilar, por el que la señora Duras nunca había mostrado el menor aprecio. Sin pensarlo dos veces, Deanna decidió que esta vez se lo llevaría a su casa, donde realmente debía estar. Una vez en el cuarto de huéspedes, miró a su alrededor y vio que todo seguía tan elegante y frío como siempre. Había telas de damasco, sedas y muebles de estilo Luis XV. A Deanna siempre le había parecido fría aquella habitación donde había dormido con Marc durante su luna de miel. Mientras se peinaba, pensaba en Marc y se preguntaba qué sucedería cuando le volviera a ver. Ver su rostro, tocar sus manos... después de Ben. ¿Por qué le parecía que Ben era más real ahora y no sólo un sueño? ¿La devoraría una vez más ese mundo de seda beige, para no retornar jamás? Deseaba con desesperación llamar a Ben, pero no tenía tiempo. Tenía que llegar al aeropuerto a la hora justa para recibir a Marc. Se preguntó si habría algún medio para anunciarle que ella iba en camino, pero sabía por experiencia que esos mensajes nunca llegaban a su destino. Se limitarían a enviar un hombre que se colocaría en una esquina del aeropuerto y diría en un susurro: «*Monsieur Duras... Monsieur Duras*», mientras Marc pasaría por su lado sin oírlo. Y si lo oía, podría asustarse demasiado acerca de Pilar. Por lo menos podía ahorrarle aquello.

La doncella llamó a la puerta y le dijo que el taxi ya estaba esperando. Al mismo tiempo, entregó a Deanna un paquete que contenía dos bocadillos y una porción de pollo. Le dijo que tal vez el señor tendría hambre después de un viaje tan largo. ¿Tendría hambre?, se dijo Deanna. ¿Quién podría comer?

El trayecto hasta el aeropuerto le pareció, al contrario que la vez anterior, demasiado breve. En el taxi comenzó a sentir que el sueño se apoderaba de ella y que sus pensamientos eran cada vez más confusos, porque iban de Pilar a Ben, y de éste a Marc. Le pareció que sólo habían transcurrido unos instantes cuando el automóvil se detuvo bruscamente.

—*Voilà* —dijo el taxista.

—*Merci* —musitó ella, distraída, mientras pagaba el importe.

Se sentía como si no se hubiera cambiado de ropa en toda una semana, pero, en realidad, le importaba muy poco su aspecto, porque tenía muchas otras cosas en la mente. Vio el tablero gigantesco que indicaba los vuelos y las puertas de llegada, y, se dirigió con la mayor rapidez a la indicada. El avión acababa de aterrizar y los pasajeros descendían en cuestión de minutos. Debía apresurarse para encontrarlo, porque los pasajeros de primera clase bajaban antes, y Marc viajaba siempre en primera clase.

Sorteó los pasajeros que atestaban la enorme sala, casi tropezando con algunas maletas, pero llegó a la sala en el preciso momento en que los primeros pasajeros pasaban por la aduana. Dando un suspiro, se apoyó en la pared para esperar a Marc.

Por un instante sintió deseos de sorprenderle y demostrarle que aún le importaba, a pesar de su traición de aquel verano. Pero incluso en aquellos momentos dolorosos a causa de Pilar, sentía la necesidad de proteger a Marc y hacer que la terrible experiencia no lo fuera tanto para él. Se limitaría a ir hasta él, tocarle la mano y sonreírle. Aún tenía fuerzas para hacerlo, y le daría un momento de placer en medio de tanto dolor. Siguió esperando, observando con atención a cada uno de los pasajeros que pasaban a su lado, buscando a Marc.

Le vio de repente, alto y esbelto, como siempre, impecablemente vestido incluso después del vuelo. Notó con sorpresa que en su rostro no había la expresión angustiosa que había temido. Era evidente que no comprendía la gravedad de lo ocurrido, o quizá... Y entonces, al dar el primer paso hacia él, Deanna sintió que su corazón se detenía.

Él se volvió con una sonrisa suave y cariñosa, la sonrisa que le dedicaba cuando ella era *Diane* y no Deanna. Vio cómo extendía el brazo y tomaba la mano de una muchacha que bostezaba perezosamente. Luego colocó la mano en su hombro y la atrajo hacia sí. La mujer le dijo algo y le dio unas palmaditas en el brazo. Deanna los observó estupefacta, preguntó quién sería ella, aunque, en realidad no le importaba. La pieza del rompecabezas que había estado atormentándola durante tantos años aparecía al fin. No era una relación fortuita, una mujer a la que hubiera conocido en el vuelo: era evidente que su relación era mucho más íntima y familiar, la de alguien a quien se conoce desde hace mucho tiempo. Su modo de caminar, hablarse y moverse le reveló a Deanna el misterio de tantas cosas que no había entendido antes.

Se quedó en pie, como si estuviera clavada al suelo, tapándose la boca con una mano, mirando cómo se alejaban entre la multitud, hasta que los perdió de vista. Luego, con la cabeza gacha, corriendo, sin ver a nadie y deseando desesperadamente que no la vieran, se dirigió a la salida y llamó un taxi.

Capítulo 16

PRESA DE PÁNICO Y sin aliento, Deanna indicó al taxista la dirección del hospital. Apoyó la cabeza en el asiento y cerró los ojos. Podía oír los latidos de su corazón. Lo único que deseaba en aquel momento era alejarse, poner la mayor distancia posible entre ella y el aeropuerto. Durante algunos momentos sintió un acceso de furor, como si la barriera una ola, como si hubiera entrado en el dormitorio de otra persona y la hubiera encontrado desnuda en ella, como si hubiera descubierto algo que no quisiera haber visto. ¿Había sucedido en realidad lo que sus ojos acababan de presenciar? ¿Y si fuera sólo una mujer a la que había conocido en el avión? ¿Y si sus sospechas fueran descabelladas y sus conclusiones demenciales? No, no era tan simple. Lo comprendió en el momento en que los vio. No podía tener la menor sombra de duda. ¿Quién era aquella mujer y cuánto tiempo hacía que se conocían? ¿Una semana, un mes, un año? ¿Había ocurrido aquel verano o venía ya de lejos?

—*Voilà, Madame.*

Deanna apenas oyó la voz del taxista, entregada a sus reflexiones. De pronto, se dio cuenta de que en todo el trayecto desde el aeropuerto al hospital, no había pensado ni una sola vez en Ben. No se le ocurrió pensar que ella le había hecho a Marc lo mismo. Lo único que llenaba su mente era que había visto a su marido con otra mujer y que le dolía, mucho más de lo que creía posible. Estaba ciega por la sorpresa y el dolor.

—¿*Madame?* —El taxista esperaba impaciente, mientras ella miraba el taxímetro con expresión ausente.

—*Je m'excuse.*

Le pagó inmediatamente y miró a su alrededor. Estaba de nuevo en el hospital. De pronto no supo cómo había llegado allí, cuándo le había dado la dirección al taxista. Había pensado volver al piso para poner en claro sus ideas; pero ahora se encontraba en el hospital. Quizá eso fuera mejor, porque Marc iría a su casa para ver a su madre y dejar su equipaje, y después iría a ver a Pilar. Deanna tendría así algo más de tiempo para sí misma. Aún no se sentía con ánimo de enfrentarse con él. Cada vez que pensaba en él, le veía con aquella joven tan hermosa que apoyaba una mano en su brazo, y le miraba con ternura. Además, era tan joven... los ojos de Deanna se llenaron de lágrimas al cruzar la puerta principal del hospital. Respiró lenta y profundamente para recuperar el dominio de sí misma y se dirigió hacia el ascensor. No quería pensar más, pero de vez en cuando volvía a ver el rostro de Marc, con aquella mirada que hacía ya mucho tiempo que no veía en él, tan feliz y tan joven.

MARC MIRÓ A CHANTAL con expresión de fatiga, mientras cogía su chaqueta. Ella estaba tendida en la cama.

—¿Estás bien? —le preguntó.

—Sí, no te apures. Ya tienes bastantes problemas en qué pensar.

Pero sabía que él detestaba verla tan cansada. Después de su crisis, el médico le había advertido que no debía fatigarse en absoluto. Desde entonces, Marc la trataba como un padre demasiado protector trata a una niña delicada. Quería que se entregara a largos descansos, se alimentara bien, de modo que la diabetes estuviera bajo control.

—Cuídate, ¿quieres?

Le tendió los brazos, pensando en lo odioso que era verle alejarse, en lo poco que ella podía hacer por él. Pero sabía que no podía acompañarle al hospital de ninguna manera, porque Deanna estaría allí. Una cosa era insistir en que la llevara a Cap d'Antibes y presentarse allí cuando todo iba bien, y otra muy distinta acompañarle en aquellos momentos. No era el momento más adecuado y Chantal lo comprendía.

—¿Me llamarás para decirme cómo está Pilar?

Había un tono de sincera preocupación en su voz, y Marc se sintió inmediatamente agradecido.

—Tan pronto como sepa algo, te lo prometo. Gracias, amor mío. Creo que no hubiera podido hacer este viaje sin tu compañía. Esta ha sido la noche más difícil de mi vida.

—Tu hija se pondrá bien, Marc-Edouard. Te lo prometo.

Le sujetó casi con desesperación, y cuando Marc se separó de ella tuvo que enjugarse los ojos y aclararse la garganta.

—*J'espère.* Así lo espero.

—*Oui, oui. Je le sais.*

Pero, ¿cómo podía saberlo? ¿Cómo podía estar segura? ¿Y qué si se equivocaba?

—Volveré más tarde por mi maleta.

—Despiértame si estoy dormida. ¿Lo harás? —Le dedicó su sonrisa más atractiva e insinuante. Marc se rió.

—Ya veremos —dijo él, pero sus pensamientos ya estaban en otro lugar. Hacía unos minutos que habían llegado del aeropuerto, pero la pareció que se entretenía demasiado y se puso el impermeable.

—Marc-Edouard —dijo ella.

Él se volvió desde el umbral.

—No olvides que te quiero.

—Yo también.

Cerró la puerta silenciosamente a sus espaldas y salió.

Se dirigió al hospital en el pequeño coche de Chantal y lo aparcó a cierta distancia. Hubiera sido mejor que tomara un taxi, pero no quiso perder ni un instante más. Deseaba llegar pronto al hospital y estar al lado de Pilar. Quería saber qué había pasado en realidad, entender las razones del desastre. Durante el trayecto desde Atenas había pensado en todo lo ocurrido, sin llegar a ninguna conclusión lógica. Había momentos en que le parecía que nada había sucedido, como si volviera a París después de sus reuniones de negocios en Grecia. Pero, de pronto, todo se aclaraba y recordaba a Pilar... Le hubiera sido muy difícil mantener su serenidad, de no haber sido por Chantal.

El vestíbulo del hospital estaba en silencio. Dominique le había informado del número de la habitación de Pilar, cuando habló con ella por teléfono, y había podido localizar al doctor Kirschmann antes de salir de Atenas. Pero en aquellos momentos no había ningún resultado definitivo; el daño en el cerebro era considerable y el de las piernas quizá permanente; el bazo había estallado, tenía un riñón muy lastimado y, en resumen, su estado era de extrema gravedad.

Marc sintió una opresión en el pecho al entrar en el ascensor y apretar el botón del cuarto piso. Se sentía perdido, confuso y muy atemorizado. Miraba a su alrededor, preguntándose cómo encontraría a su hija. Al salir vio a la enfermera jefe en su puesto y se acercó a ella.

—¿Cómo sigue Pilar Duras?

—Su estado es crítico, señor —dijo la enfermera con gravedad.

—¿No ha mejorado? ¿Está aquí el doctor Kirschmann?

—Se ha ido, pero volverá más tarde. Sigue muy de cerca la situación. La joven se encuentra en cuidados intensivos... Estamos haciendo cuanto podemos por ella.

Marc se limitó a asentir con la cabeza, se aclaró la garganta y se pasó un pañuelo por los ojos. Caminó decidido por el corredor, tratando de tranquilizarse y aparentar ante su hija una serenidad que no sentía, para decirle que todo saldría bien, que él mismo se encargaría de ello y le cedería sus propias fuerzas. Se olvidó de Chantal y de todos los pequeños problemas que asaltaban su mente, para ocuparse tan sólo de su pequeña.

La puerta estaba entreabierta, y miró hacia el interior. Los aparatos parecían llenar toda la habitación. Vio a las dos enfermeras, una vestida de verde, como si estuviera en el quirófano, y la otra de blanco.

—Soy el padre de Pilar —susurró con cierto tono de autoridad y ambas asintieron.

Marc recorrió la habitación con la mirada y, de pronto, la vio allí, como empequeñecida en el lecho, en medio de tubos, aparatos y monitores que se movían con precisión cada vez que respiraba. Al ver su rostro, sintió que el frío lo paralizaba. Estaba muy pálida y gris, ajeno del todo al que recordaba. Sólo cuando se acercó, reconoció los rasgos distorsionados de su pequeña Pilar. Todo aquello parecía modificarla, pero era ella... La observó durante largos momentos y, luego, silenciosa y delicadamente, le tocó la mano. La mano de Pilar se movió casi imperceptiblemente, abrió los ojos, pero no había una sonrisa en sus labios, sólo una leve expresión de reconocimiento.

—*Pilar, ma chérie, c'est papa.*

Tuvo que luchar con fuerza para que no le brotaran las lágrimas. No dijo nada más y se limitó a permanecer en pie a su lado, contemplándola, sosteniendo su mano, mirándola con atención, hasta que Pilar abrió una vez más sus ojos azules. Le parecía que no podía respirar en aquella habitación, como si el oxígeno se hubiera agotado, e incluso le resultó muy difícil ordenar sus pensamientos. No comprendía cómo había podido ocurrirle aquello a su hija. Sintió que le temblaban las piernas y por unos instantes le pareció que no podría soportar aquella sensación física de terror. Pero se mantuvo firme a su lado, sin moverse, sin hablar, contemplándola tan sólo.

Deanna le miraba en silencio desde su rincón. No había hecho el menor movimiento ni pronunció palabra alguna cuando él entró, y no la había visto, semioculta por los equipos médicos. Pasaron varios minutos antes de descubrir aquel rostro tan familiar y aquellos ojos que le observaban con desesperación. La miró, muy sorprendido, como si no entendiera. Parecía extenuada, y estaba casi tan pálida como Pilar.

—Deanna —susurró.

—Hola, Marc —dijo ella, mirándole fijamente.

—¿Cuándo has llegado?

—A las cinco.

—¿Has estado aquí toda la noche?

—Así es.

—¿Ha habido algún cambio?

Siguió una pausa prolongada, en la que Marc repitió su pregunta con la mirada.

—Parece haber empeorado un poco. He salido un rato porque... tenía que... Fui a casa de tu madre para dejar la maleta... Cuando regresé, parecía tener muchas dificultades para respirar. El doctor Kirschmann estaba aquí y me dijo que, si no mejora dentro de unas horas, tendrán que volver a operar.

Suspiró y bajó la mirada. Parecía como si hubiera perdido a Pilar y a Marc en aquellas dos horas.

—Yo acabo de llegar.

Ella supo que le mentía. Hacía ya dos horas que había llegado. ¿Dónde había estado? Pero no le preguntó nada.

El silencio volvió a reinar durante cerca de una hora, hasta que, finalmente, la enfermera les pidió que salieran unos minutos, porque iban a practicar una cura.

Deanna se puso en pie lentamente y salió del cuarto. Marc se quedó unos momentos más, como si se negara a abandonar a su hija.

La mente de Deanna volvió a la escena del aeropuerto. Seguía sin entender las cosas. Todo le era ajeno. No le había visto desde hacía dos meses y sin embargo no tenían nada que decirse. No podía representar el papel de la esposa feliz que se reúne con su marido. Le pareció de pronto que él tampoco estaba representando su papel; quizá se sentía muy desalentado por el estado de Pilar.

156

Deambuló por el solitario corredor, con la cabeza inclinada, recordando fragmentos de oraciones que había repetido de niña. No tenía el menor deseo de perder el tiempo con Marc. Todas sus energías, las pocas que tenía, estaban dedicadas por completo a Pilar. Oyó los pasos de él a sus espaldas, pero no se volvió. Siguió caminando por el enorme corredor, hasta que llegó a su extremo, se detuvo unos momentos ante la ventana, mirando con fijeza el muro de enfrente. Entonces le vio a su lado, reflejado en el cristal de la ventana.

—Deanna... ¿Puedo hacer algo? —Parecía exhausto, derrotado, y Deanna se limitó a mover la cabeza—. No sé qué decir... Fue un terrible error regalarle la...

—Eso ya no importa. Lo hecho, hecho está. Podría haber sucedido de mil maneras... Tuvo un accidente, Marc. ¿Qué importa ahora quién haya tenido la culpa, quién le haya dado la motocicleta?

—¡Dios mío! Ojalá se recupere. Pero ¿y si no puede caminar?

—Entonces le enseñaremos a vivir lo mejor posible dentro de sus circunstancias. Es algo que le debemos. Tendremos que ayudarle con amor y todo el apoyo que podamos darle en cualquier situación a la que se deba enfrentar.

Por primera vez en veinte años, Deanna sintió una horrible sensación de terror. ¿Y si no se recuperase?

Sintió las manos de Marc sobre sus hombros. Le hizo dar la vuelta y enfrentarse a él. Sus ojos eran los de Pilar y su rostro el de un hombre viejo y cansado.

—¿Me perdonarás alguna vez?

—¿Qué debo perdonarte? —Su voz era distante y fría.

—Lo que he hecho a nuestra niña, por no haberte escuchado cuando debía.

—Marc, he ido a recibirte al aeropuerto...

Deanna percibió que sus palabras le habían dejado helado.

—No has debido encontrarme... —Era más una pregunta que una afirmación. Escrutó su rostro.

—Te vi..., pero me marché. He comprendido muchas cosas que no entendía, Marc. Debí haberlo imaginado desde hace mucho tiempo, pero no fue así. Supongo que soy una estúpida, y que debiera felicitarte. No sólo es hermosa, sino también joven. —Su voz expresaba amargura y tristeza.

—Deanna —dijo apretándole más los hombros—. Llegas a las más extrañas conclusiones. Creo que no entiendes nada.

Era evidente que estaba demasiado trastornado y fatigado para inventar una excusa convincente. Parecía como si la vida se le escapara en aquel instante.

—Ha sido un vuelo agotador, y el día ha sido terrible. Lo sabes muy bien. Esa joven y yo comenzamos a charlar, y en realidad...

—Marc, por favor. No quiero oír ni una sola palabra. No digas nada más esta noche.

—Deanna... —replicó, pero no pudo continuar.

En otra ocasión hubiera podido inventar algo con su gran ingenio, pero en aquel momento no encontraba nada que pareciera lógico.

—Por favor, no se trata de lo que tú piensas.

Inmediatamente, se odió a sí mismo por negarlo. Deanna estaba en lo cierto, y de alguna forma se sintió como un traidor al negar a Chantal.

—Lo es, Marc. Es tan evidente y claro como el día. Nada de lo que puedas decirme cambiará algo, nada podrá borrar el recuerdo de lo que vi, lo que sentí, lo que se me reveló. Seguramente pensarás que soy una estúpida por no haberme dado cuenta en tantos años.

—¿Qué te hace pensar que ha durado años?

—Vuestra forma de actuar, cómo andabais y te miraba. Es difícil llegar a un entendimiento tan profundo en poco tiempo. Parecías más el marido de ella que el mío.

De pronto, Deanna se detuvo a pensar que lo mismo le había ocurrido con Ben. ¿Acaso no se había sentido tan unida con él como un matrimonio, y en tan poco tiempo? Aquella tarde, al regresar del aeropuerto, había comprendido muchas cosas: las ausencias, la separación entre ambos, los viajes constantes, el número telefónico de París que aparecía con mucha frecuencia en el recibo telefónico, las extrañas historias que a veces no encajaban bien. Y aquella noche, su mirada. Todo había salido a la luz.

—¿Qué quieres que te diga? —preguntó Marc.

—Nada. No hay nada que decir.

—¿Quieres decir que todo ha terminado entre nosotros? ¿Qué yo te dejaré porque en el aeropuerto estaba con una chica? Deanna, vuelve en ti. Es una locura, y lo sabes.

—¿Tú crees? ¿Hemos sido realmente felices en nuestro matrimonio? ¿Disfrutas de veras con mi compañía, Marc? ¿Sientes deseos de volver a mi lado cuando estás lejos? ¿Tenemos acaso una relación profunda y sincera, respetamos las necesidades, las virtudes y los sentimientos del otro? ¿Somos quizá felices después de tantos años?

158

—Aún te sigo queriendo —dijo Marc, y ella volvió la cabeza.

—No importa.

Era demasiado tarde. Cada uno había seguido su propio camino.

—¿Qué pretendes, Deanna?

—No sé. Esperemos primero a que Pilar salga de esta situación. Luego hablaremos de nosotros.

—Saldremos de este embrollo, lo sé. —La miró con determinación y Deanna sintió que la fatiga se apoderaba de ella.

—¿Qué te hace pensar eso? ¿Por qué razón?

—Porque así lo deseo —afirmó, pero había un tono de inseguridad en su voz.

—¿De veras? ¿Por qué? ¿Por qué te gusta tener una esposa y, al mismo tiempo, una amante? Apenas puedo culparte; sería un arreglo muy cómodo. ¿Dónde vive ella, Marc? ¿Aquí? Entonces, todo saldría a la perfección.

—¡Calla, Deanna!

Le cogió un brazo, pero ella se apartó.

—Déjame.

Por primera vez en su vida sintió que le odiaba. Seguía sin comprender por qué le había causado tanto dolor y, por un instante, sintió que añoraba a Ben. Pero, ¿era Marc tan malo? ¿Acaso ella era distinta? Se sentía confusa.

—No quiero discutir de ello esta noche. Ya tenemos bastantes preocupaciones... Cuando Pilar salga de esto, hablaremos del asunto.

Marc asintió, con alivio. Necesitaba tiempo para pensar y encontrar las palabras adecuadas. Él arreglaría las cosas.

En aquel momento les llamó la enfermera. Olvidaron sus problemas personales y se apresuraron a entrar en la habitación de Pilar.

—¿Ha habido algún cambio? —preguntó Marc.

—No. Pero está despierta y desea verles a ambos. Hablen un poco con ella, pero no la fatiguen demasiado, porque necesita todas las fuerzas que tiene.

Deanna notó que Pilar había sufrido un cambio muy sutil. El color de su rostro no había mejorado, pero sus ojos parecían más vivaces, como si vagaran nerviosamente de un rostro a otro, buscando a alguien o algo.

—Hola, cariño. Aquí nos tienes. Papá también está aquí.

Deanna estaba a su lado y le acariciaba una mano. Si cerraba los ojos, veía claramente el rostro de Pilar cuando era muy pequeña.

—Estoy... contenta —La mirada de Pilar se volvió hacia su padre e intentó sonreírle; pero su respiración seguía siendo penosa y difícil, y tenía que cerrar los ojos de vez en cuando, como para recuperar sus fuerzas—. Hola, papá... ¿Cómo... te fue... en Grecia? Tengo... sed...

Deanna lanzó una mirada a la enfermera, la cual hizo un movimiento negativo.

—Agua...

—Espera un poco, pequeña.

Deanna siguió hablándole con voz dulce, mientras Marc se sentía atormentado a su lado, sin poder hablar y mordiéndose los labios con fuerza al tratar de contener las lágrimas.

—Ça va? —pudo decir al fin, y Pilar le sonrió una vez más.

—Ça va.

Pero no era cierto. De pronto, como si comprendiera la situación, le miró con ansiedad y trató de explicarse.

—Iba demasiado... rápido... Es culpa mía, no tuya, papá... lo lamento...

Marc ya no pudo contener las lágrimas, que inundaron su rostro... Volvió la cabeza en silencio mientras Pilar cerraba los ojos.

—No te preocupes, pequeña mía. No importa de quién sea la culpa —miró a Deanna y añadió—: Tu madre tenía razón.

—Mamá... —Su voz parecía debilitarse más y más.

—No hables.

—¿Recuerdas la casa de juguete... en el jardín? Sueño con ella... y con mi perrito... Augustin.

Augustin había sido un perrito encantador, al que sucedió otro perro, luego un gato y después un pájaro, hasta que ya no hubo ningún animalito doméstico en la casa, porque a Marc-Edouard no le agradaban.

—¿Adónde... mandaste... a Augustin?

Lo habían regalado a una familia que vivía en el campo.

—Se fue a vivir al campo, y creo que allí estará muy contento.

Deanna trataba de sostener la conversación, pero buscó la mirada de Marc. ¿Qué querría decir todo aquello? ¿Estaba mejor o había empeorado? De pronto, recordó el bebé que había tenido en sus brazos, horas antes de morir... Phillippe-Edouard. ¿Estaba ella en la misma situación, o era una señal de que estaba mejorando? Ninguno de los dos sabía qué pensar.

—¿Mamá... puedo tener... a Augustin? Pídeselo a papá... —dijo en un tono totalmente infantil.

Deanna cerró los ojos y respiró hondo.

—Sí, hablaré con papá.

De súbito, Marc se sintió lleno de temor. Miró a Pilar y luego a Deanna...

—Te traeremos un perrito, querida... Ya lo verás. Un hermoso perrito con orejas largas y cola traviesa.

—Pero yo quiero... a Augustin —su voz era un verdadero lamento, y la enfermera les hizo una seña para que salieran.

Pilar se había sumido una vez más en la inconsciencia, y cuando se fueron de su lado no lo notó.

Pasearon por el corredor, sin decir nada. De pronto, Deanna tomó a Marc de la mano y le dijo:

—¿Cuándo diablos va a volver Kirschmann?

—Dijeron que no tardaría. ¿Crees que está peor?

—Parece nerviosa, inquieta y muy ansiosa.

—Pero habla, y eso puede ser una señal prometedora.

—Tal vez.

Pero estaban aterrorizados. Marc pasó el brazo por los hombros de Deanna, y ella no le rechazó. De pronto se había dado cuenta de que le necesitaba a su lado, y era la única persona que comprendía y compartía con ella sus sentimientos.

Marc la miraba afligido y Deanna no podía contener las lágrimas que se deslizaban por su rostro. Pero Marc no pronunció ni una palabra de consuelo, pues sus lágrimas se confundían con las de ella.

Siguieron su penoso recorrido por el pasillo, de un extremo al otro, hasta que decidieron sentarse en unas sillas. Los ojos de Deanna estaban casi vidriosos por la fatiga.

—Trata de descansar un poco —le dijo Marc.

—El doctor Kirschmann quiere verles. Está con su hija.

Se pusieron en pie de un salto y casi corrieron hasta la habitación, donde encontraron al médico al pie de la cama, estudiando alternativamente a la muchacha y los aparatos. A Marc y Deanna les pareció que habían transcurrido horas enteras desde que salieron al corredor.

—Doctor... —dijo Marc.

—Quiero esperar un poco más. Si su situación no mejora dentro de una hora, la llevaré nuevamente al quirófano y veré qué podemos hacer.

—¿Cómo está? —Marc quería oír alguna promesa, alguna garantía.

—No lo sé. Sigue sosteniéndose, pero eso es todo lo que puedo decirle. ¿Quieren quedarse con ella?

—Sí —dijo Deanna, situándose a la cabecera de Pilar. Marc se unió a ella.

Permanecieron allí de pie casi una hora, mientras Pilar dormía y emitía sonidos extraños, agitándose de vez en cuando, como si luchara por inspirar el aire.

—Tengo... sed...

—Espera un poco, cariño... —dijo Deanna con una voz tan dulce como su sonrisa—. Más tarde, amor mío. Ahora, duerme. Papá y mamá están aquí. Duerme... y pronto te sentirás mejor... Muy pronto.

La niña sonrió. Pudieron observar que era una auténtica sonrisa, a pesar de los tubos que la cubrían, una sonrisa que les desgarró el corazón.

—Ahora me siento... mejor...

—Me alegro, querida. Mañana estarás mejor. Mamá te dice la verdad. —La voz de Marc era tan suave como una leve brisa de verano. Pilar volvió a sonreír y cerró los ojos.

Poco después entró el médico y les hizo una seña para que salieran.

—Vamos a prepararla para la operación. Luego podrán volver.

El ambiente en el pasillo era frío y sofocante a la vez, y Deanna tuvo que apoyarse en el brazo de Marc. Eran las cuatro de la madrugada, y ninguno de los dos había dormido desde hacía dos días.

—Ha dicho que se sentía mejor —afirmó Marc, tratando de convencerse de que existía una esperanza.

Deanna asintió.

—También me pareció que tenía mejor color.

Deanna estaba a punto de responderle, cuando el doctor Kirschmann reapareció en el pasillo.

—Debería estar junto a ella, no con nosotros —dijo Marc, al tiempo que se dirigía hacia él.

Pero Deanna se detuvo y aferró el brazo de Marc. Entonces lo comprendió y fue incapaz de dar un paso más. El mundo había llegado a su fin... Pilar estaba muerta.

162

Capítulo 17

EL SOL EMPEZABA A salir cuando abandonaron el hospital. Habían pasado más de una hora firmando los documentos y haciendo los arreglos necesarios. Marc decidió celebrar el funeral en Francia, y Deanna no opuso ninguna resistencia. Después de todo, uno de sus bebés estaba enterrado en California y el otro en Francia... Ya no importaba dónde reposara para siempre y, además, sospechaba que la misma Pilar lo habría preferido así. El doctor Kirschmann se había mostrado comprensivo y les explicó que, en realidad, había podido hacer muy poco. Cuando la trajeron desde el sur de Francia, la chica estaba muy mal. El golpe había sido demasiado grave, incluso se había sorprendido de que no hubiera fallecido instantáneamente.

—¡Ah, esas motos...! —dijo con tristeza, y Marc sintió como si le hubiera dado un puñetazo.

Rehusaron el café que les ofrecían, y el tiempo que tuvieron que dedicar a las formalidades les pareció eterno. Marc tomó a Deanna del brazo y la condujo con suavidad hacia la calle, hasta el pequeño Renault.

—¿De quién es este coche? —Era una pregunta extraña en una mañana como aquella.

—No importa. Sube, vamos a casa.

Marc no se había sentido jamás tan agotado, perdido y solitario.

163

Todas sus esperanzas se habían esfumado, sus alegrías, sus sueños. Ni siquiera le importaba tener a Deanna y a Chantal. Había perdido a Pilar. Las lágrimas resbalaban con lentitud por sus mejillas, pero esta vez no intentó detenerlas. Daba igual.

Deanna echó la cabeza atrás y cerró los ojos. Sentía un nudo en el pecho y en la garganta. Una vida entera de sollozos se alojaba allí, pero, por el momento, no podía darles rienda suelta.

Recorrieron las calles de París, bajo la luz de un sol demasiado brillante. A Deanna le parecía que aquel día debía ser lluvioso o nublado, pero no era así, y el brillo del sol resaltaba aún más la terrible realidad. ¿Cómo podía haberse ido Pilar en un día como aquél? Pero se había ido. Ya no estaba allí, no volverían a verla nunca.

Al llegar al piso de los Duras, la doncella les esperaba ya en la puerta. La expresión del rostro de Marc-Edouard era reveladora y ella se puso a llorar en silencio.

—¿Debo despertar a la señora?

Marc meneó la cabeza. Las malas noticias podrían esperar.

—¿Quiere café, señor?

Esta vez aceptó. Luego miró a Deanna, que parecía perdida, se limpió los ojos con una mano y le tendió la otra. Ella, sin decir palabra, asió la mano y los dos se dirigieron lentamente a su habitación.

Las persianas estaban corridas y los postigos cerrados. El lecho estaba preparado, pero Deanna no tenía el menor deseo de acostarse. Hacerlo significaría yacer inmóvil y pensar, y todavía se negaba a aceptar que Pilar estaba muerta. Marc-Edouard se hundió en una silla y se llevó las manos a la cara, porque los sollozos habían vuelto a sacudirle. Deanna se acercó a él y le puso las manos en los hombros; pero era inútil, no podía hacer nada. Finalmente, él dejó de llorar y Deanna le ayudó a acostarse.

—Deberías tratar de dormir —le susurró, como si hablara con Pilar.

—¿Y tú? —replicó él con voz ronca.

—Yo lo haré más tarde. ¿No está aquí tu maleta?

—La recogeré luego.

Aquello significaba que vería a Chantal y tendría que anunciarle el fallecimiento de Pilar. También tendría que comunicárselo a su madre y a sus amigos. No podía soportarlo. Decirlo a los demás lo convertiría definitivamente en algo real. Las lágrimas brotaron de nuevo en sus ojos. Finalmente se adormeció.

Cuando trajeron el café, Deanna fue con la taza al salón y se sentó allí, a solas, mirando los tejados de París y recordando a su hija. Se sintió inundada por un sentimiento de paz, mientras contemplaba los cambios de coloración en el cielo matutino. Pilar había sufrido muchas transformaciones y en los últimos años había sido muy difícil tratar con ella, pero sabía que, finalmente, habría madurado, habrían vuelto a ser amigas... Era difícil imaginarlo. Le parecía como si Pilar estuviera cerca, como si no la hubiera perdido. Era inconcebible que ya no pudiera hablar, reír, discutir, que su rubia y larga cabellera ya no se agitara al viento. No miraría más con sus ojos azules, suplicando para conseguir cuanto deseaba, las zapatillas de Deanna ya no estarían entre las cosas de Pilar, ya no desaparecería su pintura de labios ni su bata favorita. Y al pensar en esas cosas pequeñas lloró a lágrima viva, y sólo entonces se dio cuenta de que Pilar ya no existía.

—¿Deanna? —La anciana estaba en el centro de la sala, como una estatua enfundada en una bata de color azul hielo—. ¿Y Pilar?

Deanna meneó la cabeza, con aire desolado, y cerró los ojos. La señora Duras tuvo que apoyarse en una silla.

—¡Oh, Dios mío! —Miró en torno suyo, con lágrimas en los ojos, y preguntó—: ¿Dónde está Marc?

—Está durmiendo en la habitación.

Su suegra asintió y salió calladamente de la sala. No tenía nada que decir; pero Deanna la odió una vez más por no haberlo intentado siquiera. Era también terrible para ella, pero Deanna consideraba que debía haberle dedicado unas palabras de consuelo.

Regresó al dormitorio y entró de puntillas, para no despertar a Marc. Éste dormía profundamente, roncando suavemente. Deanna se quedó mirándole, observando que ya no parecía tan joven, que su rostro tenía una expresión de fatiga y desolación, y comprendió que ni siquiera en el sueño encontraba la paz.

Se sentó y le miró durante mucho tiempo, preguntándose qué sucedería, qué harían. Aquel día habían cambiado muchas cosas. Pilar... La mujer que había visto con su marido en el aeropuerto. Entonces comprendió que el pequeño coche debía de ser suyo y que Marc habría dejado la maleta en su casa. Deseó odiarle, pero ya no importaba. De repente sintió el deseo imperioso de llamar a Ben... Echó una mirada al reloj de Marc y vio que eran las ocho y media. En San Francisco sería medianoche. Tal vez él estaría aún levantado. Debía llamarle ahora, mientras pudiera.

Se pasó una mano por el cabello, se volvió a poner la chaqueta y cogió el bolso. Haría la llamada desde la cercana oficina de Correos.

Bajó en el pequeño ascensor y recorrió la breve distancia hasta

Correos. No podía andar rápidamente ni tratar de hacerlo más despacio. Sentía como si su cuerpo fuera una máquina que no podía controlar a voluntad.

Se metió en una cabina y cerró la puerta. El timbre sonó sólo dos veces antes de que descolgaran el teléfono al otro lado de la línea. Esperó temblorosa a oír su voz. Ben hablaba con voz de sueño.

—¿Ben?

—¿Deanna, amor mío? ¿Estás bien?

—Yo... —No pudo continuar.

—¿Deanna?

Su temblor se hacía cada vez más violento y no atinaba a decir nada.

—Oh, amor mío... ¿Está muy mal? Pienso en ti continuamente desde que te fuiste. —No oía nada más que los sollozos convulsos de Deanna—. Deanna, por favor, cariño, trata de calmarte y dime lo que sucede... ¡Dios mío! Deanna, ¿acaso...?

—Oh, Ben, ha muerto esta mañana.

No pudo decir nada más durante otro momento interminable.

—¡Dios mío, no! ¿Estás sola, querida? ¿Dónde estás?

—En la oficina de Correos.

—¿Está él...? ¿Está Marc en París también?

—Sí, llegó anoche.

—¡Cómo lo lamento! ¡Lo siento por ambos!

Deanna volvió a sollozar, porque sentía que con Ben no necesitaba tener inhibiciones. Podía decirle con toda sinceridad cómo se sentía y cuánto le necesitaba. Con Marc siempre era necesario guardar las apariencias, comportarse como se esperaba que hiciera.

—¿Quieres que me reúna contigo? Podría tomar el primer avión de mañana.

Deanna se preguntó para qué. Ya era demasiado tarde para Pilar.

—Me gustaría que estuvieras a mi lado, pero no tiene sentido que vengas. Volveré a casa dentro de un par de días.

—¿Estás segura? No quiero crearte ningún problema, pero sabes que iría en este mismo momento si pudiera ayudarte en algo. ¿Te serviría de algo mi presencia?

—No te imaginas lo mucho que me ayudaría, pero no es conveniente que lo hagas.

—¿Y todo lo demás? —Trató de no parecer preocupado o trastornado.

—No lo sé todavía. Tendremos que hablar.

166

—Ahora no te preocupes por ello. Primero tienes que rehacerte, luego ya nos preocuparemos de lo demás. ¿Lo haréis aquí?

—¿Te refieres al funeral? No. Marc prefiere que lo hagamos en Francia. En realidad, no importa. Incluso es muy probable que Pilar lo hubiera preferido así. De todos modos, regresaré a casa dentro de unos días.

—Ojalá pudiera estar a tu lado para ayudarte.

—Lo sé, pero no te preocupes. Estaré en condiciones.

Dudaba de esto último, pues jamás se había sentido tan débil.

—Bien, amor mío. Recuerda que, si me necesitas, iré inmediatamente. Si he de ir a alguna parte dejaré un número de teléfono para que puedas comunicarte conmigo. ¿De acuerdo?

—Gracias, Marc. ¿Podrías..., podrías llamar...?

—¿A Kim?

—Sí.

—La llamaré inmediatamente. Ahora, cariño, ve a casa y descansa. No puedes sostenerte así durante mucho tiempo y es preciso que reposes. Duerme un poco. Tan pronto como regreses, nos iremos a Carmel, suceda lo que suceda.

Deanna rompió en violentos sollozos, pensando en que jamás volverían a estar juntos, que no volverían a recorrer aquella playa ni ninguna otra, porque se encontraba sola, atrapada en una pesadilla eterna.

—Deanna, escúchame, piensa en Carmel y trata de recordar que te quiero. ¿Lo harás? —Ella hizo un gesto de asentimiento, como si Ben pudiera verla, porque no podía pronunciar ni una sola palabra—. Amor mío, siempre estaré contigo. Sé fuerte, querida, y recuerda que te quiero.

—Yo también te quiero —logró articular por fin con un leve susurro.

Colgó el teléfono, se acercó a la ventanilla y pagó el importe de la conferencia... Luego se desplomó en el suelo sin sentido.

Capítulo 18

ENCONTRÓ A MARC EN LA sala de estar, ojeroso y desgreñado.

—¿Dónde te habías metido? Hace horas que saliste.

—Fui a estirar las piernas. Lo siento, pero necesitaba un poco de aire. ¿Cómo está tu madre?

—Ya puedes imaginártelo. Llamé al médico hace media hora y le puso una inyección. Es probable que no despierte hasta la tarde.

Por un momento Deanna la envidió. ¡Qué modo tan sencillo de huir de las cosas! Pero no dijo nada.

—¿Y tú?

—He tenido muchas cosas que hacer —La miró tristemente y entonces se dio cuenta de que tenía la falda manchada—. ¿Qué ocurrió? ¿Te has caído?

—Creo que me cansé demasiado y tropecé —respondió, desviando la mirada—. No es nada.

—Deberías descansar un poco —sugirió él, poniéndole solícitamente un brazo sobre los hombros.

—Así lo haré, pero ¿y las formalidades?

—Yo me encargaré de todo eso. No te preocupes.

—Pero yo quiero... —De repente sintió que, como siempre, se quedaba al margen de las cosas y que no importaría lo que dijera.

—No. Tienes que dormir un poco. —La condujo al dormitorio

e hizo que se sentara en la cama—. ¿Quieres que llame al médico, Deanna?

Ella hizo un gesto negativo, y se tendió, mirándole desconsolada.

—¿Y qué me dices de tu amiga?

—No hablemos de eso por ahora.

—Es probable que ahora no sea el momento adecuado, pero tarde o temprano deberemos poner las cosas en claro.

—Tal vez no sea necesario.

—¿Qué quieres decir? —preguntó volviéndose bruscamente hacia él. Marc se enfrentó con su mirada.

—Quiero decir que no es asunto tuyo, y que haré lo que pueda para arreglarlo.

—¿En forma permanente?

Él pareció dudar. Luego asintió, sin dejar de mirarla:

—Sí.

CHANTAL ESTABA EN LA ducha cuando oyó que entraba Marc en casa. No se había atrevido a llamarle a casa, y la última llamada anónima que hiciera al hospital sólo le había revelado que Pilar seguía igual. Tenía el propósito de intentarlo de nuevo después de desayunar, pero Marc-Edouard llegó antes con el aspecto de no haber dormido en toda la noche. Chantal le contempló sonriente desde la puerta del baño, secándose todavía con una toalla amarilla.

—Bonjour, mon chéri. ¿Cómo está Pilar?

Se detuvo al ver la expresión grave en su rostro y su mirada le asustó. Marc cerró los ojos y se los restregó con la mano. Pareció transcurrir una eternidad antes de que volviera a mirarla.

—Ella... se ha ido... Falleció a las cuatro de la mañana.

Se desplomó pesadamente en una silla de la sala. Chantal se puso con rapidez la bata rosa que colgaba de un gancho y se acercó a él.

—Oh, cariño, cuánto lo siento. —Se arrodilló a su lado y lo atrajo a sus brazos, rodeándolo como si fuera un niño pequeño—. Oh, mon pauvre chéri, Marc-Edouard! Quelle horreur!

Esta vez Marc no lloró. Sólo mantuvo los ojos cerrados. Le aliviaba encontrarse allí.

Chantal estaba ansiosa por preguntarle si algo más andaba mal; pero se dio cuenta de que era una pregunta necia después de lo ocurrido por la mañana. Su intuición, sin embargo, le decía que había algo diferente y extraño. Quizá era sólo el agotamiento y la conmoción. Le dejó unos instantes para servirle una taza de café, y luego se sentó a sus pies, sobre la alfombra blanca, dejando que la bata rosa ocultara sólo lo esencial y descubriera sus piernas sedosas y desnudas.

—¿Puedo hacer algo?

—Chantal, Deanna nos vio anoche. Fue al aeropuerto a recibirme y nos vio bajar del avión. Se dio cuenta de todo... absolutamente de todo. Las mujeres sois especiales para eso. Me dijo que sabía que lo nuestro no era reciente. Lo descubrió por nuestra manera de andar.

—Debe ser una mujer muy inteligente —dijo Chantal, observándole y tratando de adivinar qué le diría después.

—Lo es, a su manera.

—¿Y qué más dijo?

—Eso fue todo. Pero han pasado demasiadas cosas y hay que tener en cuenta que es norteamericana. Las mujeres de allí no suelen tomar estas cosas a la ligera. Les gusta pensar en la fidelidad eterna, el matrimonio perfecto, los maridos que lavan los platos, los niños que limpian el automóvil y la familia que va unida el domingo a la iglesia y vive feliz para siempre jamás, hasta que llegan a los ciento nueve años de edad.

Su voz estaba cargada de amargura y fatiga.

—¿Y tú? ¿También tú crees en todas esas cosas?

—Es un sueño hermoso desde cualquier punto de vista, pero no es muy realista; lo sabes tan bien como yo.

—Entonces, ¿qué haremos? Mejor dicho, ¿qué piensas hacer?

—Es demasiado pronto para saberlo, Chantal. Piensa en lo que acaba de suceder. Ella está destrozada.

Marc desvió la mirada. Había ido a despedirse de Chantal, a darlo todo por concluido y a explicar que no podía seguir engañando a Deanna... Acababan de perder a su única hija. Sin embargo, al verla sentada allí, a su lado, no deseaba más que atraerla a sus brazos, recorrer su silueta con sus manos, tenerla muy cerca ahora y siempre, abrazarla una y otra vez. ¿Cómo podía dejarla si la quería y necesitaba tanto?

—¿En qué estás pensando, Marc-Edouard? —preguntó Chantal, dándose cuenta de la expresión atormentada de su rostro.

—Pienso en ti —respondió lleno de ternura, mirándose las manos.

—¿En qué sentido?

—Estaba pensando que te quiero mucho y que lo único que deseo ahora es hacer el amor contigo.

170

Ella le miró en silencio durante largo tiempo. Luego se levantó y le dio la mano. Marc la tomó y la siguió calladamente a la habitación. Una vez allí, Chantal le sonrió y dejó que la bata rosa se deslizara de sus hombros.

—Chantal, nunca sabrás cuánto te quiero.

Pero durante las dos horas siguientes se lo demostró lo mejor que sabía.

Capítulo 19

EL FUNERAL FUE BREVE, ceremonioso y angustioso. Deanna llevaba un vestido negro de lana, muy sencillo, y un pequeño sombrero también negro, con un velo que le cubría el rostro. La madre de Marc iba de negro de la cabeza a los pies, y el mismo Marc llevaba un traje oscuro y corbata negra. Todo se hizo de acuerdo con las ceremoniosas tradiciones francesas en una pequeña iglesia del *16ème arrondissement*. El coro de la Escuela Parroquial entonó el «Ave María». A Deanna se le encogía el corazón cada vez que las voces de los niños remontaban las notas musicales. Se propuso desesperadamente no oírlos, pero no podía evitarlo. Marc lo había hecho todo a la francesa: el servicio, la música, el panegírico, el pequeño cementerio rural, con otro sacerdote, y luego la reunión de amigos y familiares en la casa. Todo el día se dedicó a las formalidades de la tradición francesa. Tuvo que estrechar manos, recibir condolencias, dar explicaciones y compartir penas. Para algunos, todo aquel ceremonial constituía sin duda un alivio; para Deanna, no. Una vez más sintió como si le hubieran robado a Pilar, pero ya no importaba, porque aquella era la última vez. Incluso llamó a Ben desde la casa de su suegra.

—Dispongo de poco tiempo, pero me pareció absolutamente indispensable hablar contigo. Estoy en la casa.

—¿Cómo va tu estado de ánimo?

—No sé. Estoy aturdida. Todo esto es como un circo. Hasta he tenido que encararme con ellos para que dejaran abierto el ataúd. Por lo menos he ganado esa batalla, gracias a Dios.

A Ben no le tranquilizó el tono de su voz. Parecía nerviosa, agotada y tensa, pero no tenía nada de extraño, dadas las circunstancias.

—¿Cuándo volverás?

—No lo sé. Espero que dentro de un par de días, pero no estoy segura. Lo discutiremos esta noche.

—Mándame un telegrama en cuanto lo decidas.

—Descuida. Creo que ahora será mejor que vuelva a esa fiesta truculenta.

—Te quiero, Deanna.

—Yo también.

Temía decirlo. Alguien podía estar en la habitación y sorprenderla, pero sabía que él la comprendería.

Cincuenta o sesenta personas, conocidos y parientes, pululaban por la casa de su suegra. Hablaban, murmuraban, comentaban la vida de Pilar y consolaban a Marc. Deanna no se había sentido nunca tan extraña y ajena a ellos como en aquellos momentos. Buscó a Marc y lo encontró por fin en la cocina, mirando fijamente a través de una ventana.

—Deanna, ¿Qué haces aquí?

—Nada —dijo mirándole apesadumbrada. Marc ya tenía mejor aspecto. Pero ella cada día parecía peor. No se encontraba bien, pero no se lo había dicho a Marc, ni tampoco que se había desmayado dos veces en los últimos días—: Sólo vengo a recuperar el aliento.

—Siento que haya sido un día tan duro. Si no lo hubiéramos hecho así, mi madre no lo habría entendido.

—Lo comprendo.

Al mirarle se dio cuenta, de pronto, de que él la comprendía, veía cuánto le afectaba todo aquello.

—Marc, ¿cuándo nos iremos a casa?

—¿A San Francisco? No lo sé. No he pensado en ello. ¿Tienes prisa?

—Lo único que deseo es regresar a casa. Aquí... las cosas son mucho más difíciles para mí.

—Bueno, pero antes debo resolver los asuntos que tengo aquí. Necesitaré dos semanas por lo menos.

Deanna se estremeció. No podría sobrevivir dos semanas enteras bajo el techo de su suegra, y sin Ben.

—No hay razón alguna por la que yo deba quedarme, ¿verdad?

—¿Qué quieres decir? ¿Quieres volver a casa sola? —Parecía acongojado—. No quiero que hagas eso. Preferiría que regresaras a casa conmigo.

Marc ya había pensado en ello. Pensaba que para Deanna sería muy duro estar sola en la casa: vería la habitación de Pilar, todas sus cosas... No quería que pasara por aquella experiencia. Tendría que esperar a que él la acompañara.

—No puedo esperar dos semanas.

Aquella idea parecía trastornarla y Marc observó, una vez más, lo agotada y tensa que estaba.

—Ya veremos.

—Marc, tengo que volver a casa —insistió con voz temblorosa.

—De acuerdo. Pero primero, ¿querrás hacer algo por mí?

—¿Qué?

Le miró extrañada. ¿Qué quería? Todo lo que ella deseaba era alejarse de allí.

—¿Quieres que nos marchemos un par de días los dos solos? A cualquier lugar, sólo un fin de semana. Buscaré un sitio tranquilo donde podamos descansar. Necesitamos hablar. Aquí no hemos podido hacerlo y no quiero que regreses hasta que hayamos aclarado las cosas, a solas, sosegadamente. ¿Lo harás por mí?

Ella hizo una larga pausa y luego dijo:

—No estoy segura.

—Por favor, es todo lo que te pido. Sólo eso. Dos días y después podrás irte.

Deanna volvió el rostro y contempló los tejados de París. Pensaba en Ben y en Carmel, pero no tenía ningún derecho a marcharse precipitadamente sólo para sentirse mejor. También debía algo a su matrimonio, aunque sólo fueran dos días. Volvió a mirar a Marc y asintió lentamente.

—Muy bien, iré contigo.

Capítulo 20

¿QUÉ ESPERAS DE MÍ? Mi hija acaba de morir hace tres días, ¿y quieres que le anuncie a Deanna que quiero divorciarme? ¿No te parece un poco apresurado, Chantal? ¿Se te ha ocurrido pensar que te estás aprovechando injustamente de esta situación?

Se sentía dividido entre dos mujeres, dos mundos. Volvió a sentir la extraña presión que Chantal ejercía sobre él, una especie de chantaje emocional que parecía anunciarle una tragedia si Chantal perdía. Ambas mujeres querían que eligiera, pero sería una elección dolorosa. Aquella semana lo había comprendido con toda claridad. Parecía como si Deanna no deseara más que abandonarle de inmediato. Aún no sabía si le perdonaría lo que había visto en el aeropuerto la noche en que murió Pilar. Pero no quería perder a Deanna. Era su esposa, la necesitaba, la respetaba y, además, estaba acostumbrado a ella. Era el último eslabón que le unía a Pilar y le parecía que abandonar a Deanna sería como abandonar su propio hogar. Pero tampoco podía dejar a Chantal, porque era la pasión de su vida, le llenaba de emoción y alegría. Exasperado, miró a Chantal y se pasó una mano por el cabello.

—¿Lo entiendes? ¡Es demasiado pronto!

—Han pasado cinco años, y ella ahora lo sabe. No creo que sea demasiado pronto. Quizá sea el momento más adecuado.

—¿Para quién? ¿Para ti? ¡Por Dios, Chantal! Ten un poco de paciencia y déjame arreglar las cosas.

—¿Y cuánto tiempo tardarás? ¿Otros cinco años, mientras tu vives allá y yo aquí? Ibas a regresar dentro de dos semanas. ¿Y luego, qué? ¿Qué voy a hacer? ¿Pretendes que me quede aquí esperando otros dos meses, hasta que vuelvas? Cuando nos conocimos tenía veinticinco años y ahora tengo casi treinta. Pronto tendré treinta y cinco, treinta y siete, cuarenta y cinco. El tiempo vuela, sobre todo en estas situaciones. Corre demasiado rápido.

Marc sabía que lo que decía Chantal era cierto, pero su estado de ánimo no era el más adecuado para discutirlo.

—Mira, ¿por qué no dejamos esto de momento? Simplemente por decoro, preferiría dejar que se recupere de la pérdida de su hija, antes de destruir su vida.

Por un momento odió a Chantal, porque era importante para él, porque no quería perderla y porque aquello le daba ventaja. Y ella lo sabía.

—¿Por qué crees que si la dejas destruirás su vida? Quizá tenga un amante.

—¿Deanna? No seas ridícula. Creo que tu posición con respecto a este problema es absurda. Estaré fuera este fin de semana. Tenemos muchas cosas que discutir. Hablaré con ella y luego daré el paso adecuado.

—¿Qué paso?

Marc exhaló un leve suspiro y, de pronto, se sintió muy viejo. Al fin había tenido que llegar a aquello.

—El que tú quieres que dé.

Dos horas más tarde, cuando tomó un taxi para volver al piso de su madre, donde le esperaba Deanna, se vio sumido en un mar de dudas y preguntas. ¿Por qué Chantal se había comportado así? Por alguna razón que no podía entender, sintió el deseo de volver a toda prisa a Deanna, para que ella le protegiera de un mundo que era excesivamente cruel.

AL DÍA SIGUIENTE, POR la mañana salieron al campo. Deanna se mantuvo silenciosa durante el viaje, entregada a sus reflexiones. Marc quería llevarla a un lugar neutral, lejos del torrente de recuerdos de Pilar. Ya era suficiente tener que soportar el ambiente en la casa de su madre. Un amigo le había ofrecido su casa de campo cerca de Dreux.

Miró distraídamente a Deanna y volvió a concentrarse en la

176

carretera, pero sus pensamientos retornaron una vez más a Chantal. Aquella mañana, antes de irse, había hablado con ella.

—¿Se lo dirás este fin de semana?

—No lo sé. Tendré que ver cómo están las cosas. No quiero que tenga un ataque de nervios. No nos beneficiaría en nada.

Pero Chantal se mostró petulante e infantil. De pronto, después de tantos años de paciencia, escapaba a su control. Había sido el soporte principal de su vida en los últimos cinco años y no podía renunciar a ella. Pero ¿podría renunciar tan fácilmente a Deanna? La miró de nuevo. Aún tenía los ojos cerrados y seguía sin pronunciar palabra. ¿La amaba aún? Siempre había creído que sí, pero después del verano con Chantal ya no estaba tan seguro. Le era imposible saberlo, explicárselo, comprenderlo, y en aquel momento detestaba a Chantal por presionarle. Sólo dos días antes había prometido a Deanna que terminaría sus relaciones con Chantal, y ahora había hecho la misma promesa a su amante con respecto a Deanna.

—¿Falta mucho todavía?

—No, una media hora. Es una casa muy bonita. No he estado allí desde que era niño, pero recuerdo que era un lugar encantador. —La miró, sonriente, y se fijó en las ojeras de Deanna—. ¿Sabes? Pareces terriblemente fatigada.

—Lo sé. Quizás este fin de semana pueda descansar algo.

—¿No te dio somníferos el médico de mi madre?

Le había dicho que los pidiera la última vez que el médico estuvo en la casa.

Deanna meneó la cabeza.

—Lo arreglaré por mis propios medios.

Él hizo una mueca, y Deanna le sonrió por primera vez.

Llegaron a su destino antes de que ella volviera a hablar. Era un sitio realmente muy bonito. La vieja casa de piedra era de considerable tamaño, parecida a un castillo y rodeada de jardines muy bien cuidados. A lo lejos se veían huertos con árboles frutales que se extendían a gran distancia.

—Es bonito, ¿verdad? —aventuró Marc, cuando sus miradas se encontraron.

—Mucho. Te agradezco todo esto. —Observó a Marc, que cogía las maletas, y, en voz apenas audible, añadió—: Me alegro de haber venido.

—Yo también me alegro.

Llevó las maletas al interior de la casa y las depositó en el vestíbulo. Los muebles, en su mayoría, eran de estilo inglés y provenzal, y en todas las habitaciones se respiraba un ambiente del siglo XVII, cuando se construyó la casa. Deanna deambuló por los largos corredores, admiró los hermosos suelos entarimados y contempló los jardines desde las altas ventanas. El pasillo se abría a una solana llena de plantas y sillas confortables. Se sentó en una de ellas y contempló con admiración el paisaje. Al cabo de un rato oyó los pasos de Marc, que se acercaba por el corredor.

—¿Deanna?

—Aquí estoy.

Marc permaneció unos instantes en el umbral, mirando hacia el exterior y, de vez en cuando, a su mujer.

—¿Te gusta? —le preguntó distraídamente.

Ella asintió.

—Marc, ¿cómo está tu amiga?

No quería preguntárselo, pero tenía que hacerlo, aunque a él no le gustara.

Se produjo un silencio embarazoso.

—¿A qué te refieres?

—Lo sabes perfectamente. ¿Qué decisión has tomado?

Buscó la mirada de su marido, sintiendo que aumentaba su sensación de náusea.

—¿No crees que es demasiado pronto para hablar de eso? Acabamos de bajar del coche.

—Una actitud muy francesa. ¿Qué esperabas, cariño? ¿Querías que pasáramos el fin de semana mostrándonos encantadores el uno con el otro para luego discutirlo en el viaje de regreso el domingo por la noche?

—No te he traído aquí para eso. Los dos necesitábamos estar a solas.

Ella asintió y los ojos se le llenaron de lágrimas.

—Así es, en efecto. —Al instante, recordó a Pilar—. Pero es preciso que aclaremos ese asunto. ¿Sabes? De repente me pregunto por qué seguimos juntos.

—¿Estás loca?

—Quizás.

—Deanna, por favor... —La miró y luego apartó la vista.

—¿Qué? ¿Quieres fingir que no ha sucedido nada? Marc, no podemos.

—Pero no es algo que deba preocuparte ahora.

—Entonces, ¿cuándo? Ya que ahora estamos pasando por este trance, ¿no sería mejor que fuéramos hasta el fondo? Si no lo hacemos así, seguirá torturándonos para siempre, mientras tratamos de convencernos de que no ocurre nada.

—¿Hace tanto tiempo que no eres feliz?

Deanna hizo un lento gesto afirmativo, sin dejar de mirar el paisaje. Pensaba en Ben.

—Hasta este verano, nunca me había dado cuenta de lo sola que he estado durante todos estos años. Hacemos tan pocas cosas en común, es tan poco lo que compartimos... Y tú apenas comprendes lo que yo quiero.

—¿Qué quieres?

—Tu tiempo, tu cariño, alegría, pasear por la playa... —Dijo estas últimas palabras sin pensarlo. Sorprendida, volvió el rostro hacia él—: Quiero que te importe mi trabajo, porque es importante para mí; quiero estar contigo, Marc, no me gusta permanecer sola en casa. ¿Qué crees que sucederá ahora que Pilar ya no está con nosotros? Viajarás durante meses enteros, ¿y qué haré yo? ¿Me quedaré sentada esperándote? No, me es imposible seguir haciendo lo mismo.

—Entonces, ¿qué sugieres?

Quería que ella lo dijera, que le pidiera el divorcio.

—No lo sé. Podríamos dar por terminada nuestra relación o, si decidimos seguir casados, las cosas tendrían que ser diferentes, sobre todo ahora.

Si permanecía con él tendría que renunciar a Ben... La idea la hizo estremecer. Pero Marc era su marido, el hombre con quien había compartido dieciocho años de su vida.

—¿Estás diciéndome que deseas viajar conmigo? —Aquella perspectiva parecía molestarle.

—¿Por qué no? Ella te acompaña en tus viajes, ¿no es así? ¿Por qué no iba a poder hacerlo yo?

—Porque... es poco razonable y nada práctico... Además, sería muy caro.

—¿Muy caro? —replicó Deanna enarcando las cejas, y con un rictus de ironía en los labios—. ¡Cielos! ¿Se paga ella sus propios gastos?

—¡Deanna! ¡No discutiré contigo nada de lo que le concierne a ella!

—Entonces, dime, ¿a qué hemos venido aquí? —Un destello de ira iluminó la palidez de su rostro.

—Hemos venido a descansar —declaró Marc en tono autoritario, dando el asunto por concluido.

—¡Ah, ya veo! Entonces, todo lo que debemos hacer es pasar estos días de la mejor manera posible, llevarnos bien y regresar a París fingiendo que no ha sucedido nada. Tú volverás con tu amiguita, dentro de quince días volveremos a Estados Unidos y todo seguirá como siempre. Pero, ¿cuánto tiempo te quedarás esta vez, Marc? ¿Tres semanas? ¿Un mes? ¿Seis semanas? Luego volverás a irte. ¿Por cuánto tiempo? ¿Y con quién? Mientras tanto, yo permaneceré en ese maldito museo donde vivimos, aguardando tu regreso, otra vez sola. ¡Sola!

—Eso no es verdad.

—Sabes perfectamente bien que lo es. Lo que trato de decirte es que estoy harta. Por lo que a mí concierne, eso se ha terminado.

Se levantó de súbito, decidida a salir de la habitación, pero cuando trató de andar sintió un desfallecimiento. Se detuvo unos instantes, sujetándose a la silla.

—¿Te ocurre algo?

—No, no me pasa nada. Sólo estoy cansada.

—Entonces, ve a descansar. Te enseñaré nuestra habitación. ¿Por qué no te acuestas un poco, Deanna? Yo iré a dar una vuelta.

—¿Y luego qué? ¿Luego qué haremos? Yo no puedo soportar esta situación durante más tiempo, Marc. No puedo seguir tu juego.

Marc sintió la tentación de preguntar qué juego, de negarlo todo, pero se contuvo y guardó silencio.

—Quiero conocer tus sentimientos, lo que piensas, lo que intentas hacer. Quiero saber que las cosas cambiarán ahora que Pilar ya no está con nosotros. Deseo saber si vas a seguir viendo a tu amante. Quiero saber todas las cosas que consideras ofensivo decir. Dímelas ahora, Marc. Tengo que saberlo.

—No es muy fácil para mí hablar de esas cosas.

—Lo sé. Desde el principio de nuestro matrimonio, nunca he estado segura de que me quisieras.

—Siempre te he querido y siempre te querré, Deanna.

Ella tenía lágrimas en los ojos.

—¿Por qué? ¿Por qué me quieres? ¿Porque soy tu esposa? ¿Por costumbre? ¿O porque realmente te importo?

Marc no respondió en seguida. Se volvió hacia ella con una expresión de intenso dolor en el rostro.

—¿Es esto necesario? ¿Ahora... cuando hace tan poco que Pilar... ha muerto? —Deanna no decía nada. Su rostro se contrajo al oírle mencionar a su hija—. Deanna, yo..., yo no puedo.

Salió de la habitación sin pronunciar una palabra más y con la cabeza inclinada. Deanna lo vio andando por el jardín y, sus ojos se inundaron de lágrimas. Por un momento, dejó de pensar en Ben. Sólo contaba Marc.

Estuvo fuera durante una hora y al regresar a la casa encontró a Deanna dormida. Su rostro seguía igual de pálido, y los círculos oscuros alrededor de los ojos le daban un aspecto de intensa fatiga. Por primera vez en mucho tiempo no llevaba maquillaje, y la palidez de su rostro contrastaba con el rojo vivo de la colcha, haciendo que adquiriera una tonalidad verdosa. Marc volvió a salir al pasillo y entró en el cuarto de enfrente. Se sentó y se quedó mirando fijamente el teléfono. Momentos después, como si fuera una obligación inaplazable, comenzó a marcar un número.

Chantal respondió en seguida.

—¿Marc-Edouard?

—*Oui*, ¿cómo estás?

Hizo una pausa, temeroso de despertar a Deanna y preguntándose por qué había llamado a Chantal.

—Te encuentro raro. ¿Ocurre algo?

—No, no. Simplemente estoy fatigado. Los dos lo estamos.

—Es comprensible. ¿Habéis hablado?

Era implacable. Aquella era una faceta de Chantal desconocida para él.

—No, apenas lo hemos hecho.

—Supongo que no es fácil —dijo Chantal con un suspiro.

—No, no lo es. —Hizo una pausa porque oyó pasos en el corredor—. Oye, te llamaré luego.

—¿Cuándo?

—Más tarde... Te quiero.

—Sí, cariño, yo también te quiero.

Colgó apresuradamente mientras los pasos se acercaban con rapidez, pero era sólo el vigilante de la finca, que iba a ver si estaban bien instalados. Una vez cumplido su cometido, el hombre se marchó y Marc se dejó caer pesadamente en el sillón. Aquello nunca se arreglaría. No podría mantener aquella charada eternamente. Telefonear a Chantal, apaciguar a Deanna, ir y venir entre California y Francia, ocultándose, pidiendo disculpas y cubriéndolas a ambas con obsequios inspirados por sus sentimientos de culpabilidad. Deanna estaba en lo cierto, la situación era insostenible desde hacía años, y sólo se había mantenido por el desconocimiento de Deanna. Pero ahora estaba enterada de todo y esto hacía que las cosas fueran distintas, hacía que se sintiera mucho peor. Cerró los ojos y acudió a su mente la imagen de Pilar, la última vez que estuvieron juntos. Pasearon por la playa y ella bromeaba y se reía. Marc le hizo prometer que tendría cuidado con la moto. Y Pilar se rió de nuevo... Las lágrimas acudieron nuevamente a sus ojos y, de pronto, estalló en sollozos. Ni siquiera oyó que Deanna entraba con sigilo, y sólo se dio cuenta cuando sintió que sus brazos delgados le rodeaban, tratando de consolarle.

—Vamos, Marc... Ya estoy aquí. —También ella lloraba, y Marc notó la cálida humedad a través de su camisa, al apoyar la mejilla en su espalda—. Tranquilízate.

—Si supieras cuánto quería a Pilar. ¿Por qué lo hice? ¿Por qué le compré esa maldita moto? Debí ser más prudente.

—Ahora ya no importa. Tenía que ser así. No puedes seguir culpándote del accidente durante el resto de tu vida.

—Pero, ¿por qué? ¿Por qué tenía que ocurrirle a ella y a nosotros? Ya habíamos perdido a los dos niños y, ahora, la única hija que teníamos... Deanna, ¿cómo puedes soportarlo?

—No tenemos elección. Yo creí... que me moriría cuando perdimos a los dos bebés. No creí tener fuerzas suficientes para seguir viviendo un día más y sólo deseaba ocultarme en algún rincón. Pero no lo hice. Seguí adelante... de alguna manera... En parte te lo debo a ti, en parte a mí misma. Luego llegó Pilar y me olvidé de que existía el dolor. Creí que jamás volvería a sentirlo de esa manera. Ahora recuerdo cómo es, sólo que peor.

—Lo sé. Si supieras cómo desearía haber tenido aquellos hijos. Ahora... no tenemos más niños. Haría cualquier cosa por..., por devolverle la vida.

Permanecieron sentados, en silencio, apoyados el uno en el otro. Luego salieron a pasear. Cuando regresaron, ya era hora de cenar.

Comieron en silencio y luego cada uno se fue por su lado. Deanna volvió a recorrer los pasillos y las galerías, para contemplar la colección de pinturas maravillosas. Marc fue a la biblioteca. A las once de la noche se acostaron en silencio y, a la mañana siguiente, Marc abandonó la cama en cuanto notó que ella se despertaba. No cruzaron palabra alguna hasta mediada la mañana, cuando Deanna se levantó, sintiéndose todavía muy débil.

—Ça ne va pas? —le preguntó mirándola con preocupación.

—No, no, estoy bien.

—Pues no lo parece. ¿Quieres que te traiga un café?

Sólo la mención del café le hacía sentir náuseas. Meneó violentamente la cabeza.

—No, muchas gracias.

—¿Qué te ocurre? Estos días no tienes buen aspecto.

Ella trató de sonreírle inútilmente.

—Siento decirte lo mismo. Tampoco tú haces muy buena cara.

Marc se encogió de hombros.

—¿No tendrás una úlcera, Deanna?

Recordó que había tenido una tras la muerte del primer bebé, pero nunca había vuelto a presentarse.

—No me duele nada. Sólo me siento constantemente cansada, a veces parece que estoy demasiado débil, pero es sólo fatiga. —Trató de sonreír y añadió—: No es de extrañar, apenas hemos dormido y nos ha afectado el cambio de horario, los viajes largos, el golpe... Supongo que es un milagro que nos mantengamos de pie. Pero estoy segura de que no se trata de nada grave.

Pero Marc no estaba muy convencido. La vio vacilar un instante cuando se puso en pie. Las emociones podían producir efectos extraños. Le hacían pensar en Chantal mientras Deanna iba a ducharse. Quería llamarla otra vez, pero ella quería novedades. Quería oír noticias y él no podía darle ninguna, excepto que estaba pasando el fin de semana con su esposa y que los dos se sentían muy mal.

En la ducha, Deanna levantó el rostro y dejó que el agua corriera por su espalda. Pensaba en Ben. En San Francisco serían las dos de la madrugada; aún dormiría. Podía imaginar con claridad su rostro sobre la almohada, con el cabello desordenado, una mano en el pecho y la otra en alguna parte de su cuerpo... No, probablemente se encontraba en Carmel, y Deanna siguió su ensoñación, pensando en los fines de semana que había pasado allí. ¡Qué diferentes a los que pasaba con Marc! Era como si ella y Marc no tuvieran nada que decirse, como si todo lo que habían compartido perteneciera al pasado.

Finalmente, cerró la ducha y se quedó inmóvil un momento, reflexionando, sin dejar de mirar el jardín a través de la ventana, mientras se secaba con una gruesa toalla. La casa no se parecía en nada a la de Carmel... Un castillo en Francia y una cabaña en Carmel, sedas de color frambuesa y lanas antiguas y cómodas. Recordó la manta cálida y agradable de la cama de Ben, mientras miraba la arrugada colcha de seda en la habitación. Era como el contraste entre sus dos existencias. Allí, la realidad simple y sencilla de la vida con Ben, cuando se turnaban para preparar el desayuno y sacar la basura por la puerta de atrás; y aquí sólo el esplendor vacío de su vida con Marc.

Marc, en el dormitorio, leía el periódico con el ceño fruncido.

—¿Me acompañarás a la iglesia?

La miró por encima del periódico mientras ella salía de la ducha con la bata muy ceñida al cuerpo. Ella asintió y se detuvo ante el armario, de donde sacó una falda y un suéter negros. Ambos iban de luto riguroso, como era normal en Francia. Lo único que omitía Deanna eran las medias negras, como las que usaba su suegra.

Deanna parecía muy blanca con aquellas ropas oscuras. Llevaba el cabello recogido en un moño. Tampoco esta vez se maquilló. Era como si ya no le importara.

—Estás muy pálida.

—Es sólo el contraste con el color negro.

—¿Estás segura?

La miró fijamente durante unos instantes, antes de salir de casa, pero ella se limitó a sonreírle. Marc actuaba como si temiera que ella estuviera agonizando, pero tal vez lo temía de verdad. Los dos habían perdido demasiado.

Recorrieron en silencio la distancia hasta la pequeña iglesia de Santa Isabel. Deanna se arrodilló en silencio en un reclinatorio, al lado de Marc. La iglesia, pequeña, bonita y cálida, estaba llena de campesinos y algunos visitantes de fin de semana que, como ellos, habían salido de París para descansar. Deanna recordó de pronto que todavía era verano; no había llegado el fin de agosto y en Estados Unidos pronto celebrarían el día del trabajo, que anunciaba la llegada del otoño. Su sentido del tiempo se había desvanecido en el curso de la última semana y ahora le era imposible mantener la atención fija en el servicio religioso. Pensaba en Carmel, Ben, Marc y Pilar; en sus paseos por el campo cuando era niña. Luego, se quedó mirando fijamente la cabeza de uno de los asistentes. Hacía bochorno en la pequeña iglesia y el sermón se alargaba más y más. Por último, tocó levemente el brazo de Marc y comenzó a decirle que el ambiente estaba demasiado cargado; pero, de pronto, el rostro de Marc se desvaneció ante sus ojos, y todo quedó sumido en la más profunda oscuridad.

Capítulo 21

DEANNA SE DIO CUENTA de que era transportada al coche entre Marc y otro hombre. Extendió un brazo hacia él.

—Marc...

—Tranquilízate amor mío. No hables ahora.

Estaba pálido, con el rostro perlado de sudor.

—Déjame en el suelo. Estoy bien, de veras.

—No te preocupes.

Dio las gracias al hombre que le había ayudado a llevarla al coche y comentó la dirección del hospital más cercano.

—¿Qué dices? No seas tonto. Me desmayé a causa del calor.

—No hacía calor, sino fresco, y no voy a discutirlo.

—Marc, no iré al hospital.

Puso una mano sobre su brazo y le imploró con la mirada, pero Marc sacudió la cabeza. Deanna estaba demasiado pálida, casi gris. Marc puso el coche en marcha.

—Te voy a llevar de todos modos —dijo él con firmeza.

No quería volver a un hospital de nuevo, no quería oír sus sonidos ni percibir sus olores. Nunca... nunca más. Pero era necesario, porque un temor creciente lo acechaba. ¿Y si estaba gravemente enferma?

Volvió a mirarla, tratando de ocultar sus temores, pero ella tenía la vista perdida en el paisaje que iban dejando atrás. Con aquellas ropas negras tenía un aspecto austero, como un símbolo de todo cuanto les estaba ocurriendo. ¿Por qué no podían librarse de todo ello? ¿Por qué no era aquel un simple fin de semana en el campo del que volverían descansados y contentos para encontrarse de nuevo con Pilar y su sonrisa deslumbrante? Dejó escapar un suspiro.

—No seas tonto, Marc. Te digo que estoy perfectamente.

—Ya veremos.

—¿No podríamos volver a París?

—Volveremos cuando te haya visto el médico.

Deanna iba a protestar una vez más, pero sintió un vértigo que le hizo apoyar la cabeza en el respaldo del asiento y cerrar los ojos. Él la miró nervioso y apretó el acelerador. No discutió más; no tenía fuerzas para ello. Al cabo de diez minutos se detuvieron ante un edificio pequeño y funcional, en cuya fachada un letrero indicaba: *Hôpital Saint Gerard*. Sin decir palabra, Marc bajó del coche y abrió la puerta del lado de Deanna, pero ella ni siquiera se movió para bajar.

—¿Puedes andar?

Deanna estaba a punto de decirle otra vez que se sentía bien. Pero ahora los dos sabían que no era cierto. Respiró hondo y se puso en pie, sonriendo débilmente. Quería demostrarle que podía ir por su propio pie, que todo aquello se debía a los nervios. Por un momento se sintió mejor y se preguntó por qué habían ido al hospital, incluso caminó con su paso normal. Poco después trató de sujetarse a Marc, pero se desplomó en el suelo antes de conseguirlo.

Marc dio un grito de alarma y la cogió en brazos. Dos enfermeras y un camillero se acercaron corriendo, e instantes más tarde reposaba en una camilla en una habitación que olía a antiséptico. Deanna volvió en sí y miró en torno suyo, confundida. Entonces vio a su marido en un rincón, con expresión aterrada.

—Lo siento mucho, pero no pude...

—No sigas. Ahora mismo te verá el médico y nos dirá qué te ocurre.

Mientras la examinaban, Marc se paseó inquieto por el corredor, mirando hacia el teléfono y tratando de decidir si debía llamar a Chantal o no. Pero no se sentía con ánimo de hacerlo. Todos sus pensamientos eran para Deanna. Había sido su mujer durante dieciocho años, acababan de perder una hija y ahora, quizá... pero, no, no podía tolerar aquella idea. Volvió a pasar cerca del teléfono, pero esta vez ni siquiera intentó detenerse para llamar a Chantal.

186

Le pareció que transcurrían horas antes de que le llamara una joven doctora.

Y entonces lo supo. Supo que podía decir la verdad a Deanna, o podía decirle una mentira, una pequeña mentira. Se preguntó si debía decírselo o no, decirle que ya lo sabía... O, por el contrario, era Deanna quien le debía algo a él.

Capítulo 22

DEANNA ESTABA SENTADA EN el lecho, más pálida que la pared blanca detrás de su cabeza.

—¡No puede ser, es mentira!

Marc la miraba sonriente.

—Estoy completamente seguro. Y dentro de seis meses, cariño, me temo que te será difícil convencer a nadie de lo contrario.

—Pero eso es imposible.

—¿Por qué?

—¡Porque soy demasiado vieja para estar embarazada!

—¿A los treinta y siete? No seas absurda. Probablemente podrás tener un hijo siempre que quieras en los próximos quince años.

—¡Pero soy demasiado vieja!

Estaba al borde de las lágrimas. ¿Por qué no se lo habían dicho a ella primero? ¿Por qué no le habían dado tiempo para parar el golpe antes de enfrentarse a Marc? Pero no era así como se hacían las cosas en Francia, donde el paciente era el último en saber algo. Podía imaginarse la escena que habría hecho Marc... ¿Cómo no iban a informarle a él primero, a una persona tan *importante*, sobre el estado de la señora?

—Cariño, por favor, no seas tonta —dijo Marc. Se levantó y se acercó a su lado. Le puso una mano en la cabeza y recorrió lentamente sus largos cabellos negros y sedosos.

—No eres demasiado vieja. ¿Puedo sentarme?

Ella asintió y Marc se sentó en el borde de la cama.

—Pero... ¿dos meses?

Le miró con desesperación. Hubiera deseado que fuera el hijo de Ben. Lo había pensado antes de dormirse y se despertó con el mismo pensamiento. Sólo podía pensar en Ben. No quería que el bebé fuera de Marc. Le miró, decepcionada y afligida. Si estaba embarazada de dos meses, el niño era, con toda seguridad, de Marc y no de Ben.

—Debió ocurrir la última noche, antes de marcharme. Un pequeño regalo de despedida.

—No le veo la gracia. No lo entiendo.

Las lágrimas afloraron de nuevo a sus ojos. Estaba lejos de sentirse contenta. Ahora Marc comprendía más cosas de lo que ella creía. No sólo sabía que había otro hombre en la vida de su mujer, sino que era alguien a quien amaba. Pero no importaba. Ella tendría que olvidarle, porque en los meses siguientes estaría bastante ocupada en algo importante..., en darle su hijo.

—No seas tan ingenua, cariño.

—No había quedado embarazada en muchos años; ¿por qué ahora?

—A veces ocurren así las cosas. En cualquier caso, esto significa una nueva oportunidad... Otra familia, una criatura.

—Ya teníamos una hija. —Le pareció una niña petulante. Sentada con las piernas cruzadas en su cama de hospital, limpiándose las lágrimas con la palma de la mano—. No quiero más niños.

Por lo menos, no quiero los tuyos, pensó. Ahora se daba cuenta cabal de la verdad. Si le quisiera de verdad, desearía tener aquel hijo suyo, y no era así. Quería el de Ben. Se sentía abrumada por la satisfacción que mostraba Marc.

—Es normal que te sientas así al principio. Les ocurre a todas las mujeres. Pero luego... ¿Recuerdas a Pilar?

—Sí, recuerdo a Pilar, y también a los otros. Ya he pasado por esto, Marc, y no volveré a hacerlo, porque no tiene sentido. ¿Para qué? ¿Para más dolor y más angustia? ¿Para que te ausentes durante otros dieciocho años? ¿Esperas que a mi edad me dedique a criar sola a un niño? ¿Y otro mestizo, medio americano o francés del todo? ¿Quieres que vuelva a pasar por todo eso y compita contigo por la lealtad de nuestro hijo? ¡No, no estoy dispuesta!

189

—Por supuesto que sí —dijo Marc en tono tranquilo pero firme como el acero.

—¡No estoy dispuesta! —exclamó ella—. ¡No estamos en la Edad Media! ¡Puedo abortar, si así lo deseo!

—No, no puedes.

—Ya lo creo que puedo.

—Mira, Deanna, no voy a discutir esto contigo. Ahora estás trastornada. Cuando te acostumbres a la idea, te sentirás contenta.

—¿Quieres decir que no tengo ninguna alternativa? ¿Qué harás si me deshago de él? ¿Divorciarte?

—No digas tonterías.

—Entonces no me presiones.

—No te estoy presionando. Me siento feliz. —La miró sonriente y le tendió los brazos, pero había algo diferente en su expresión. Deanna no se acercó a él, y entonces, Marc cogió sus manos y se las llevó a los labios una tras otra—. Deanna, te quiero y deseo este niño. Nuestro hijo... tuyo y mío.

Ella cerró los ojos y casi se estremeció al oír sus palabras. Le eran familiares. Pero él no dijo nada; se limitó a levantarse y tomarla en sus brazos. Luego le acarició brevemente el cabello y se separó de ella. Deanna le vio salir, confundido y meditabundo.

Sola en la penumbra, Deanna lloró y se preguntó qué iba a hacer. Aquello lo cambiaba todo. ¿Por qué no lo había sospechado? ¿Por qué ni siquiera lo había imaginado? Debía haberlo supuesto antes, pero la regla sólo le había faltado una vez, y pensó que se debía a los nervios. Habían ocurrido tantas cosas... La exposición, su relación con Ben, luego, la noticia sobre Pilar, el viaje... Le parecía que sólo habían transcurrido un par de semanas, pero habían pasado dos meses. ¿Cómo era posible? De súbito, pensó que había estado embarazada de Marc desde el principio de su relación con Ben. Si permitía que aquel bebé naciera sería como negar todo lo que había compartido con Ben. Aquel bebé era la confirmación de su matrimonio con Marc.

Permaneció despierta durante toda la noche. A la mañana siguiente, Marc-Edouard la sacó del hospital para llevarla directamente a París, a casa de su madre, antes de emprender viaje a Atenas.

—Estaré fuera cinco o seis días. Luego, una vez concluido el asunto en Grecia, nos iremos de París, volveremos a casa, y nos quedaremos allí.

—¿Quieres decir que yo me quedaré allí, mientras tú viajas?

—No, quiero decir que me quedaré en casa cuanto pueda.

—¿Y cuánto podrás? ¿Cinco días al mes o cinco días al año? Dime, Marc, ¿cuándo te veré? ¿Un par de veces al mes para cenar, cuando estés en la ciudad y no tengas otra cosa que hacer?

—No sucederá nada de eso, Deanna. Te lo prometo.

—¿Y por qué no? Siempre ha ocurrido lo mismo.

—Esta vez será distinto, porque ahora he aprendido algo.

—¿Ah, sí? ¿Qué has aprendido? —preguntó ella con aspereza.

Él le respondió sin apartar la mirada de la carretera. Su voz era cansada y tenía un tono melancólico.

—He aprendido lo corta que puede ser la vida, la rapidez con que se acaba. Ya lo habíamos aprendido antes, en dos ocasiones pero yo lo había olvidado. Ahora lo sé, he vuelto a recordarlo. Dime, Deanna, ¿podrías abortar ahora, después de Pilar..., después de los otros?

—No estoy segura —dijo ella, sorprendida, porque parecía haberle leído el pensamiento.

—Pues yo sí lo estoy. Eso te destruiría. Te sentirías culpable, emocionalmente dolida, acabada. Ya no podrías pensar, vivir, amar, ni siquiera pintar. Puedes estar segura. —Aquella idea la aterró. Pensó que, probablemente, él tenía razón—. Sé que no tienes ese temperamento, esa sangre fría.

—En otras palabras, no tengo alternativa.

Marc no respondió.

Aquella noche se retiraron pronto, sin decir nada. Él la dejó en el dormitorio y le dio un beso en la frente.

—Te llamaré todas las noches. Te lo prometo, cariño.

—¿Te lo permitirá ella? —Él ignoró la observación, pero Deanna insistió—. ¿Me has oído, Marc? Supongo que irá contigo, ¿verdad?

—No seas ridícula. Es un viaje de negocios.

—¿La última vez no fue un viaje de negocios?

—Oh, estás trastornada. ¿Por qué no lo dejamos? No quiero que nos enfademos antes de marcharme.

—¿Por qué? ¿Temes acaso que pierda el bebé?

Por un momento estuvo a punto de decirle que el bebé no era suyo, pero lo peor del caso era que, si estaba embarazada de dos meses, realmente lo era.

—Deanna, quiero que descanses mientras yo esté fuera.

La miró con ternura casi paternal, le envió un beso con la mano y cerró la puerta suavemente tras él.

Deanna permaneció en silencio largo tiempo, escuchando los sonidos de la casa de su suegra. Hasta entonces, nadie sabía que estaba embarazada. Era «su secreto», como decía Marc.

CUANDO DESPERTÓ AL DÍA siguiente, la casa estaba sumida en un silencio casi absoluto. Deanna permaneció en el lecho durante largo tiempo, pensando sin cesar en lo que haría. Podía regresar a San Francisco, mientras Marc estaba en Grecia, podía abortar y sentirse libre; pero reconoció que Marc estaba en lo cierto. Un aborto la destruiría tanto como a él. Ya había sufrido demasiadas pérdidas. ¿Y si él tuviera razón, si se tratara de un don de Dios? ¿Y si... fuera de Ben? Sintió como si un último rayo de esperanza la alumbrara, pero se extinguió poco después. La joven doctora le había dicho que estaba embarazada de dos meses, de modo que era imposible que fuera de Ben.

Pensó que se quedaría en su capullo de seda beige durante una semana, y esperaría a que Marc regresara para que la llevara a casa e iniciaran de nuevo la misma charada. Sintió que el pánico la inundaba y, de pronto, le pareció que deseaba huir. Saltó del lecho, apoyándose para resistir un acceso de vértigo, y se vistió con rapidez. Tenía que salir, dar un paseo, reflexionar.

Recorrió calles que apenas conocía, descubrió jardines, plazuelas y parques encantadores; se sentó en los bancos y sonrió a los transeúntes. Observó que todas las mujeres que empujaban cochecitos de niños eran jóvenes... Ninguna tenía treinta y siete años. El médico le había recomendado que se tomara las cosas con calma, que paseara, pero también que procurase descansar. Tenía que salir, pero volver a casa y hacer una siesta, no saltarse ninguna comida ni acostarse tarde, y no tardaría mucho en sentirse mejor. De hecho, ya notaba cierta mejoría. Mientras caminaba por las calles de París, solía detenerse a meditar. Recordaba a Ben. Hacía días que no le llamaba.

Al caer la tarde entró en una oficina de Correos. No disponía de mucho tiempo. La empleada se sorprendió cuando le dio el número de Estados Unidos. Aunque la comunicación fue casi instantánea, le pareció que transcurrían siglos antes de que oyera la voz de Ben.

—¿Estabas dormido?

Podía oír su voz con intensidad, a pesar de la enorme distancia.

—Casi. Acabo de despertarme... ¿Cuándo vuelves a casa?

Deanna cerró los ojos con fuerza, tratando de rechazar las lágrimas que afloraban a ellos. Pensó que volvería con Marc y su bebé.

—Pronto. —Sintió que los sollozos se acumulaban en su garganta—. Te echo mucho de menos.

—No tanto como yo a ti, cariño. ¿Estás bien? —Oyó los sollozos entrecortados de Deanna y se alarmó—. ¿Estás bien? ¡Contéstame!

—Sabía que aún estaría aturdida por la muerte de Pilar, pero intuía que había algo más, algo que no podía comprender—. Deanna, cariño ¿me oyes? —Ben aguzó el oído, aunque estaba seguro de que ella seguía allí.

—Aquí estoy —dijo finalmente, con voz quebrada.

—Oh, cariño. ¿Qué te parece si voy a tu lado? ¿Hay alguna posibilidad?

—No, no la hay.

—Entonces, ¿qué te parece si pasamos el próximo fin de semana en Carmel? Es el día del trabajo. ¿Crees que ya estarás de vuelta?

Estaba a punto de decirle que no, pero se contuvo. El próximo fin de semana en Carmel. ¿Por qué no? Marc estaría aún en Grecia. Si salía aquella misma noche, tendrían algunos días para ellos, quizás uno más antes de que Marc regresara. Estarían juntos en Carmel, y luego todo terminaría como habían previsto. Habría llegado el fin del verano.

—Mañana estaré en casa.

—¿De verdad? ¡Oh, cariño! ¿A qué hora?

Deanna hizo unos rápidos cálculos mentales y respondió:

—Hacia las seis de la mañana, hora de ahí.

Sonrió de repente, a pesar de las lágrimas.

—¿Estás segura?

—Claro que sí. Te llamaré si no consigo billete; de lo contrario, mañana estaré en casa... Ben, regreso a casa.

AQUELLA NOCHE DEJÓ UNA nota para su suegra, explicándole que tenía que regresar inmediatamente a San Francisco. Le decía que sentía mucho irse de forma tan precipitada. También había sentido el deseo irreprimible de llevarse el retrato de ella y Pilar. Estaba segura de que la anciana lo comprendería. Luego, dejó instrucciones a la sirvienta para que cuando Marc llamara le dijera que había salido. Eso era todo. Así tendría por lo menos un día de ventaja. Pero Marc no podía hacer nada; ante todo tenía que terminar su trabajo en Grecia. Durante el viaje de regreso a San Francisco, siguió reflexionando sobre la situación. Marc la dejaría sola una semana entera, y no veía por qué razón surgiría algún problema. Marc se sentiría molesto cuando supiera que ella había vuelto a casa, pero eso sería todo. Ahora era libre y lo sería durante toda una semana. No podía pensar en nada más. Una hora antes del aterrizaje, apenas podía estar quieta en su asiento. Se sentía como una chiquilla. Ni siquiera las náuseas que la asaltaban de vez en cuando amortiguaban su entusiasmo. Se quedaba inmóvil algunos minutos, con los ojos cerrados y las náuseas desaparecían.

Fue uno de los primeros pasajeros que bajaron del avión en San Francisco. Todos sus pensamientos se concentraban en Ben y cuando le vio solo en la terminal, a las seis de la mañana, esperándola al otro lado de la aduana, con la chaqueta en el brazo y una sonrisa en el rostro, fue corriendo a su encuentro. Ben hizo lo mismo y al instante se fundieron en un abrazo.

—¡Oh, Ben! —exclamó, entre lágrimas y risas.

Él no dijo nada. Sólo la abrazó con fuerza. Pareció transcurrir una eternidad antes de que se separara de ella.

—Estaba muy preocupado por ti, Deanna. Estoy muy contento de que hayas vuelto.

—Yo también.

La miró inquisitivamente, pero no estaba seguro de lo que veía en ella. Sólo veía su dolor, pero no podía decir qué más había detrás. Ella extendió los brazos y se aferró a él.

—¿Nos vamos a casa?

Deanna asintió, con los ojos nuevamente llenos de lágrimas. Irían a casa, y estarían allí una semana.

Capítulo 23

—¿TE ENCUENTRAS BIEN? —preguntó Ben.

Deanna estaba tendida en la cama, con los ojos cerrados y una leve sonrisa que apenas se dibujaba en sus labios. Hacía cuatro horas que estaba en casa y habían pasado todo el tiempo en la cama. Sólo era las diez de la mañana, pero no había podido dormir nada durante el viaje. Ben no estaba seguro de si la palidez de Deanna se debía al efecto del vuelo tan largo o si la muerte de Pilar le había causado más estragos de los que él creía. Deanna le había mostrado el retrato mientras deshacía el equipaje.

—Deanna... ¿De veras estás bien?

—Nunca he estado mejor en toda mi vida. ¿Cuándo iremos a Carmel?

—Mañana, o pasado, cuando quieras.

—¿No podríamos irnos hoy?

Había un dejo de ansiedad en la voz de Deanna, cuya razón él no podía comprender y que le turbaba.

—Quizá sí. Veré cómo lo arreglo con Sally. Si a ella no le importa ocuparse de la galería mientras estemos fuera, no habrá problema.

—Espero que pueda hacerlo —dijo ella en tono anhelante.

—¿Lo necesitas tanto? —Deanna hizo un gesto de asentimiento y él comprendió. Fue a preparar el desayuno—. Mañana te toca a ti —le recordó desde la cocina.

Ella se echó a reír y cruzó la habitación, desnuda. Se detuvo en el umbral y observó a Ben. Ya no importaba que hicieran el amor con el hijo de Marc en el vientre. Lo habían hecho durante todo el verano sin que le preocupara. Quería hacer el amor con Ben. Necesitaría recordarlo.

—¿Deanna?

—Sí, señor.

—¿Qué te ocurre? Aparte de lo de Pilar. ¿Hay algo más?

Empezó a decirle que ya era suficiente, pero no podía mentirle.

—En Francia ocurrieron algunas cosas.

—¿Algo que yo debería saber?

Al igual que Marc, sospechaba que su estado de salud no era bueno y le parecía demasiado frágil. La miró con detenimiento. Ella sacudió la cabeza lentamente. Él no tenía por qué saber lo del bebé. ¡Qué diferente habría sido todo si fuera de él!

—¿Qué clase de cosas? —Esbozó una sonrisa y añadió—: ¿Quieres los huevos fritos o revueltos?

—Revueltos. —La mención de los huevos fritos le revolvió el estómago—. Y no quiero café.

—¿Por qué? —le preguntó atónito.

—He renunciado al café desde ahora hasta Pascua.

—Pues creo que te quedan todavía por delante seis o siete meses.

Siete meses... siete meses. Deanna se obligó a pensar en otra cosa y le sonrió.

—¿Y bien? ¿Qué sucede? —insistió Ben.

—Pues, no lo sé, de veras. Sólo quisiera que mi vida fuera un poco más simple.

—¿Y qué más?

Se volvió hacia Deanna, desnuda ante el horno de la cocina.

—Que te quiero, eso es todo, y... que las cosas van a ser más difíciles de lo que creía.

—¿De veras creíste que serían fáciles?

—No, pero no tan complicadas como son.

—¿A qué te refieres?

—No puedo dejarle, Ben.

Por fin lo había dicho. Había logrado pronunciar las palabras que tanto temía. Siguió mirándole, con los ojos llenos de lágrimas.

—¿Por qué no?

—Simplemente, no puedo. No puedo ahora.

Ni tampoco más tarde, pensó, cuando haya tenido su hijo. Llámame otra vez dentro de dieciocho años...

—Dime, Deanna, ¿le quieres?

196

—Así lo creía —contestó, tras negar con un gesto—. Estaba segura de ello, y una vez le quise. Supongo que de alguna manera todavía le quiero. A su modo me dio algo durante dieciocho años. Pero eso... eso terminó hace años, aunque no lo comprendí hasta este verano. Y esta semana lo he comprendido mucho mejor. Incluso algunas veces, estando contigo, no estaba segura de si debería abandonarle o no. No lo sabía. Me parecía que no tenía derecho a hacerlo. Y también pensaba que quizá le quería todavía.

—¿Y no le quieres?

—No. Lo comprendí hace unos días. Sucedió algo y... lo supe.

—Entonces, ¿por qué te quedas con él? ¿Por Pilar?

Ben le hablaba con mucha calma, casi como un padre a su hija.

—Por eso y por otras razones, que ahora no vienen al caso. Tengo que quedarme a su lado. —Le miró angustiada y añadió—: ¿Quieres que me vaya?

Ben la contempló largamente y luego salió en silencio de la cocina. Le oyó un momento en la sala de estar; luego oyó un portazo en el dormitorio. Deanna se quedó en la cocina, aturdida, pensando en lo que debía hacer. Sabía que tenía que marcharse, que no irían a Carmel. Pero toda su ropa estaba en el dormitorio y no tuvo más remedio que esperar a que él saliera. Lo hizo una hora más tarde, y se quedó en el umbral de la puerta. Tenía los ojos enrojecidos y parecía aturdido. Por un instante, Deanna no supo si estaba encolerizado o trastornado.

—¿Qué quieres decir exactamente, Deanna? ¿Qué lo nuestro ha terminado?

—Yo... no... ¡Oh, Dios mío! —Por un instante, volvió a pensar que se desmayaría, pero no podía, no en aquel momento—. Sólo me queda una semana.

—¿Y luego qué?

—Luego desapareceré.

—¿Para volver a la misma vida solitaria? ¿En aquel mausoleo donde vivías, y ahora sin Pilar? ¿Cómo puedes conformarte con eso?

—Quizás eso sea lo que tengo que hacer, Ben.

—No te entiendo, Deanna. Te dije que nos conformaríamos con el verano y... que te comprendía. No tengo derecho a cambiar de actitud ahora, ¿no es así?

—Tienes derecho a estar furioso, o a sentirte herido.

Vio lágrimas en los ojos de Ben y sintió que afloraban a los suyos.

—Estoy furioso y herido, pero es porque te quiero mucho.

Ella asintió, pero no pudo decir nada. Volvió a refugiarse entre los brazos de Ben.

—¿IREMOS HOY A CARMEL? —preguntó Ben. Estaba tendido boca abajo, mirándola. Ella acababa de despertar, y ya mediaba la tarde. Ben no había ido a la galería; Sally se encargaría de todo, le había dicho—. ¿Qué te gustaría hacer?

—Estar contigo —le dijo con una sonrisa.

—¿En cualquier parte?

—Sí.

—Entonces, vayamos a Tahití.

—Prefiero Carmel.

Él recorrió su muslo con un dedo.

—¿Lo dices en serio?

—Totalmente.

—Bien, entonces iremos allí. Podemos salir ahora y llegar a la hora de cenar.

—Claro. Son las dos de la madrugada, hora de París. Cuando cenemos estaré preparada para desayunar.

—¡Vaya! Ni siquiera pensé en eso. Debes de estar rendida.

Tenía aspecto de cansancio, pero su color había mejorado.

—No, me siento bien y contenta. Y te quiero.

—Ni siquiera la mitad de lo que yo te quiero a ti. ¿Qué me dices de tu trabajo?

—¿A qué te refieres?

—¿Seguiremos trabajando juntos en la galería? ¿Seguiré siendo tu representante?

Quería que le dijera que sí, entusiasmada. Pero ella permaneció largo rato sin responder, y Ben comprendió.

—No lo sé, tendré que pensar en ello más tarde.

¿Cómo podría verle en la galería al cabo de unos meses, cuando fuera evidente su embarazo?

—De acuerdo. Dejémoslo por ahora.

Pero su expresión de dolor conmovió a Deanna. Rompió a llorar. Se dijo que lo hacía con demasiada frecuencia.

—¿Qué te ocurre, amor mío?

—Vas a pensar que soy igual que ella... un fraude. Me refiero a la mujer con la que te casaste.

—No, no eres un fraude, Deanna. Pero nos hemos metido en algo muy complicado y ahora tenemos que enfrentarnos con las consecuencias. Lo nuestro no es nada sencillo pero sí algo muy sincero. Siempre he sido franco contigo y te quiero más de lo que he querido nunca a nadie. Recuérdalo siempre. Si alguna vez deseas volver a mi lado, siempre estaré aquí esperándote... siempre... incluso cuando sea un viejo chocho. —Trató de hacerla sonreír, pero no lo consiguió—. ¿Quieres que hagamos otro trato ahora?

—¿Qué trato?

Sintió odio hacia Marc-Edouard y más aún hacia sí misma. Debería abortar, cualquier cosa que le permitiera estar con Ben. O quizá él aceptaría al niño de Marc, si le contaba la verdad desde el principio. Pero sabía que no podría decírselo jamás, porque nunca lo entendería.

—Escucha, quiero hacer un trato contigo. Quiero que ambos prometamos que no volveremos a referirnos al tiempo que nos queda. Quiero que vivamos al día, que disfrutemos cada momento y nos enfrentemos con el problema cuando se presente, no antes. Si hablamos de ello ahora no haremos más que echar a perder lo que tenemos. ¿Trato hecho?

—De acuerdo.

—¡Estupendo! —exclamó él, besándola en los labios.

Una hora más tarde salieron hacia Carmel, pero no era fácil olvidarse de los problemas. Las cosas no podían ser igual que antes, el tiempo casi había finalizado y, hablaran de ello o no, ambos lo sabían. El verano tocaba a su fin, dulce y amargo a la vez.

Capítulo 24

—¿ESTÁS LISTA, QUERIDA?

Era la medianoche del día del trabajo, y el fin de semana había concluido. Tenían que volver a casa y Deanna echó un último vistazo a la sala. Una vez en el coche, susurraron palabras de amor. De repente ambos alejaron la tristeza.

—¿Eres tan feliz como lo soy yo Deanna? —dijo Ben—. No sé por qué me siento tan bien, sólo sé que me haces feliz y que siempre será así, pase lo que pase.

—A mí me ocurre lo mismo.

Sabía que en el largo invierno de su vida con Marc, tendría que asirse con desesperación a aquellos recuerdos. Pensaría en él cuando tuviera al bebé en sus brazos, soñando que podría haber sido suyo. Jamás había deseado nada con tanta fuerza.

—¿En qué piensas?

Deanna no dijo nada. Habían pensado regresar de madrugada y dormir hasta tarde al día siguiente. Después de desayunar él la llevaría a su casa. Marc llegaría el martes por la tarde. Margaret le había llamado para anunciarle que había recibido un telegrama en el que le indicaba su llegada

—Te he preguntado en qué pensabas —repitió Ben.

—Hace un momento pensaba que me hubiera gustado mucho tener un hijo tuyo.

—¿Y una hija? ¿No te hubiera gustado tener una hija también?

—¿Cuántos niños te gustaría tener?

—Un número par, doce, por ejemplo.

Deanna se echó a reír y se apoyó en su hombro. Recordó la primera vez que le había dicho lo mismo, el día siguiente a la exposición. ¿Volvería a repetirse una mañana como aquella?

—Yo me hubiera conformado con dos —dijo Deanna.

A Ben no le gustó que hablara de aquel modo. Le decía lo que no quería saber, o recordar. No, aquella noche no.

—¿Cuándo has decidido que no eres demasiado vieja?

—Aún creo que lo soy, pero soñar es fácil.

—Serías una embarazada preciosa —dijo Ben. Ella no abrió la boca—. ¿Estás cansada?

—Sólo un poco.

Se había sentido cansada con frecuencia durante toda la semana. Se debía a la tensión, pero a Ben no le gustaban sus ojeras ni la palidez de su rostro cuando se levantaba por la mañana. Pero ya no tendría que preocuparse más, porque al día siguiente todo terminaría.

—¿Y tú en qué piensas? —le preguntó, mirándole con ansiedad.

—Estoy pensado en ti.

—¿Eso es todo?

—Sí.

—¿Y acerca de qué?

—Estoy pensando en cuánto deseaba tener un hijo nuestro.

Ella sintió un impulso repentino de llorar y apartó la mirada.

—Ben, no... por favor.

—Lo siento —dijo él, atrayéndola hacia sí.

—¿Y QUÉ QUIERE DECIR ESO? —preguntó Chantal. Miró furiosa a Marc desde el otro lado de la habitación, pero él se limitó a cerrar su maleta y dejarla en el suelo.

—Exactamente lo que oyes, Chantal. Anda, no empieces con tus juegos. Me he pasado aquí casi todo el verano y ahora tengo que trabajar allí.

—¿Cuánto tiempo estarás fuera? —Tenía el rostro lívido, y en los ojos señales de haber llorado.

—Ya te he dicho que no lo sé. Ahora, sé buena chica y marchémonos.

—Me importa un bledo que pierdas el avión. No vas a dejarme de esta manera. ¿Crees que soy estúpida? Vas a volver a ella, a tu pobre mujercita, tan desconsolada porque ha perdido a su hija y ahora necesita a su querido marido para que la consuele. ¿Y yo qué?

Avanzó hacia él amenazadora, apretando las mandíbulas.

—Está enferma, ya te lo dije.

—¿Enferma de qué?

—Tiene varias cosas. Eso no importa, Chantal. La verdad es que está enferma.

—De modo que ahora no puedes dejarla. Entonces, ¿cuándo lo harás?

—¡Basta, Chantal! Ya hemos discutido esto una y otra vez, durante toda la semana. ¿Por qué tienes que comportarte así cuando sabes que he de tomar el avión?

—¡Al diablo con tu avión! ¡No permitiré que me abandones! ¡No puedes irte! —Se echó a llorar otra vez. Marc exhaló un suspiro y se sentó.

—Chantal, *chérie*, te lo suplico. Ya te expliqué que no será por mucho tiempo. Por favor, amor mío, trata de comprenderme. Nunca te habías mostrado así, ¿por qué tienes que ser ahora tan poco razonable?

—Porque ya estoy harta. ¡Harta! Suceda lo que suceda, sigues casado con ella, un año tras otro. Ya no aguanto más.

—¿Por qué precisamente ahora? —Echó un vistazo apresurado al reloj—. Anoche te dije que si la situación se prolonga, te llamaré. ¿De acuerdo?

—¿Por cuánto tiempo?

—¡Por favor, Chantal! —exclamó irritado—. Primero, veamos cómo se desarrollan las cosas. En caso de que vayas, podrías quedarte en Estados Unidos durante cierto tiempo.

—¿Qué significa cierto tiempo? —Chantal comenzaba a jugar y él lo percibía con exasperación.

—Un tiempo razonable. Ahora, vámonos. Te llamaré todos los días y procuraré volver dentro de unas semanas. De no ser así, vendrás conmigo... ¿Estás satisfecha?

—Casi.

—¿Casi? —gritó, pero ella ladeó la cabeza juguetonamente para recibir un beso, y él no se pudo resistir.

—Si no me doy prisa, perderé el avión.

—¿Y qué?

Se hubiera dicho que ella era la embarazada, pero ambos sabían que no. Cierta vez temieron que estuviera encinta. Se asustaron tanto, a causa de su diabetes, que decidieron no volver a correr semejante riesgo, porque su vida corría peligro. A ella no le importaba. Nunca había deseado tener un hijo, ni siquiera de Marc.

BEN DETUVO EL VEHÍCULO a cierta distancia de la casa.

—¿Te dejo aquí?

Deanna hizo un gesto de asentimiento. Sentía como si el mundo estuviera a punto de desaparecer, como si alguien les hubiera anunciado el apocalipsis. Sabían que llegaría ese momento, incluso conocían la hora exacta. Pero ahora le abrumaban las preguntas sin respuesta: ¿Cómo podría vivir cada día sin él, sin los momentos que habían compartido en Carmel? Miró a Ben intensamente y se arrojó a sus brazos. Ni siquiera le importó que alquien pudiera verlos. Ya no le abrazaría nunca más y tal vez imaginarían que habían visto un espejismo. Se preguntó si dentro de muchos años también ella pensaría que aquello había sido un espejismo, un sueño.

—Cuídate mucho. Te quiero —susurró ella en su oído.

—Yo también.

Siguieron abrazados largo rato y, luego, sin decir nada, Ben abrió la puerta del vehículo.

—No quiero que te vayas, Deanna, pero si te quedas un poco más no seré capaz de... dejarte ir.

Ella vio el brillo de sus ojos y sintió las lágrimas en los suyos. Trató de contenerlas, le volvió a mirar y de nuevo sus brazos le rodearon.

—Ben, te quiero tanto... ¿Me creerás si te digo que estos pocos meses han dado razón de ser a mi existencia?

—Te creo —le respondió—, dándole un beso en la punta de la nariz—. ¿Me creerás tú si te digo que bajes del coche?

Deanna le miró atónita, luego se echó a reír.

—No, no te creo.

—Bueno, creo que esto no es nada fácil, así que podríamos hacerlo alegremente.

Deanna reía y lloraba a la vez.

—¡Dios mío, qué facha tengo!

—Sí, ya lo veo. Yo también. Pero no importa. —Se inclinó para besarla una vez más y le dijo—: Vete.

Deanna asintió y le tocó la cara. Bajó del coche con los puños cerrados, le miró intensamente y luego dio media vuelta y se alejó.

Mientras buscaba la llave en su bolso, oyó que el coche se alejaba. Pero no se volvió, no miró, no le vio. Le enterró en su corazón y entró en la casa que compartiría con Marc el resto de su vida.

Capítulo 25

—BUENOS DÍAS, CARIÑO, ¿has dormido bien?

Marc la contemplaba en la cama.

—¿Perdiste el avión?

Él no mencionó la semana anterior, el hecho de que ella hubiera abandonado tan precipitadamente París.

—En efecto, fue una estupidez, pero no pude conseguir un taxi. Había un embotellamiento de tráfico y al final tuve que esperar seis horas al siguiente vuelo. ¿Cómo te encuentras?

—Pasable.

—¿Nada más?

Ella se encogió de hombros; se sentía muy mal y no deseaba más que estar muerta. La única ambición de su vida era Ben, y ahora sabía que no podía ser suyo.

—Quiero que vayas al médico hoy mismo —dijo Marc—. ¿Quieres que pida a Dominique que concierte la visita o prefieres hacerlo tú misma?

—Me da igual.

¿Por qué se mostraba tan dócil? A Marc no le agradaba aquella actitud. Estaba pálida y parecía exhausta, nerviosa y desgraciada. Mostraba indiferencia a cuanto le rodeaba y, sobre todo, a lo que decía su marido.

—Quiero que te vea hoy mismo —le repitió.

—De acuerdo. ¿Puedo ir yo sola o prefieres que me acompañe Dominique.

Su ironía no le pasó inadvertida a Marc.

—No es necesario que te pongas así. ¿Irás hoy mismo?

—Cuenta con ello. ¿Y tú? ¿Adónde irás hoy? ¿A Atenas o a Roma?

Pasó junto a él y se dirigió al baño, cerrando la puerta a sus espaldas. Marc se dijo con pesadumbre que los próximos meses no iban a ser un lecho de rosas. Ocho meses más. Luego, cuando el bebé naciera, un mes más tarde de lo que Deanna esperaba, le diría sencillamente que se había retrasado. Hay bebés que nacen tres semanas después de lo previsto. Es algo que sucede con frecuencia. Había pensado en ello durante el viaje de París a San Francisco. Se dirigió al baño y habló con firmeza ante la puerta cerrada.

—Si me necesitas, estaré en la oficina. Y ve al médico hoy mismo sin falta. ¿Entendido?

—Sí, perfectamente.

Deanna pensó que era una situación insostenible, que no podría soportar el embarazo. Era pedirle demasiado. Tenía que abandonarle y encontrar la manera de volver con Ben, con o sin el maldito bebé. Pero se le ocurrió una idea. En cuanto oyó que la puerta se cerraba, salió del baño y se dirigió al teléfono.

El médico se sorprendió, porque hacía tiempo que no le llamaba.

—Hola, doctor Jones. —Su voz reflejó el alivio que sentía al oírlo. Sabía que le ayudaría, porque siempre había encontrado en él a un verdadero amigo—. Tengo un problema, un problema terrible, y quisiera saber si puedo ir a verte.

El médico percibió el apremio en su voz.

—¿Deseas venir hoy mismo?

—¿Me odiarás si te digo que sí?

—No, no te odiaré, pero puede que me arranque los pocos pelos que me quedan. ¿No podrías esperar?

—No, me volvería loca.

—Entonces, de acuerdo. Te espero dentro de una hora.

Una hora más tarde estaba sentada en el sofá de cuero rojo. Siempre veía aquel sofá cuando pensaba en el médico.

—Bueno, tú dirás.

—Estoy embarazada —dijo ella sin más preámbulos.

El médico permaneció impasible.

—¿Y qué piensas de ello?

—Es horrible. No quiero tener el niño. No es el momento adecuado.

—¿Opina Marc lo mismo que tú?

¿Y qué tenía que ver Marc con aquello?, pensó. ¿Qué importancia tenía lo que opinara? Pero debía ser sincera con el médico.

—No, está encantado, pero hay muchas razones en contra. En primer lugar, soy demasiado mayor.

—Técnicamente no es así, pero ¿te sientes demasiado mayor para hacerte cargo de una criatura?

—No exactamente. Es que... Estoy demasiado cansada para volver a pasar por eso. ¿Y si el bebé muere, si vuelve a ocurrirme otra desgracia?

—Si eso es lo que te preocupa, olvídalo. Estás perfectamente enterada de que aquellos dos incidentes no guardaron ninguna relación, que sólo fueron accidentes trágicos y que no sucederá lo mismo necesariamente otra vez. Pero creo, Deanna, que lo que quieres decirme es que no deseas este bebé, por la razón que sea. ¿O existen razones que no quieres decirme?

—Yo... no quiero tener un hijo de Marc.

El médico quedó perplejo unos instantes.

—¿Hay alguna razón especial o es un capricho momentáneo?

—No, no se trata de un capricho. Todo el verano he estado pensando seriamente en separarme de él.

—Ya veo... ¿Lo sabe él? —Deanna meneó la cabeza y el médico añadió—: Eso complica un poco las cosas, pero ¿el niño es suyo?

Diez años atrás no le habría hecho semejante pregunta, pero ahora, al parecer, las cosas eran distintas. Además, se lo había preguntado con tanta amabilidad que a Deanna no le importó.

—Sí, es suyo... —vaciló un momento y añadió—: Porque estoy embarazada de dos meses. Si fuera de menos tiempo, no sería suyo.

—¿Cómo sabes que estás embarazada de dos meses?

—Me lo dijeron en Francia.

—Podrían equivocarse, aunque no creo que sea así. ¿Por qué no quieres el bebé? ¿Porque es de Marc?

—En parte sí, y también porque no quiero seguir atada a él. Si tengo esta criatura no podré marcharme.

—No podrías hacerlo con la misma facilidad, por supuesto. Pero, ¿qué quieres hacer?

—No sé. Difícilmente puedo volver con el otro hombre si tengo el bebé de Marc.

—Sí que podrías.

—No, doctor. No sería capaz de semejante cosa.

—No, pero tampoco tienes que quedarte con Marc sólo porque

206

vas a tener un hijo suyo. Podrías sostenerte por tus propios medios.

—¿Cómo?

—Ya encontrarías el modo, si de verdad quisieras.

—No lo creo. Lo que deseo... es algo distinto.

Entonces el médico comprendió.

—Antes de que me lo digas, déjame preguntarte cómo encaja Pilar en todo este asunto. ¿Qué pensará ella si tienes este hijo?

Deanna bajó la mirada, con expresión sombría. Luego miró de nuevo al médico.

—Eso ya no representa ningún problema. Falleció hace dos semanas en Francia.

El médico se quedó atónito. Cuando reaccionó se inclinó hacia Deanna y le cogió una mano.

—¡Dios mío, Deanna, cómo lo lamento!

—Nosotros también.

—¿E incluso así no deseas tener otro bebé?

—No, no de esta manera. Es algo que está por encima de mis fuerzas, y lo que verdaderamente deseo es abortar... Por eso estoy aquí.

—¿Crees que podrás soportar esa carga el resto de tu vida? Ya sabes que, una vez hecho, no hay forma de volverse atrás. Es una situación que casi siempre genera remordimientos, culpabilidad, arrepentimiento. Lo sentirías durante mucho tiempo.

—¿En mi cuerpo?

—No, en tu corazón..., en tu mente. Es preciso que quieras realmente deshacerte de él para sentirte en paz contigo misma una vez que lo hayas hecho. ¿Qué sucedería si se hubieran equivocado con el diagnóstico y existiera la posibilidad de que el bebé fuera del otro hombre? ¿Querrías entonces abortar?

—No puedo arriesgarme. Si es de Marc, tengo que deshacerme de él. No tengo motivos para pensar que se hayan equivocado.

—No es tan raro. Yo mismo me equivoco a veces. —Le sonrió con benevolencia, y luego frunció el ceño y añadió—: Después de lo que acaba de suceder con Pilar, ¿te sientes capaz de enfrentarte ahora a esto?

—Tendré que hacerlo. ¿Me ayudarás?

—Si eso es lo que deseas, lo haré. Pero primeramente quiero examinarte y estar seguro. Tal vez ni siquiera estés embarazada.

Sin embargo lo estaba, y el médico aceptó ayudarla. Estuvo de acuerdo en que podía tratarse de un embarazo de dos meses, aunque siempre era difícil determinar cronológicamente un embarazo en sus etapas iniciales. Como ella estaba decidida a hacerlo, era mejor proceder con la mayor rapidez.

—¿Te parece bien mañana? De acuerdo. Te espero a las siete de la mañana, y podrás volver a casa a las cinco. ¿Se lo dirás a Marc?

Ella meneó la cabeza.

—Sólo le diré que lo perdí.

—¿Y después?

—No sé. Ya resolveré más tarde.

—¿Has pensado en la posibilidad de que luego decidas quedarte con Marc y tener otro niño, y que entonces ya no puedas concebir? ¿Qué sucedería entonces, Deanna? ¿No te destruiría el sentimiento de culpabilidad?

—No. Ni siquiera puedo imaginarme esa remota posibilidad. Pero si así fuera, tendría que aceptarlo como un hecho.

—¿Estás absolutamente segura?

—Del todo.

Se puso en pie y él anotó la dirección del hospital en el que debería presentarse.

—¿Es peligroso?

Era la primera vez que se le ocurría pensar en eso. En realidad, no le importaba, porque le daba lo mismo morir que continuar con el embarazo. Pero el médico hizo un gesto negativo y le dio unas palmaditas en el brazo.

—No, no es peligroso.

—¿ADÓNDE VAS A ESTAS horas? —le preguntó Marc, cuando ella se deslizó del lecho, molesta consigo misma por haberle despertado.

—Al estudio. No puedo dormir.

—Deberías quedarte en la cama —dijo él, y volvió a cerrar los ojos.

—Hoy pasaré mucho tiempo en la cama. —Aquello por lo menos era verdad.

—Muy bien.

Cuando se vistió, él ya estaba otra vez dormido. Le dejó una nota en la que decía que se iba y regresaría por la tarde. Probablemente se sentiría molesto, pero nunca sabría la verdad, y cuando ella volviera a casa sería ya demasiado tarde. Mientras ponía en marcha el coche, observó sus sandalias y los tejanos que llevaba, y recordó que eran las únicas prendas que había usado en Carmel. Pensó de nuevo en Ben. Súbitamente, recordó las palabras del médico. ¿Y si el bebé era de Ben? Pero no era posible. Dos meses antes había hecho el amor con Marc, pero también había conocido a Ben a fines de junio y existía una posibilidad remota de que fuera suyo. ¿Por qué no estaba segura? ¿Por qué no podía estar embarazada de un mes en lugar de dos? Arrancó el coche y se dirigió al hospital.

Cuando llegó allí, estaba pálida y ojerosa. El doctor Jones ya la estaba esperando, y se mostró callado y atento como siempre.

—¿Estás realmente decidida?

Aunque Deanna asintió, había algo en su expresión que no le acababa de convencer.

—Ven, vamos a charlar un poco.

—No. Hagámoslo de una vez.

—Muy bien.

El médico dio instrucciones a la enfermera y ésta llevó a Deanna a una habitación pequeña. Allí le dijeron que se pusiera una bata del hospital.

—¿Adónde me llevarán?

—Es al final del pasillo. Pasará ahí todo el día.

Se sintió atemorizada y se preguntó si le dolería, si se moriría, si sufriría una hemorragia al volver a casa... La enfermera le explicó la técnica de succión que le aplicarían. Pero ella sólo pensaba en Ben.

—¿Tiene miedo? —preguntó la enfermera. Trataba de calmarla, sin gran éxito.

—Un poco.

—No deje que el miedo la domine. En realidad no es nada. Yo he abortado tres veces.

Esperó sentada en la pequeña habitación. Por fin la condujeron a una salita y la acostaron en una mesa de quirófano especial, semejante a la de las salas de parto. Parecía más bien una sala de partos que de abortos. La dejaron sola durante media hora, y mientras estaba allí, con los pies en alto, sudorosa y esforzándose por no llorar, se obligó a pensar en que pronto habría terminado todo. Sus problemas habrían desaparecido. Usarían una máquina para extraer lo que constituía su gran problema. Miró a su alrededor, tratando de identificar la máquina, pero no logró saber cuál sería el equipo aterrador que usarían y las piernas comenzaron a temblarle. Parecieron transcurrir horas antes de que el doctor Jones entrara en la habitación.

—Deanna, vamos a ponerte una inyección que te hará sentir soñolienta y más tranquila.

—No, no quiero.

Trató de enderezarse y liberar las piernas.

—¿No quieres que te inyectemos? Con esto te sentirás mejor y podrás soportarlo con mayor serenidad. Créeme, de lo contrario, será mucho más difícil.

—No me refiero a la inyección, sino a que no quiero abortar. No puedo. ¿Y si fuera el bebé de Ben?

Aquel pensamiento la había estado atormentando durante la última hora.

—Deanna, ¿estás segura o sólo te sientes atemorizada?

—En realidad, ambas cosas... No lo sé.

El llanto no la dejaba hablar.

—¿Y si supusieras que el bebé te pertenece sólo a ti y a nadie más? Como si ningún hombre te lo hubiera dado, ¿te atreverías entonces a tenerlo para ti misma? ¿Lo querrías entonces?

Ella le miró fijamente y asintió en silencio. Entonces el médico le desató las piernas.

—Entonces vuelve a casa y resuelve tus problemas. Puedes tener el niño para ti misma, si así lo deseas. Nadie podrá quitártelo y será sólo tuyo.

Aquella posibilidad hizo sonreír a Deanna.

AL VOLVER A CASA, Marc estaba duchándose. Se dirigió silenciosamente al estudio y cerró la puerta con llave. ¿Qué había hecho? Había decidido conservar el bebé, y lo que había dicho el médico era cierto. Podría tener el niño para ella sola. Claro que podría. ¿Por qué el bebé tenía que ser siempre de Marc? Igual que lo había sido Pilar. De repente supo que nunca podría escapar. El bebé era de Marc. Nunca tendría el valor de tenerlo sola. Pero ¿qué podía importar ya, si había perdido a Ben?

210

Capítulo 26

MARC SE ACOMODÓ EN su silla y dio los buenos días a Deanna. El habitual surtido de periódicos estaba sobre la mesa, junto al café.

—¿Tienes apetito esta mañana?

—No, no mucho. Puedes comerte mis tostadas.

Empujó el plato hacia él. El mantel era de un delicado azul pálido, a tono con su estado de ánimo.

—¿Aún te encuentras mal?

Ella se encogió de hombros y alzó la vista.

—No.

—Quizá debieras llamar al médico.

—Lo veré la semana próxima.

Hacía tres semanas que lo había visto por última vez. Tres semanas desde que había huido aquella mañana, cuando se dio cuenta de que no podría abortar. Tres semanas sin ver a Ben, sin tener ninguna noticia suya. Sabía que ya no volverían aquellos días de verano, que quizá alguna vez se encontrarían en un lugar desconocido y charlarían como viejos amigos. Eso sería todo. No importaba que se siguieran amando. Todo había concluido.

—¿Qué vas a hacer hoy?

—Nada. Quizá trabaje un poco en el estudio.

Pero no era verdad, en realidad no trabajaba y se limitaba a sentarse y contemplar la montaña de pinturas que le habían remitido de la galería, a pesar de las protestas iniciales de Ben. A Deanna le pareció que era imposible seguir manteniendo su contrato con él, vender su trabajo y no verle jamás. Sobre todo, le horrorizaba el pensamiento de que la viera embarazada. No tenía alternativa, y había insistido en que Sally le devolviera sus cuadros. Ahora estaban apoyados contra las paredes del estudio, mudos, de cara a la pared y con el reverso mirándola ciegamente con excepción del retrato de ella y Pilar, panorama que contemplaba durante horas enteras cada día.

—¿Quieres que nos encontremos en algún lugar para comer?

—No, gracias.

Intentó sonreírle, pero le era casi imposible mostrar unos sentimientos que no abrigaba. No quería comer con él, no deseaba estar a su lado ni que la vieran en su compañía. ¿Y si Ben les veía juntos? Sólo pensar en ello la horrorizaba. Sacudió una vez más la cabeza y se dirigió silenciosamente al estudio, su refugio.

Se quedó allí inmóvil, acurrucada en su silla favorita. Mucho más tarde, la sobresaltó el sonido del teléfono.

—¡Hola, amiga! ¿Qué estás haciendo?

Era Kim.

—No hago nada. Permanezco sentada en el estudio, pensando en mi jubilación.

—Pero ¿qué dices? No te achicarás ahora después de las críticas tan favorables que recibiste. ¿Cómo está Ben? ¿Ha vendido otros cuadros tuyos?

—No, la verdad es que... no ha tenido oportunidad de hacerlo.

Trataba desesperadamente de que su voz no la traicionara.

—Supongo que no, pero seguramente lo hará cuando regrese de Londres. Me dijo Sally que estará allí otra semana más.

—¡Oh, no lo sabía! Marc regresó hace tres semanas y hemos estado muy ocupados.

Kimberly pensó que era difícil de creer. Después de la reciente muerte de Pilar, le constaba que no iban a ningún lado. La misma Deanna se lo había dicho la última vez que hablaron.

—¿Te gustaría venir a comer conmigo?

—No. Yo... De veras, no puedo.

Kim notó de pronto el tono tenso de la voz de Deanna. Había en ella un doloroso temblor que le asustó.

—¿Deanna? —No le respondió; había empezado a llorar—. ¿Puedo ir a verte ahora?

Iba a decirle que no, quería impedírselo, no deseaba verla, pero la voz se quebró en su garganta.

—Deanna, ¿me escuchas? Salgo hacia ahí ahora mismo. Llegaré en seguida.

OYÓ LOS PASOS DE Kim cerca del estudio, antes de que pudiera bajar a recibirla. Hubiera querido que no viera los cuadros apoyados contra la pared, pero ya era demasiado tarde. Su amiga llamó a la puerta y no esperó a que le diera permiso para entrar. El cuadro que se presentó ante sus ojos la dejó atónita. No podía entender lo que presenciaba.

—¿Qué es todo esto?

Sabía que no podían ser obras nuevas. Al revisar los cuadros se dio cuenta de que entre las nuevas obras estaban los otros temas que le eran tan familiares.

—¿Te has retirado de la galería? —le preguntó, y Deanna asintió con la cabeza.

—¿Por qué? Hicieron una magnífica exposición de tu obra y las críticas fueron muy favorables. La última vez que hablé con Ben me dijo que había vendido casi la mitad de tus cuadros. ¿Por qué? ¿Por Marc?

—Me vi obligada a retirarme.

Deanna suspiró y tomó asiento. Kim se sentó frente a ella con el ceño fruncido. Su amiga tenía un aspecto terrible. Estaba pálida, delgada y exhausta, pero aparte de esto, su mirada revelaba algo más trágico.

—Deanna, yo... sé lo que debes sentir por Pilar, pero no puedes destruir toda tu vida. Tu carrera tiene que ser independiente de lo demás.

—Pero no es así, debido a... a Ben.

Kim se acercó a ella y la abrazó con firmeza.

—No estés embotellando en tu interior tantos sentimientos y tanto dolor. Desahógate.

No supo cómo, pero lo hizo. Lloró en los brazos de Kim, lloró hasta perder la noción del tiempo, lloró por Pilar, por Ben y, quizás, un poco por Marc. Sabía que lo había perdido y que tenía una amante. Lo único que no había perdido era el bebé que no deseaba. Kim no le dijo nada, se limitó a sostenerla, mientras ella se desahogaba de tantas experiencias dolorosas en el hombro de su amiga. Poco a poco los sollozos fueron perdiendo intensidad y, finalmente, alzó la vista hacia Kim.

—¡Oh, Kim, cuánto lo lamento! No sé qué me sucedió.

—¡Por favor, Deanna, no lo lamentes! No puedes encerrar tantas cosas dentro de ti. Te perjudicaría terriblemente. ¿Quieres una taza de café?

Deanna sacudió la cabeza y pareció animarse un poco.

—Quizá tome una taza de té.

Kim levantó el intercomunicador y dio la orden a Margaret.

—Luego saldremos a pasear un poco. ¿Qué te parece la idea?

—¿No tendrás dificultades? ¿Has abandonado el trabajo o te has tomado el día libre sólo para ser mi paño de lágrimas?

—Si tú puedes retirarte de la galería, tal vez yo pueda presentar también mi dimisión. Tendría el mismo sentido.

—No. Te equivocas. Hice lo que era correcto.

—¿Por qué? No tiene ningún sentido lo que dices.

—Simplemente, no deseo volver a ver a Ben.

—¿Ha terminado todo entre vosotros?

Se miraron largo rato en silencio. Deanna asintió.

—¿Te vas a quedar con Marc?

—Estoy obligada a hacerlo —declaró Deanna.

Suspiró y recogió la bandeja con las tazas de café y té que Margaret había dejado junto a la puerta.

—Marc y yo vamos a tener un niño —dijo por fin Deanna.

—¿Qué? ¿Estás bromeando?

—Ojalá fuera una broma. Lo descubrí cuando estaba en Francia, porque me desmayé en una iglesia pocos días después del entierro y Marc insistió en llevarme al hospital. Creía que tenía alguna enfermedad grave, pero resultó que estaba embarazada de dos meses.

—¿De cuánto estás ahora?

—Exactamente tres.

—Pues no lo parece.

Kim no salía de su asombro, y miró atentamente el vientre liso de Deanna.

—Ya lo sé; supongo que todavía es muy pequeño. Además, he estado tan nerviosa que he perdido peso.

—¿Lo sabe Ben?

—No pude decírselo por más que lo intenté. Incluso pensé... no lo creerás... pero pensé abortar. Es más, en realidad, intenté hacerlo. Ya lo tenía todo preparado, pero cuando me encontré en la mesa supe que era algo muy superior a mis fuerzas. No podía hacerlo después de haber perdido a dos bebés y ahora a Pilar. No importa que no quiera en absoluto a ese niño. No puedo hacerlo.

—¿Y Marc?

—Está entusiasmado. Finalmente tendrá el hijo que tanto deseó, o un sustituto para Pilar.

—¿Y tú, Deanna?

—¿Qué puedo decir yo? Sólo sé que he perdido al hombre a quien quiero de verdad, que estoy atrapada en un matrimonio muerto desde hace varios años, que voy a tener un hijo que no deseo y que a lo mejor no sobrevive... pero si llega a vivir, será de Marc y lo volverá otra vez en contra mía. Sé que Marc lo convertirá en un francés. Bien sabe Dios que hablo por experiencia, Kim. Pero no tengo otra alternativa. ¿Qué puedo hacer?

—Podrías tenerlo tú sola, si así lo desearas... Incluso Ben podría quererlo, aunque no sea suyo.

—Marc no dejaría que me fuera. Haría cuanto estuviera en su mano para detenerme.

—¿Qué podría hacer él?

—No lo sé. Haría algo. Cualquier cosa. Siento que no voy a poder liberarme jamás. Si intentara tenerlo yo sola, haría cualquier cosa por detenerme. Él sabe minar la confianza en mí misma, convencerme de que no soy capaz de nada.

—Dime, Deanna. ¿Has pintado últimamente?

—¿Y eso qué importa? Ya no voy a exponer.

—No hiciste ninguna exposición durante veinte años y, sin embargo, pintabas. ¿Por qué te has detenido ahora?

—No lo sé.

—¿Porque te lo ordenó Marc? —preguntó Kim en tono airado—. ¿Porque él piensa que es ridículo y sólo siente desdén hacia ti y tu obra?

—No lo sé, quizá... Siempre logra convencerme de que mis cosas son inútiles y triviales.

—¿Y Ben?

—Con él todo es muy distinto.

—¿Crees que no sería capaz de amar a esa criatura?

—Tampoco lo sé... No puedo pedírselo. ¿Te das cuenta de que estaba embarazada del hijo de Marc mientras me acostaba con él? ¿Tienes idea de lo ultrajante que es?

—Por el amor de Dios, Deanna, no seas tan quisquillosa. No sabías que estabas embarazada, ¿verdad?

—No. Por supuesto que no.

—¿Lo ves? ¡Incluso podría ser de Ben!

Deanna sacudió tristemente la cabeza.

—No, porque hay un mes de diferencia.

—¿No podrían haberse equivocado? Eso deberías saberlo tú.

—Sí, estoy de acuerdo. Debería saberlo, pero no es así. Siempre he sido muy irregular, y esto hace que las cosas sean muy confusas. Tengo que confiar en las teorías de ellos y no en las mías. Dicen que concebí entre mediados y finales de junio... Sé muy bien que podría ser de Ben, pero no me parece muy probable.

Kim permaneció largo rato en silencio, observando a su amiga, antes de hacerle la única pregunta que le parecía realmente crucial.

—Dime la verdad, Deanna. ¿Quieres tener este bebé? Escucha bien lo que te digo. Si no existiera problema alguno, si tanto Ben como Marc desaparecieran de la tierra y sólo estuvieras tú, ¿querrías tener esa criatura? Piénsalo bien antes de responder.

No tenía que pensarlo. El doctor Jones le había preguntado lo mismo.

—Sí, sí que lo querría. Desearía tener este bebé para mí sola, sólo para mí. Además, podría convencerme yo misma de que es de Ben.

Kim suspiró y dejó la taza a un lado.

—Entonces tenlo, Deanna. Tenlo y quiérelo, dedícale tu vida, crece tú misma con él, pero hazlo sola. Deja a Marc, para que puedas dedicarte exclusivamente a tu hijo.

—No puedo, tengo miedo...

—¿De qué?

—Lo peor de todo es que no sé de qué.

Capítulo 27

—No sé, Kim. No me gusta la presentación, y parece que le falta algo.

Ben se pasó la mano por el cabello y miró distraído la pared. Toda la mañana habían estado batallando y no lograban ponerse de acuerdo.

—Quizá si hubieras dormido bien anoche, al volver de Londres, te gustarían un poco más.

Trataba de bromear, pero era inútil. En realidad, Ben tenía peor aspecto que Deanna, y las cosas no resultaban tan fáciles.

—No seas sarcástica, ya sabes lo que quiero.

—De acuerdo. Volveré a intentarlo. ¿Estarás aquí el tiempo suficiente para que los revises dentro de un par de semanas, o vas a irte otra vez?

Últimamente viajaba con mucha frecuencia.

—Iré a París el próximo martes, pero volveré dentro de un par de semanas. Tengo que arreglar lo de mi casa.

—¿La estás remodelando?

—No. Voy a cambiar de casa.

—¿Qué dices? ¿Te vas a cambiar? Pensé que te gustaba tu casa.

En los meses que Kim llevaba trabajando para él se habían hecho amigos. Además, su relación con Deanna había establecido un lazo que les unía con más fuerza.

—No soporto más ese lugar. —De repente, se quedó mirándola con fijeza—. ¿La has visto últimamente? ¿Cómo está?

—Está bien —respondió Kim, aunque deseaba decirle que estaba tan deshecha como él.

—Me alegra saberlo, me gustaría poder decir lo mismo. Escucha, Kim. No sé como decirlo, pero creo que voy a volverme loco. No lo puedo soportar. Nunca me había sentido así, ni siquiera cuando me abandonó mi esposa. Sé que todo esto carece de sentido. Todo iba a pedir de boca y yo le prometí... le prometí que lo nuestro sólo duraría el verano, que no la presionaría. Sin embargo, no entiendo cómo puede sepultarse viva con ese hombre al que no ama y del que estoy seguro que tampoco la quiere a ella.

—Si te sirve de consuelo, yo tampoco lo creo.

—Por supuesto que ese pensamiento no me consuela, pero ella sigue decidida a permanecer con él, sin que importe lo que pensemos tú o yo. Dime... ¿Es feliz? ¿Pinta un poco siquiera?

Kim hubiera preferido mentir, pero no pudo.

—No, ni es feliz ni está pintando.

—Entonces, ¿por qué lo hace? ¿Por Pilar? Créeme que no le encuentro ningún sentido. Pudo haberme pedido que esperara, y lo habría hecho; comprendería que quisiera quedarse con él cierto tiempo, y yo no la hubiera presionado. Pero ¿qué puede retenerla a su lado?

—Hay relaciones que son muy extrañas y difíciles de entender desde fuera. He conocido personas que se odiaban y han permanecido casados durante cincuenta años.

—¡Qué enternecedor! —Su rostro adoptó una expresión sombría—. La llamaría, Kim, pero no creo que deba hacerlo.

—¿Y tú, Ben? ¿Cómo te las arreglas?

—Me mantengo ocupado. No tengo otra alternativa, porque ella no me dejó ninguna.

A Kim le hubiera gustado decirle que terminaría por sobreponerse, pero le pareció cruel decir algo así.

—¿Puedo ayudarte en algo?

—Sí, podrías ayudarme a secuestrarla... Ni siquiera soporto la contemplación de mi Wyeth, porque se le parece mucho. —Se puso en pie de súbito, como si quisiera alejarse físicamente de sus pensamientos—. No sé qué voy a hacer, Kim. No sé qué diablos hacer.

—En realidad, no puedes hacer nada. Ojalá pudiera ayudarte.

—También yo lo quisiera, pero no es así. Anda, vamos, te invito a comer.

Kim recogió los anuncios de la galería, los volvió a guardar en su portafolios y dejó éste en el suelo. Era angustioso ver a Ben en aquel estado.

—¿Sabes una cosa? Muchas veces descubro que deseo encontrármela en algún sitio, dondequiera que vaya, en los restaurantes, en las tiendas, incluso en la oficina de correos la busco sin cesar... Como si buscándola intensamente pudiera llegar a ver su rostro.

—Últimamente sale muy poco.

—¿Estás segura de que está bien? ¿No estará enferma? —Al ver que Kim sacudía la cabeza negativamente, añadió—: Entonces supongo que la única solución que me queda es mantenerme activo, viajar sin cesar.

—No podrás sostener ese ritmo durante mucho tiempo.

—Pero puedo intentarlo...

Capítulo 28

DEANNA ESTABA YA ACOSTADA cuando Marc llegó a casa.

—¿Qué te dijo el médico? ¿Todo va bien?

—Me dijo que es demasiado pequeño para cuatro meses, pero supone que se debe a los nervios y el peso que perdí. Volverá a visitarme dentro de dos semanas, para asegurarse de que los latidos del corazón del bebé son normales. Todavía es muy pequeño para oírlo, aunque ya debería ser posible. Quizá dentro de dos semanas.

—Las noticias no parecieron preocupar a Marc—. Y tú, ¿cómo has pasado el día?

—Demasiado agotador, pero hemos conseguido un caso nuevo —dijo con evidente satisfacción.

—¿Dónde?

—En Amsterdam, pero lo compartiré con Jim Sullivan... Te dije que no saldría tanto como antes y he cumplido mi palabra, ¿no es verdad?

—Desde luego —afirmó Deanna, y sonrió. Era cierto que apenas se había separado de su lado en los últimos dos meses. ni siquiera había pasado un fin de semana en París. No era que le importase todavía; en cierto modo se hubiera sentido aliviada. Pero él le había asegurado que había roto sus relaciones con aquella mujer—. Pero no hay razón alguna para que no tomes ese caso. ¿Cuándo empieza el juicio?

—Es probable que no se inicie hasta junio, mucho después de que nazca el bebé.

El bebé... A Deanna todavía le parecía irreal. Sólo tenía realidad para Marc.

—¿Quieres comer algo? Voy abajo a prepararme un bocadillo.

Marc parecía pensar sólo en el niño y sólo le preocupaba el bienestar de Deanna en tanto se relacionaba con su hijo. A veces, se sentía conmovida, pero en general la irritaba. Sabía que no lo hacía por ella y que su única preocupación era el bebé, su heredero.

—¿Qué vas a comer? ¿Pepinillos y helado?

—¿Qué preferirías, Deanna, caviar y champaña? También eso te lo puedo ofrecer.

—Unas galletas. Eso es todo.

—Qué decepción. Espero que el bebé tenga mejor gusto que tú.

—Estoy segura de que así será.

Regresó poco después con las galletas y un bocadillo.

—¿Estás segura que no te apetecen fresas o pizza?

Era la primera vez en mucho tiempo que exhibía su sentido del humor. Seguramente habría tenido un buen día. Después de su visita al médico, Deanna había ido a comer con Kim. Su amiga le ayudaba a mantenerse en su sano juicio en aquellos días peculiares y solitarios. A ella podía confiarle lo mucho que añoraba a Ben. Todavía tenía la esperanza de que su dolor se mitigara. Pero hasta entonces no había dado señales de remitir.

Marc estaba a punto de ofrecerle un trozo de su bocadillo, cuando el teléfono sonó a su lado.

—¿Quieres que conteste? Seguramente es para ti.

—¿A estas horas? —Miró el reloj y asintió. En Europa eran las ocho de la mañana. Probablemente era una llamada para él, de alguno de sus clientes, de modo que volvió a sentarse en la cama y descolgó el teléfono.

—Diga.

—¿Marc-Edouard? —preguntó una voz que traslucía desesperación. Marc palideció súbitamente. Era Chantal... Deanna vio que su espalda se ponía rígida. Él desvió la mirada y frunció el ceño.

—¿Sí? ¿De qué se trata?

Había hablado con ella por la mañana, ¿por qué le telefoneaba a su casa? Le había prometido que regresaría a Europa dentro de algunas semanas. Estaba seguro de que podría dejar a Deanna unos días después del día de Acción de Gracias.

—¿Hay algún problema?

—Sí... estoy en el hospital...

Marc cerró los ojos, y Deanna pudo ver su expresión preocupada.

—¿Qué sucede ahora? ¿Lo mismo que la otra vez?

—No. Me equivoqué con la insulina.

—Nunca sueles equivocarte en eso. —Excepto a propósito, pensó, recordando la noche del hospital y el pánico que sintió—. Después de todos estos años, ya deberías saber... —Le resultaba muy difícil hablar con ella delante de Deanna—. Pero, ¿estás bien?

—No lo sé... ¡Oh, Marc-Edouard, te necesito! ¿No podrías venir?

—Aquí no tengo los papeles adecuados para aconsejarte sobre esa situación. ¿Podrías llamarme mañana a la oficina para hablar sobre el particular?

Cogió el teléfono y cruzó la habitación hasta sentarse en una silla. Deanna había vuelto a leer su libro. La conversación parecía intrascendente, y Marc enojado.

—¡No, no puedes despacharme así!

—No te estoy despachando. Simplemente, no sé cuándo podré.

—Entonces, déjame ir ahí. Antes de irte me prometiste que, si no podías alejarte de tu mujer cierto tiempo, yo me reuniría contigo... ¿Por qué no puedo hacerlo?

—Lo discutiré contigo mañana, cuando tenga los archivos. ¿No podrías esperar diez horas? Te llamaré yo. —El tono de su voz era cortante—. ¿Dónde puedo localizarte? —Chantal le dijo el nombre de una clínica particular, y en su fuero interno Marc agradeció que, por lo menos, no hubiera ido al Hospital Americano.

—Te llamaré mañana temprano, en cuanto llegue a la oficina.

—Si no lo haces, tomaré el primer avión a San Francisco.

Se estaba comportando como una niña malcriada, y peligrosa. Marc no quería crear ningún problema entre él y Deanna, por lo menos hasta que el niño naciera y después... Después ya vería. Sin embargo, debido a su propia nacionalidad, el niño sería legalmente tanto francés como estadounidense y, cuando estuviera en Francia, bajo la jurisdicción de ese país, sería suyo. Si decidiera llevarse al niño a Francia, no habría nada que Deanna pudiera hacer para recuperarlo, absolutamente nada. Ese pensamiento era el que le sostendría durante los siete meses siguientes. Cuando el bebé tuviera un mes de edad, se lo llevaría a Francia para que lo viera su abuela por primera vez. Por supuesto, Deanna le acompañaría, pero luego podría elegir. Le daría la opción de marcharse o quedarse, pero el bebé no volvería a salir del país. Si fuera necesario viviría con su madre y Marc se las arreglaría para pasar el mayor tiempo posible con él. Aquel bebé le pertenecía, tanto como le había pertenecido Pilar, o le habría pertenecido, de no haber sido por Deanna. El pensamiento de la nueva criatura le ayudaba a olvidarse un poco de Pilar. Aquella criatura sería totalmente suya. Entretanto necesitaba que Deanna estuviera sana y contenta, hasta que naciera el niño. Después él estaría dispuesto a mantener su matrimonio, si dejaba que el bebé se quedara en Francia. Marc había meditado detalladamente todo el asunto, hasta en sus menores detalles, y ahora le parecía imperdonable que Chantal hiciera peligrar su plan.

—Marc-Edouard, ¿me oyes? He dicho que si no vienes, yo iré ahí, que tomaré el próximo avión.

—¿Hacia dónde? —le preguntó en un tono helado.

—A San Francisco. ¿Adónde creías?

—Yo tomaré esa decisión y te lo haré saber mañana, ¿me entiendes?

—*D'accord*. Otra cosa, Marc-Edouard —le dijo con dulzura.

—Dime.

—Te quiero muchísimo.

—Estoy seguro de ello y te aseguro que el acuerdo es mutuo. Hablaremos dentro de unas cuantas horas. Buenas noches.

Marc colgó el auricular, dando un suspiro, y no se dio cuenta de que Deanna le observaba.

—¿Algún cliente disgustado?

—No es un problema serio.

—¿Acaso has tenido alguna vez un problema serio?

—Creo que no, cariño, y espero sinceramente no tenerlo jamás.

Media hora más tarde, cuando al fin se acostó, Deanna todavía estaba despierta.

—¿Marc?

—Dime...

—¿Algo va mal?

—No, claro que no. ¿Qué podría ir mal?

—No lo sé. Esa llamada... ¿Deberías viajar más de lo que viajas ahora?

Sabía la respuesta a aquella pregunta.

—Sí. Pero puedo resolver las cosas aquí y no quiero dejarte sola.

—No me ocurrirá nada.

—Probablemente, pero mientras pueda evitarlo, no lo haré.

—Te lo agradezco.

Era la primera amabilidad que tenía con ella en varios meses. Cerró los ojos unos instantes y tocó levemente su mano. Marc sintió deseos de coger la suya, y besarla, de volver a llamarla *ma*

Diane; pero le resultó imposible. Ya no podía hacerlo. Sólo pensaba en Chantal.

—No te preocupes, Deanna, todo saldrá bien. —Le dio unas palmaditas en la mano, le volvió la espalda y se retiró a su extremo del lecho.

—¿ESTÁS LOCA? ¿CÓMO SE te ocurre llamarme a mi casa, y a medianoche? —Marc-Edouard estaba fuera de sí.

—¿Y si Deanna hubiera contestado el teléfono?

—¡A mí qué me importa! ¡Ya sabe que existo!

—Es igual. No tienes ningún derecho a hacer eso.

—Tengo el derecho de hacer lo que quiera —respondió iracunda, aunque menos segura, y, de pronto, los sollozos ahogaron sus palabras—. Marc-Edouard, te lo suplico. No puedo continuar así. Hace más de dos meses que no te veo...

—Hace exactamente dos meses y dos días —dijo él, tratando de ganar tiempo, porque no quería perderla y tenía que hacer algo para resolver aquel problema momentáneo.

—Por favor...

Chantal se odió a sí misma por rogarle de aquella manera, pero lo necesitaba. Quería estar con él. No deseaba perderlo para que su esposa lo recuperara una vez más. Parecía que los acontecimientos conspiraban contra ella, incluso la muerte de Pilar. Todo ello le había acercado más a Deanna. Se necesitaban el uno al otro. Y ahora ella le necesitaba más y no estaba dispuesta a perderlo.

—¿Marc-Edouard? —El tono amenazador había vuelto a su voz.

—Chantal, cariño, ¿no puedes esperar un poco más?

—No, definitivamente no. Si no haces algo ahora todo habrá terminado... No puedo continuar de esta manera, porque estoy perdiendo la razón.

—Está bien. Iré la semana próxima.

—No. Sé que no lo harás, que encontrarás una excusa... ¿Sabes quién me trajo al hospital, Marc-Edouard? Aquel hombre de quien te hablé. Si no dejas que vaya inmediatamente a reunirme contigo, voy a...

—¡No me amenaces, Chantal! —Pero algo en sus palabras y el tono con que las pronunció hizo que el corazón le diera un vuelco—. ¿Me estás diciendo que te casarías con ese hombre?

—¿Por qué no? Tú estás casado. ¿Por qué no habría de casarme yo también?

¿Y si estuviera hablando en serio?, pensó Marc. ¿Y si al igual que había hecho con los intentos de suicidio, se atreviera a ello?

—Si vienes aquí, no podrás andar por ahí. Tendrías que ser muy discreta y te aburrirías en seguida.

—¿Cómo sabes que me aburriría? —Se daba cuenta de que él flaqueaba, de que estaba ganando la partida—. Seré buena, cariño. Te lo prometo.

—Tú siempre eres buena, y no sólo eso... eres extraordinaria. De acuerdo, querida chantajista, hoy mismo arreglaré tu pasaje.

Oyó un grito de alegría y triunfo desde el otro lado del océano.

—¿Cuándo puedo ir?

—¿Cuándo sales del hospital?

—Esta noche me dan de alta.

—Entonces, ven mañana. —Al diablo con las complicaciones, pensó. Se moría por verla—. Ah, otra cosa, Chantal.

—*Oui, mon amour?*

Era toda inocencia y poder, como un proyectil nuclear envuelto en seda rosa.

—*Je t'aime.*

Capítulo 29

CHANTAL FUE LA PRIMERA persona que pasó por la aduana. Marc la estaba esperando, y al verla avanzar hacia él, tan elegante y atractiva, se sintió emocionado. Recordando la vez anterior, se portaron discretamente, sin besarse, y andaron juntos charlando y riendo como dos buenos amigos. Sólo al subir al coche que Marc había alquilado dieron rienda suelta a sus deseos.

—¡Oh, amor mío, cuánto me alegro de verte! —exclamó Marc, casi sin aliento, mientras la abrazaba con todas sus fuerzas. Ella le miraba sonriente. Sabía que tenía nuevamente la situación bajo su control y se percataba, una vez más, del poder que ejercía sobre él.

—Idiota, me hubieras tenido alejada de ti durante todo un año.

—No, yo... Las cosas tenían que calmarse un poco.

—Ya no importa —dijo ella dando un suspiro—. Ahora estoy aquí, y mientras estemos juntos nada puede preocuparme.

Por un instante, Marc-Edouard se preguntó cuánto tiempo pensaba quedarse allí, pero no se atrevía a preguntárselo, no quería hablarle, sólo tenerla en sus brazos y hacer el amor con ella durante el resto de su vida.

El coche se detuvo ante el hotel Huntington, y Marc la ayudó a salir. Ya había enviado un cheque para pagar diez días de estancia por anticipado, de modo que lo único que tenían que hacer era encerrarse en la habitación. También había comunicado a su oficina que estaría todo el día afuera.

DEANNA LEVANTÓ SOÑOLIENTA la cabeza y sonrió.

—¿Marc?

Eran más de las dos de la madrugada. Había dormido dos horas, hasta que le desveló la llegada de Marc.

—Aquí estoy. ¿A quién esperabas?

—A ti. Es muy extraño que llegues tan tarde.

Ni siquiera la había llamado. En realidad no estaba preocupada.

—Tuve que ver a unos clientes. Hemos estado reunidos todo el día y ni siquiera salimos a comer.

—Eso es muy aburrido. —Le sonrió y dio una vuelta en la cama.

—¿Cómo estás? —Se estaba desvistiendo, dándole la espalda, y pensaba en lo extraño que era regresar a casa, después de haber pasado fuera casi toda la noche, pero había preparado bien las cosas para resolver tal situación. Le había prometido a Chantal que pasarían juntos el fin de semana y algún que otro día.

—Sólo tengo sueño, gracias.

—Muy bien. Duerme tranquila.

Se metió en la cama, tocó suavemente su mejilla y le besó el cabello. Luego le deseó las buenas noches, como había hecho con Chantal momentos antes, con la única diferencia de que para ella había agregado «amor mío».

—NO ME IMPORTA —dijo Chantal—. No me voy a ir, y si dejas de pagar la cuenta del hotel, yo pagaré mis propios gastos o buscaré un apartamento. Mi visado no expira hasta dentro de seis meses.

—Pero eso es absurdo —le espetó airadamente Marc, desde el otro lado de la habitación.

Hacía una hora que discutían y el delicado mentón de Chantal se erguía con desafío.

—Ya te he dicho que volveré a París dentro de dos semanas.

—¿Y cuánto tiempo te quedarás? ¿Cinco días? ¿Una semana? Y luego ¿qué? Pasarán otros dos meses sin verte. Ni hablar. O nos quedamos juntos ahora o todo se acaba para siempre. Y ésta, mi querido Marc-Edouard Duras, es mi última palabra. Decide de una vez lo que quieres... O me quedo aquí ahora y resolvemos nuestra situación de alguna manera o me vuelvo a casa y habremos terminado. Este juego se acabó para mí... ¡Ya no quiero más! Te lo dije antes de venir aquí. No entiendo por qué quieres seguir casado con ella, porque ahora ni siquiera tienes la excusa de Pilar... pero no me importa. No voy a seguir viviendo de esta manera para siempre. Sencillamente no puedo... O me quedo, o me voy para siempre.

—¿Y qué crees que ocurrirá dentro de seis meses, cuando expire tu visado? Es decir, si te permito que te quedes aquí. —La mente de Marc trabajaba con rapidez. Seis meses... podía salir bien. Chantal volvería a su casa y él la seguiría unas semanas después. Más tarde, llevaría a Deanna y su bebé a casa de su madre, y tal vez fuera mejor para él pasar la mayor parte del tiempo en París y viajar a Estados Unidos desde allí—. ¿Sabes, Chantal? Quizá podamos resolver esta situación de otra manera. ¿Qué dirías si te revelara que estoy pensando en residir definitivamente en París el año próximo? Conservaría las oficinas aquí, pero en lugar de ir de aquí a París, lo haría en sentido inverso y viviría allá.

—¿Con tu esposa? —Le miró con suspicacia, porque no confiaba del todo en él.

—No sería necesario, Chantal. Estoy planeando ciertos cambios para el año próximo.

—¿Regresarías a París? ¿Por qué?

No se atrevió a preguntarle si lo haría por ella.

—Existen varias razones por las que me conviene establecerme definitivamente allí. Tú figuras entre ellas, desde luego.

—¿Lo dices en serio?

Seguía mirándole con cautela.

—Claro que sí.

—¿Y entretanto que haré?

—Entretanto permitiré que te quedes.

En cuanto pronunció estas palabras, Chantal se abalanzó a sus brazos.

—¿Lo dices en serio?

—Sí, amor mío. Lo digo en serio.

Capítulo 30

MARC-EDOUARD APARCÓ EL Jaguar en la esquina y cogió una caja que llevaba en el asiento posterior. Ya le había enviado flores por medio de un mensajero; temió llevarlas personalmente por la calle. La caja era algo grande, pero discreta. Se detuvo en la casa empotrada entre dos palacios típicos de Nob Hill y pulsó uno de los dos timbres que había. Era el piso que había contratado para Chantal, muy elegante, con mármoles y bronce por todas partes, y Marc sonrió cuando oyó que bajaba las escaleras para abrirle. Había alquilado aquel piso de noviembre a julio. No tardaron más de una semana en encontrarlo, y hacía dos días que Chantal lo habitaba. Aquella noche celebrarían su primera cena «en casa». Estaba convencido de que la decisión que había tomado era la más acertada, porque sería encantador tenerla allí durante todo el invierno y la primavera. Ya no le agradaba la compañía de Deanna. Se pasaba la mayor parte del tiempo en el estudio, aunque no parecía trabajar en absoluto.

Volvió a pulsar el timbre y, de pronto, se abrió la puerta y la encontró ante él.

—*Bonsoir, monsieur* —Hizo una graciosa reverencia, inclinándose casi hasta el suelo.

Luego alzó la vista y le sonrió maliciosamente. El interior de la casa estaba envuelto en una penumbra agradable. Sobre la mesa, dispuesta para la cena, había flores y velas.

—¡Qué bonito es todo esto! —Tomó a Chantal de la mano y miró a su alrededor. La plata y los candelabros relucían. Todo era suntuoso. Marc la atrajo hacia sí—. ¡Eres una mujer maravillosa, Chantal, *ma chérie*, y hueles divinamente!

Chantal se rió. El día anterior Marc le había enviado un gran frasco de perfume. Era delicioso tenerla tan cerca. Podía escaparse de la oficina para comer juntos y verla por la noche, antes de regresar a su casa. Podía visitarla para tomar café, besarla por la mañana o hacer el amor por la tarde.

—¿Qué hay en esa caja?

Marc no respondió y comenzó a acariciarle las piernas.

—¡Espera! Dime qué contiene esa caja.

—¿Qué caja? No he traído nada en una caja. —La besó detrás de la rodilla y avanzó hacia arriba, por la parte interna del muslo—. Te encuentro mucho más interesante que los paquetes anónimos, amor mío.

Poco después, su vestido yacía arrugado en el suelo.

CHANTAL LANZÓ UNA EXCLAMACIÓN, se separó del abrazo de Marc y se levantó de un salto. Se habían quedado dormidos durante casi media hora.

—¿Qué sucede? —preguntó Marc, incorporándose.

—¡El pavo! ¡Me olvidé de él!

Salió a toda prisa hacia la cocina, y Marc-Edouard se estiró perezosamente en la cama, sonriendo. Poco después Chantal regresó con una mirada de alivio.

—¿Todo está en orden?

—Sí, sí. Ese pavo lleva horas en el horno, pero creo que está bien.

—¿Por qué se te ha ocurrido cocinar un pavo?

—Porque mañana es el día de Acción de Gracias, y yo estoy muy agradecida.

—¿Agradecida, cariño? ¿Por qué?

—Por todo. Porque tú estás aquí, porque he venido a Estados Unidos, porque la vida es maravillosa.

—Bien, entonces ve y abre tu paquete —dijo Marc, tratando de ocultar una sonrisa.

Corrió a la otra habitación y regresó con la caja.

—¿Qué es? —preguntó excitada. Parecía una niña en Navidad.

—¡Ábrela!

Estaba tan contento como ella. Chantal permaneció unos instantes mirando fijamente la caja, temerosa de abrirla, disfrutando de la sorpresa.

—¿Es algo para la casa? —preguntó mientras abría la caja, pero la mirada de Marc se deslizaba golosamente por sus senos y su cuerpo desnudo.

—Vamos preciosa, date prisa.

Chantal se llevó una mano a la boca, para ahogar un grito. Trémula de emoción, recorrió con los dedos la suave piel de marta cibellina.

—Anda, pruébatelo.

Marc se levantó de la cama, cogió la prenda y la deslizó cariñosamente sobre sus hombros. Ella se la abrochó hasta la barbilla. Se adaptaba perfectamente a sus líneas esbeltas.

—¡Dios mío, Chantal! Qué hermosa eres.

Ella entreabrió el abrigo y le mostró su pierna desnuda. Marc la contempló con una mezcla de arrobamiento y asombro.

—Nunca había tenido nada parecido.

Se miró sorprendida en el espejo y luego dirigió su mirada a Marc.

—¡Oh, Marc! ¡Es un regalo increíble!

—Tú también lo eres. —Salió de la habitación y volvió poco después con una botella de champaña y dos copas que dejó sobre la mesa. Entonces tomó a Chantal entre sus brazos—. ¿Te parece bien que celebremos, querida?

Ella asintió y se fundió de nuevo en sus brazos.

—¿DÓNDE ESTÁ MARC ESTA noche? —preguntó Kim.

—Tiene una reunión de negocios, como de costumbre. Hace días vinieron unos clientes de Europa y casi no le he visto para nada.

Era la primera vez que Kim había logrado arrastrar a su amiga fuera de casa, para ir a cenar. Entre la muerte de Pilar y su embarazo, Deanna había estado casi sepultada en su casa durante meses enteros. Aquella noche había podido convencerla para que cenaran en Trader's Vic, su lugar favorito.

—Tengo que reconocer que es agradable salir de vez en cuando —dijo Deanna. No temía por Ben, porque sabía que desdeñaba aquella clase de establecimientos.

—¿Qué tal estás?

—Bastante bien. Me cuesta creer que ya estoy de cinco meses. Por fin empezaba a notarse la curva de su vientre.

Kim la miró con una expresión traviesa.

—¿Quieres que hagamos una fiesta antes del nacimiento del bebé?

—¡Oh, no, Kim! No estoy para esos trotes.

—No me vengas con tus complejos acerca de tu edad. Si puedes tener un bebé, también puedes dar una fiesta.

—No te atreverás a hacerlo.

Kim observó que por primera vez en bastante tiempo, el rostro de Deanna no reflejaba ira ni dolor. Aquella noche, por lo menos, tenía un aspecto sereno y cierto sentido del humor.

—A propósito, ¿qué harás el día de Acción de Gracias? ¿Algo especial?

—Nada especial. Voy a cenar con unos amigos. ¿Y tú?

—Lo de siempre, es decir, nada. Marc estará trabajando.

—¿Quieres acompañarme?

—No. Quizás él me lleve a cenar a algún sitio, o puede que le convenza para salir. Eso es lo que hacíamos con Pilar. Íbamos a un restaurante o un hotel, aunque eso nunca me pareció una manera muy adecuada de celebrar una fiesta tan familiar como el día de Acción de Gracias.

De pronto pensó en Ben. Preguntándose qué haría él en una fecha tan señalada. Quizás iría a Carmel, y viajaría al Este, pero no se atrevió a preguntárselo a Kim.

Después de cenar, Kim preguntó a Deanna si quería ir a algún sitio a tomar una copa, pero Deanna se sentía fatigada.

—Estoy agotada, Kim, no he podido recuperar aún mi energía.

—¿Vas a recuperarla alguna vez?

—En los otros embarazos, esta sensación me duró unos cuatro meses; pero esta vez parece que se prolonga demasiado. Estoy de cuatro meses y medio y todavía no hago más que dormir.

—Bueno, agradécele al cielo que no tienes que trabajar.

Pero Deanna hubiera preferido lo contrario. Ojalá pudiera trabajar, para tener algo que la distrajera y le hiciera olvidar sus sombríos pensamientos.

Deanna hizo algunos aspavientos al subir al MG de su amiga, exagerando su torpeza de movimientos a causa del embarazo.

—Dentro de un par de meses ya no podré acompañarte en tu coche —dijo riéndose y acomodando las piernas cerca de la barbilla. Kim se echó a reír.

—Sí, creo que tendrás muchas dificultades para meterte en este trasto con un vientre así. —Hizo un expresivo gesto con la mano y las dos se rieron alegremente. Kimberly puso en marcha el motor y arrancó. En la primera esquina se encontraron con una desviación obligatoria por obras, y Kim tuvo que seguir por otra dirección.

—Ya que estamos aquí, podríamos dar una vuelta por Nob Hill —suspiró.

Se detuvieron ante un semáforo. Pasó una pareja ante ellas y, por un instante, Deanna pensó maravillada que el hombre se parecía mucho a Marc. De pronto, comprendió que no era sólo un parecido, sino que se trataba de él en persona. De sus labios salió un gemido doloroso y Kim se volvió hacia ella con rapidez. Vio la expresión de su rostro y la dirección de su mirada, y también pudo ver que ante sus ojos pasaba Marc con una mujer elegantemente vestida y cubierta con un magnífico abrigo de marta cibellina. Iban entrelazados, mirándose tiernamente y charlando. En aquel instante, la muchacha echó la cabeza hacia atrás y se rió. Marc la atrajo hacia sí y la besó apasionadamente en los labios. Deanna los contempló atónita. Cuando ella se separó de Marc, vio que era Chantal, la muchacha que había visto en el aeropuerto con su marido la noche en que murió Pilar. Deanna sintió de repente como si le faltara el aire y luchó por recuperar la respiración. Vieron que la pareja subía a un coche y Deanna apretó con fuerza el brazo de Kimberly.

—Vámonos de aquí, por favor —le dijo con desesperación—. No quiero que nos vea, que piense...

Se ocultó lo mejor que pudo para no ver más. Kim hundió el pie en el acelerador y el vehículo salió disparado hacia adelante en dirección a la bahía. Mientras corrían Deanna trataba de ordenar los pensamientos dispares que se agitaban en su mente. ¿Qué significaba aquello? ¿Qué hacía aquella mujer allí? Pero todo era inútil; no podía engañarse con las preguntas, porque conocía todas las respuestas, al igual que Kim. Se detuvieron en una calle y permanecieron en silencio durante varios minutos, envueltas por la oscuridad. Finalmente, Kim fue la primera en hablar.

—Deanna, yo... lo siento muchísimo. Si pudiera ayudarte... Ni siquiera sé qué decirte. —Se volvió hacia Deanna y le alarmó la palidez de su rostro en medio de la oscuridad—. ¿Quieres venir a mi casa mientras te tranquilizas?

Deanna miró fijamente a Kim.

—¿Sabes lo que resulta más extraño de todo? Que por primera vez me siento realmente tranquila, como si todo se hubiera detenido de pronto..., toda la agitación y la confusión, el miedo y la desesperación... Todo ha terminado. —Miró por la ventanilla hacia la noche y la niebla, y, sin mirar el rostro de su amiga añadió—: Creo que ahora ya sé lo que voy a hacer.

—¿Qué? —preguntó Kim, con expresión alarmada.

—Voy a dejarle, Kim. No puedo vivir de este modo el resto de mi vida. No es una situación reciente. Hace años que dura. Le vi con ella en París... la noche en que Pilar... Vino con él de Atenas. Lo más gracioso del caso es que cuando volvió a casa en septiembre, me aseguró que todo había terminado.

—¿Y crees que es algo muy serio?

—Tiene que serlo, aunque, en realidad, ya no importa. No puedo más en esta situación, al margen de cuál sea la de ellos. Estoy completamente sola, Kim. No compartimos nada, y ni siquiera podremos compartir a su hijo. Ahora lo veo todo con claridad; sé que me lo quitará, como lo hizo con Pilar. ¿Por qué habría de quedarme con él? ¿Por deber, por cobardía por un absurdo sentimiento de lealtad, que he arrastrado conmigo durante tantos años? ¿Y todo para qué? Tú misma lo has visto esta noche... Parecía feliz, Kim, más joven... No lo he visto así desde hace muchos años, y ya ni siquiera estoy segura de si alguna vez tuvo ese aspecto de felicidad. Quizás ella le convenga más y pueda darle lo que yo no pude proporcionarle nunca. En cualquier caso, el problema es suyo. Yo me iré...

—¿Por qué no lo piensas un poco más? Quizá no sea el momento adecuado. Tal vez deberías esperar hasta que nazca el bebé. ¿Te gustaría estar sola durante el resto del embarazo?

—No sé si lo has notado, Kim, pero ya estoy sola.

Kim asintió. La mirada de Deanna le inspiraba temor. Nunca había visto en ella tanta determinación. Poco después llegaron frente a su casa.

—¿Quieres que te haga un poco de compañía?

Al menos, podían estar seguras de que Marc no regresaría pronto; pero Deanna meneó la cabeza.

—No. Quisiera estar sola para pensar. Te lo agradezco mucho.

—¿Hablarás con él esta noche?

Deanna miró a su amiga intensamente antes de contestarle. Ahora Kim podía ver todo el dolor reflejado en su rostro. Aún era vulnerable, todavía podía sentirse herida.

—No lo sé. Puede ser que Marc no regrese a casa.

Capítulo 31

Una vez sola en su habitación, Deanna se desvistió con lentitud y fatiga y se detuvo un momento frente al espejo. Seguía siendo hermosa y, en cierto modo, aún conservaba un aspecto juvenil. Sinceramente, no podía decir que era vieja. Pero era preciso reconocer que tenía, por lo menos, diez años más que la amante de Marc. Ella no podía luchar contra la juventud, la belleza, el encanto de aquella mujer. ¿Quizá porque era francesa, como él, le atraía tanto? ¿La amaba de verdad? Había multitud de preguntas que la atormentaban y a las que no podía responder. Era él quien debería contestarlas. Se sentó, cerró los ojos y volvió a asediarle una avalancha de interrogantes. ¿Por qué había continuado su matrimonio, ahora que Pilar se había ido? Había tenido una ocasión perfecta para abandonarlo en París. ¿Por qué no lo había hecho? ¿Por qué se había quedado a su lado, haciéndole creer que deseaba salvar su matrimonio? De pronto, como una revelación, la respuesta surgió en su mente... El bebé. Eso era lo que él deseaba, un hijo.

Deanna sonrió y se dijo que la situación tenía algo de divertido. Por primera vez en los casi veinte años de vida en común, ella tenía la ventaja, poseía la única cosa que él deseaba... un hijo o una hija, ahora que Pilar ya no existía. Todo aquello le parecía una verdadera locura. Si quería a su amante más que a ella, ¿por qué no tenía un hijo con aquella mujer? Sin embargo, por alguna razón, no lo tenían. También

235

esto le pareció divertido, porque descubrió que lo tenía en sus manos, y Marc estaba en la posición menos ventajosa. Podía irse o quedarse, podía hacerle pagar y, quizás, incluso obligarle a deshacerse de la chica... o pretender que lo hacía... Naturalmente, le haría creer que su aventura había terminado, aunque no sería cierto. Suspiró y abrió los ojos. Se dijo que había estado viviendo con los ojos cerrados durante mucho años. Se levantó y fue a la sala. Se sentó en la oscuridad y contempló las luces de la bahía. Sería extraño no volver más a aquella sala, dejar la casa, abandonar a Marc. Se sentiría terriblemente sola y temería no tener a nadie que la cuidara, a ella y al hijo que tendría... Sabía que le costaría desenvolverse en una nueva vida, pero, al menos sería algo limpio y, además, su soledad tendría un sabor distinto. No estaría basada en mentiras. Permaneció sentada en la sala hasta el amanecer, esperándole, porque había tomado una decisión definitiva.

Eran poco más de las cinco cuando oyó que abrían la puerta. Deanna se dirigió serenamente hacia la puerta de la sala y se quedó en el umbral.

—Buenas noches —le dijo—. ¿O quizá debiera decir buenos días?

—¿Ya te has levantado? —Trató de mantenerse sereno y equilibrarse, pero era evidente que no podía conseguirlo y que le incomodaba encontrarse con ella a aquella hora—. Es muy temprano, Deanna.

—¿O muy tarde? Depende de cómo lo mires. ¿Lo has pasado bien?

—Claro que no. No seas absurda. Estuvimos con el consejo hasta las cuatro de la mañana y, luego, fuimos a tomar unas copas.

—¡Vaya, qué bien! —le dijo en un tono cortante, y Marc se le quedó mirando, tratando de descubrir qué había tras sus palabras—. ¿Y qué celebrabais?

—Un nuevo... contrato —Estaba tan bebido que estuvo a punto de decir «abrigo»; pero logró corregirse a tiempo—. Un contrato comercial con Rusia para importar pieles.

Se sintió satisfecho y complacido consigo mismo por su ingenio, y hasta sonrió a Deanna. Pero ella no respondió a su sonrisa. Permaneció en pie, rígida como una estatua.

—Era un abrigo realmente hermoso.

Las palabras cayeron sobre él como pedradas.

—¿Qué quieres decir?

—Creo que ambos sabemos muy bien lo que quiero decir... He dicho que era un abrigo realmente hermoso.

—No encuentro ningún sentido a tus palabras.

—Creo que me entiendes perfectamente. Esta noche te he visto con tu amiga, por lo que supongo que vuestras relaciones continúan.

Marc no contestó en seguida. Luego dio la espalda a Deanna y se puso a contemplar la bahía.

—Podría decirte que sí, pero no lo haré. Hemos atravesado tiempos difíciles, lo de Pilar..., tus problemas...

—¿Ahora vive aquí?

La mirada severa de Deanna no parecía dejarle la menor escapatoria, de modo que sacudió la cabeza y contestó:

—No, llegó hace sólo unas semanas.

—¡Qué conmovedor! ¿Y yo debo aceptar ahora esta situación como parte de mi futuro o finalmente te decidirás por una o la otra? Me imagino que ella te hará las mismas preguntas y, la verdad, me atrevería a afirmar que la elección pudiera ser mía.

—Podría serlo... pero no lo será, Deanna. Tú y yo tenemos mucho en juego.

—¿Así lo crees? ¿Qué tenemos en juego?

Sabía perfectamente a lo que se refería, porque ya no tenían nada más en común, pero a partir de entonces, el bebé sería suyo, no de ambos, sino de ella sola.

—Sabes exactamente a qué me refiero. A nuestro hijo. —Trató de mirarla con ternura, pero no lo logró—. Ese bebé significa mucho para mí, para los dos.

—¿Para los dos? No Marc, ya no hay nada que nos una, no puede haberlo después de lo que he visto esta noche.

—Estaba borracho —exclamó Marc, mirándola con desesperación. Deanna se dio cuenta, pero ya no le importaba.

—Eras feliz, y nosotros no lo hemos sido durante muchos años, nos hemos limitado a mantenernos unidos por hábito, por un sentido de deber o por el dolor. Yo iba a irme de tu lado una semana después de que muriera Pilar. Lo hubiera hecho de no haber descubierto que estaba embarazada, pero ahora eso es exactamente lo que haré.

—No te lo permitiré. Te morirás de hambre.

La miró con cólera, amenazadoramente, porque no estaba dispuesto a que ella le quitara lo único que de verdad le importaba, el niño.

—No te necesito para sobrevivir —le espetó Deanna con más desafío que seguridad.

—¿Y qué harás para comer? ¿Pintar o vender tus dibujitos a la gente por la calle? ¿O volverás con tu antiguo amante?

—¿Qué amante? —Deanna sintió como si la hubiera abofeteado.

—¿Crees que no me he dado cuenta, maldita hipócrita? ¿Cómo te atreves a sermonearme y reprocharme mi..., mis actividades? También yo tengo algo que reprocharte, ¿no crees?

—¿Qué estás diciendo? —preguntó, palideciendo de improviso.

—Lo que piensas, ni más ni menos. En cuanto me marché te dedicaste a divertirte por tu cuenta, no sé con quién ni me interesa. Pero eres mi esposa y vas a tener un hijo mío. Me perteneces tanto como la criatura, ¿lo entiendes?

Deanna sintió un arrebato de ira.

—¿Cómo te atreves a decirme eso? ¿Cómo puedes ser tan soberbio después de todo lo que me has hecho en el pasado? Una vez fui tuya, pero ahora las cosas son muy distintas y no van a cambiar, porque este bebé nunca será tu hijo. No dejaré que le hagas lo que le hiciste a Pilar.

Marc-Edouard le sonrió malévolamente.

—No tienes ninguna alternativa, querida. El niño es mío... Es mío porque decido aceptarlo, ser su padre, a pesar de lo que has hecho. Pero no olvides nunca que lo sé todo. No eres mejor que yo, por mucho que quieras aparentarlo y, recuérdalo bien, soy yo quien conservará al niño, para evitar que sea un bastardo. Le daré mi nombre, porque lo quiero así, no porque sea mío.

—Marc ¿quieres decir que el bebé no es tuyo?

—En efecto, no lo es —corroboró, haciendo una reverencia burlona.

—¿Cómo lo sabes?

—Porque la mujer a la que tanto odias es diabética, y si hubiera quedado embarazada su vida habría corrido peligro. Hace varios años que me hice la vasectomía.

Deanna tuvo que sujetarse al respaldo de una silla para no caerse.

—Ya veo —dijo, y quedó en silencio largo rato. Luego añadió—: ¿Por qué me lo dices ahora?

—Porque estoy harto de mentiras y de tu cara patética, tu forma de usar y manipular tus sentimientos, de aprovecharte de mí. Yo jamás te he manipulado. En realidad, te he hecho un gran favor. Te he mantenido aquí a mi lado, a ti y a tu hijo, a pesar de tu comportamiento imperdonable, a pesar de que eres una adúltera, y ahora que él te ha abandonado no tienes a quién recurrir, aparte de mí. ¡Eres mi propiedad!

—¿Para hacer conmigo lo que te plazca? ¿No es así, Marc? —La cólera ardía en su mirada, pero Marc estaba demasiado borracho para percibirlo.

—Exactamente... Y ahora sugiero que te vayas a la cama junto con mi hijo, y yo también iré a acostarme. Mañana ya veremos.

Dio media vuelta y empezó a subir las escaleras, sin comprender que con su confesión acababa de liberar a Deanna.

238

Capítulo 32

DEANNA TELEFONEÓ A KIM PARA pedirle que alquilara un automóvil, una camioneta, y le dijo que más tarde se lo explicaría. Pidió varias cajas a un almacén. En unas empaquetó el equipo de su estudio, en otras sus fotografías y álbums. Los cuadros estaban ya dispuestos al lado de la escalera. Seis maletas esperaban que las llenara con sus ropas. Levantó el intercomunicador y solicitó ayuda a Margaret. No podía hacerlo todo sola. Había estado trabajando en el estudio desde las seis y eran casi las nueve. Probablemente Marc ya se había ido. Después de su conversación ella se encerró en el estudio y no le volvió a ver. La casa quedó sumida en un profundo silencio. El fin había llegado calladamente. Ahora podía aprisionar el pasado en una docena de cajas y algunas maletas. Sólo se llevaba sus cosas personales. Le dejaba a Marc todo lo demás. Se podría quedar con los muebles de Francia, los cuadros, la plata, las alfombras y todo lo que su madre le había enviado de Europa. En cambio, se llevó sus pinturas, pinceles, libros, las chucherías y objetos sin valor que le gustaban. Se llevaba sus ropas y sus joyas. Las vendería para comer hasta que encontrara un trabajo. También se llevaba todos sus cuadros. No significaban nada para él, y también podría venderlos. Todos menos el retrato de ella con Pilar.

Abrió la puerta del estudio y se quedó un instante inmóvil,

escuchando. Tal vez él estaría aún allí y trataría de impedir que se marchara. Pero ya no podría detenerla.

—Margaret, ¿sabe si el señor...? —Se interrumpió sin saber qué más decir.

—Salió hacia su oficina a las ocho y media —dijo Margaret. Tenía los ojos llenos de lágrimas—. Señora Duras, no irá usted... ¡Oh, no nos deje, no se vaya!...

Era lo que Marc debería haber dicho, pero él ya sabía que había perdido y la noche anterior estaba demasiado borracho para proseguir su objetivo. Debía imaginar que si dormía la borrachera y dejaba que ella se encerrara en su estudio, podría presentarse luego con una bonita joya, una excusa y sus mentiras, y todo se arreglaría. Pero esta vez no. Deanna rodeó a Margaret con su brazo.

—Tengo que hacerlo, pero estoy segura de que nos veremos otra vez.

—¿De veras volveremos a vernos?

La anciana parecía abrumada. Deanna le sonrió, aunque también lloraba. Ahora lo hacía por ella misma, no por Marc.

El timbre de la puerta sonó cuando terminaba de arreglar la segunda maleta. Deanna, sorprendida, se sobresaltó. Por un instante Margaret pareció presa del pánico, pero Deanna, corrió escaleras abajo y descubrió que era Kim.

—He traído la camioneta más grande que pude conseguir. Parece un barco —Trató de sonreír, pero se dio cuenta de que Deanna no estaba de humor. Tenía ojeras, el cabello desgreñado y los ojos enrojecidos—. Vaya, parece que habéis pasado una gran noche.

—Kim, el bebé no es suyo —fue lo único que atinó a decir—. Es de Ben y me siento muy feliz.

—¡Dios mío! —exclamó Kim, sin saber si reír o llorar, pero se sintió aliviada. Deanna estaba libre—. ¿Estás segura?

—Completamente.

—¿Y le vas a abandonar?

—Sí, ahora mismo.

—Ya imaginaba que todo terminaría así. ¿Ha sido por el bebé?

—Por eso y por todo lo demás. Esa otra mujer, el bebé... Lo nuestro ya no es un matrimonio, Kim, y tanto si lo es como si no, todo ha terminado. Anoche lo supe definitivamente.

—¿Se lo dirás a Ben? —Era una pregunta superflua. Sabía que Deanna lo haría... pero Deanna meneó la cabeza—. ¿Bromeas? ¿Por qué no se lo vas a decir?

—¿Por qué? ¿Para que pueda salir corriendo de la casa de Marc y meterme en la suya? ¿Para que me cuide y me proteja? Yo le abandoné, Kim. Fui yo quien se marchó. Yo volví a Marc y no le dije que estaba embarazada. ¿Qué derecho tengo para llamarle ahora?

Kim la miraba fijamente, tratando de comprender.

—Pero vas a tener un hijo suyo. ¿No es suficiente derecho?

—No lo sé. Sólo sé que no le llamaré.

—Entonces, ¿qué diablos estás haciendo?

Kim la tomó del brazo mientras subían las escaleras.

—Me marcho de aquí. Buscaré un apartamento y cuidaré de mí misma.

—Por el amor de Dios, Deanna, ¿cuándo dejarás de ser tan quijotesca? ¿Cómo vas a alimentarte?

—Pintaré, trabajaré, venderé mis joyas... algo haré. Acompáñame, tengo que terminar de hacer las maletas.

Kim la siguió con semblante serio. Pensaba que la idea de dejar a Marc era la mejor que había tenido en muchos años, pero que no llamar a Ben era algo demencial.

Margaret había terminado de llenar la última maleta, y ya no quedaba en la habitación nada que perteneciera a Deanna. Se detuvo un instante en el umbral y luego se apresuró a bajar las escaleras.

Cargaron el equipaje en el coche. Margaret lloraba sin cesar y Kim acarreaba las maletas pesadas. Deanna sólo transportaba sus cuadros, que eran ligeros.

—¡Deja eso! —gritó Kim cuando vio que Deanna trataba de levantar una maleta—. ¡Estás de cinco meses, pedazo de mula!

—No, es más probable que sólo esté de cuatro —replicó Deanna. Lo había estado pensando con detenimiento, y todos los detalles concordaban. Era casi seguro que estaba de cuatro meses. De pronto miró a Kim y exclamó—: ¡Oh, Dios mío! ¿No es hoy el día de Acción de Gracias?

—Sí, en efecto.

—¿Por qué no me lo has recordado?

—Creí que lo sabías.

—Pero tenías que ir a algún sitio. Dijiste que te habían invitado.

—Iré luego. Primero te instalaremos y dormirás una siesta. Luego nos vestiremos y cenaremos un pavo delicioso.

—Estás chiflada. Actúas como si lo hubieras planeado hace semanas. Voy a alojarme en un hotel.

—Ni hablar. Te quedarás conmigo hasta que tengas tu propia casa.

—Ya hablaremos de ello. Quiero entrar un momento para comprobar que no me dejo nada.

—¿Crees que Marc podría volver? Después de todo, hoy es fiesta.

—Para él no lo es. Trabaja incluso en este día, porque no es una festividad francesa.

Kim subió al coche y Deanna entró en la casa. De pie en el vestíbulo, contempló la sala, los retratos de los antepasados de Marc-Edouard. Era asombroso que al cabo de dieciocho años se marchara con casi tan pocas cosas como tenía cuando llegó. Algunas cajas, unas telas, sus ropas. Ahora las ropas eran más caras. Las joyas le servirían para sobrevivir. Los cuadros eran mejores, los complementos artísticos de mayor calidad. Se sentó ante el escritorio, sacó de un cajón una hoja de papel con su nombre impreso en el encabezamiento, tomó la pluma y, después de reflexionar un momento, escribió: «Te he querido, cariño. Adiós».

Dobló la hoja de papel, se enjugó una lágrima con la palma de la mano y dejó la nota inserta en el marco del espejo, en el vestíbulo. Entonces se dio cuenta de que Margaret la miraba, con los ojos llenos de lágrimas.

Sin decir nada, Deanna se acercó a ella y la estrechó entre sus brazos. No pudo contener sus propias lágrimas. Sacudió la cabeza y salió de la casa. Sólo dijo una sola palabra, en voz tan baja que Margaret apenas pudo oírla: «Adiós».

Capítulo 33

—¿POR QUÉ NO QUIERES acompañarme? —preguntó Kim, decepcionada—. Hoy es el día de Acción de Gracias y no puedo dejarte sola.

—Sí que puedes. No he sido invitada, y además, estoy agotada. No puedo acompañarte, kim. Si me quedo aquí, tal vez mañana me sienta mucho mejor.

Pero Kim tenía sus reservas. Las emociones y la angustia de las últimas veinticuatro horas, se reflejaban claramente en el rostro exhausto y pálido de Deanna. Kim incluso había llamado al doctor Jones, desde la cocina, donde Deanna no podía oírla, para explicarle lo que había sucedido. El médico le aconsejó que la dejara tranquila. Debía serenarse y empezar a vivir a su propio ritmo. Por ello Kim decidió no presionarla más.

—De acuerdo, pero ¿estás segura de que no te sentirás demasiado sola?

—No te preocupes. Probablemente me dormiré. —Sonrió con fatiga y trató de ahogar un bostezo—. Te prometo que esta vez no echaré de menos la cena del día de Acción de Gracias.

Ambas sonrieron, y Deanna, en efecto, se quedó dormida antes de que Kim saliera. Ésta se dirigió de puntillas a la puerta y la cerró suavemente al salir.

MARC LLEGÓ HACIA las once de la noche. Contuvo la respiración durante unos instantes. Pensó que debería haberle telefoneado pero, de todos modos, no hubiera sabido qué decirle. ¿Cómo podría retractarse de lo que le había dicho? También había pensado en comprarle un regalo, tratando así de conseguir su perdón. Pero las tiendas estaban cerradas por ser festivo. Pasó la mitad del día trabajando en su oficina y la otra mitad con Chantal. Ella se dio cuenta de que algo iba mal pero no estaba segura de qué era.

Marc cerró la puerta y miró a su alrededor. No había luces ni sonidos. Deanna debía de estar dormida. El coche seguía en el garaje, y tampoco había luz en el cuarto de Margaret. La casa estaba sumida en un silencio absoluto. La única luz encendida era la de la entrada. Entonces vio la hoja de papel insertada entre el marco y el espejo, cerca de la puerta. ¿Habría salido? ¿Habría ido a cenar con alguna amiga?

Cogió la hoja de papel y la leyó. De súbito sintió que se le encogía el corazón. Se quedó inmóvil, esperando oír su voz o sus pasos en el vestíbulo. Volvió a mirar hacia arriba, pero la casa seguía en un silencio absoluto. Leyó una y otra vez la nota. «Te he querido, cariño. Adiós.» ¿Por qué en pasado?, se dijo, pero era una pregunta ociosa. Sabía la respuesta. Él le había revelado lo que ella nunca habría podido averiguar: que el bebé no era suyo, y ahora Deanna sabía que le había mentido. Subió las escaleras, sintiendo que los pies le pesaban como el plomo. Quería convencerse de que encontraría a Deanna arriba, durmiendo. Durante todo el día había tratado de olvidar lo ocurrido la noche anterior, con la esperanza de que sucediera algún milagro. Y ahora se decía que la encontraría en la habitación. Pero al llegar comprobó lo que en el fondo ya sabía. La cama estaba vacía. Se había marchado. Deanna había desaparecido de su vida para siempre.

MARC PERMANECIÓ INMÓVIL DURANTE largo rato, sin saber qué hacer, tratando de retener las lágrimas. Sintió la necesidad de oír la voz de su amante, y marcó el número con desesperación.

—Chantal. Tengo que verte en seguida.

—¿Qué sucede? ¿Algún problema? —Parecía aturdida e impaciente.

—Sí... No... Espérame. Ahora mismo salgo hacia ahí.

Chantal quería decirle que se apresurara, pero no había sabido cómo explicarle... Cuando él llegó, unos minutos más tarde, aún se sentía torpe y confusa. Pero él no lo percibió. En cuanto abrió la puerta la tomó entre sus brazos.

—¿Qué ocurre, cariño? Pareces enfermo.

—Lo estoy... No lo sé. Se ha ido.

Chantal pensó que había vuelto a dejarse abrumar por el recuerdo de su hija muerta. ¿Por qué le obsesionaba tanto? Pero ¿qué había sucedido para ponerle de repente en aquel estado?

—Lo sé, cariño, pero me tienes a mí.

Se sentaron en el sofá, y ella le abrazó.

—Pero el bebé...

Marc se dio cuenta demasiado tarde de que no debía haberlo dicho.

—¿Qué bebé?

Chantal pensó que tal vez se había vuelto loco. Atemorizada, se apartó de él.

—Nada... Estoy trastornado... Se trata de Deanna. Se ha marchado.

—¿Para siempre? ¿Te abandonó?

Él asintió, aturdido, y Chantal sonrió.

—Yo diría que esto es una causa de alegría, no de desesperación. —Sin pensarlo dos veces, fue a la cocina y volvió con una de las botellas de champaña que Marc había llevado días atrás. Pero algo en la expresión de Marc le hizo detenerse—. Entonces, ¿no te sientes feliz?

—No lo sé. Estoy atónito. Le dije algunas cosas que no debía haberle dicho... Yo... creo que exageré la situación.

Chantal le dirigió una mirada helada.

—No creí que estuvieras tan ansioso de retenerla. ¿Y ahora qué? ¿Vas a intentar que vuelva?

Marc meneó lentamente la cabeza. No podía hacer que Deanna volviera. Lo sabía. Al tratar de atarla a él para siempre, le había dicho lo que la apartaría sin remedio, que el bebé no era suyo.

—A propósito. ¿Qué quiere decir eso del bebé? ¿Estaba embarazada, Marc?

Marc, atormentado, se limitó a hacer un movimiento afirmativo.

—¿Sabía que no era tuyo?

—No lo supo hasta anoche.

—Ya veo. Y por eso has permanecido junto a ella hasta ahora... por un niño que ni siquiera era tuyo... —El tono de su voz reflejaba la decepción que sentía—. No creía que eso significara tanto para ti.

—No es cierto, Chantal. Eso no me importa —le mintió, tratando de abrazarla.

—No mientas. Te importa, y mucho.

—Podemos adoptar un niño —dijo Marc. Chantal asintió lentamente. Sabía que tendrían que hacerlo, ya que era tan importante para él, pero ella no quería niños, nunca los había deseado.

—Sí, supongo que podremos hacerlo... —De pronto recordó algo, y echó un vistazo a su reloj—. ¿Qué vas a hacer ahora?

—Casarme contigo. —Trató de sonreírle, pero las palabras pesaban como plomo en su boca—. Si todavía me aceptas.

—Sí —dijo ella con gravedad y un deje de preocupación—. Pero no me refería a eso. Hablaba de esta noche.

—No lo sé, Chantal. ¿Puedo quedarme aquí?

La idea de volver a su casa se le hizo de repente insoportable. Por otra parte, no sería decoroso llevar allí a Chantal tan pronto, para que durmiera en el lecho que Deanna acababa de abandonar.

—¿Por qué no salimos a cenar? —suspiró Chantal.

—¿Ahora? —Marc la miró sorprendido—. No estoy de humor para eso. Han sucedido muchas cosas en poco tiempo y, por mucho que te quiera, necesito adaptarme.

Por unos instantes, se preguntó si no habría cometido un error al volver tan rápidamente a Chantal, antes de recuperarse de la conmoción. Ella no parecía entender nada de lo que sentía.

—¿No sería mejor cenar aquí?

—No, quiero salir.

Lo dijo nerviosamente, como si tuviera prisa y, de pronto, Marc se dio cuenta de que llevaba un vestido de seda negro, como si ya estuviera dispuesta a salir.

—¿Ibas a marcharte cuando te llamé?

Marc parecía no comprender.

—Pensé que saldría a cenar.

—¿Sola? —le preguntó atónito.

—Naturalmente. —Chantal se rió, pero era una risa forzada. Antes de que pudiera añadir nada más, sonó el timbre de la puerta. Dirigió una rápida mirada a Marc y corrió hacia la puerta—. En seguida vuelvo.

Marc trató de descubrir quien había venido, pero el umbral estaba a oscuras. Cuando Chantal abrió la puerta y salió sintió de pronto una oleada de ira. Cruzó la estancia y llegó a la puerta casi cerrada, al otro lado de la cual ella hablaba en voz muy baja. Marc abrió de repente la puerta. Oyó una exclamación de sorpresa y vio quien era la persona con la que hablaba. Se trataba de su socio, Jim Sullivan, quien parecía sorprendido al ver a Marc.

—¿Os interrumpo? ¿No queréis entrar? —Miraba a su socio pero sus palabras se dirigían a ambos.

Los tres entraron silenciosamente en la casa y Chantal cerró la puerta.

—Cariño, la verdad es que... Jim pensó que me gustaría ir a cenar en el día de Acción de Gracias. Creía que tú... estarías en casa.

Estaba abochornada y su tono desenfadado no podía engañarle.

—¡Vaya, vaya! ¡Qué encantador! Es extraño que ninguno de los dos me lo mencionara.

—Lo siento, Marc —dijo Jim tranquilamente. Los tres estaban de pie en medio de la sala—. Creo que no hay mucho más que decir.

Marc-Edouard le volvió la espalda. Jim se limitó a tocarle el hombro y, poco después, Marc oyó que se cerraba la puerta principal. Entonces se volvió lentamente hacia Chantal.

—¿Desde cuándo os estáis viendo?

Ella sacudió vivamente la cabeza.

—Sólo he cenado con él un par de veces. En realidad, no creí que te importara. —Pero los dos sabían que no era cierto.

—¿Qué puedo decir ahora?

—Que me perdonas, y yo te digo que no volverá a suceder otra vez.

Chantal se acercó y le abrazó fuertemente. Él inclinó la cabeza y sintió el contacto sedoso de sus cabellos en el rostro. Notó que las lágrimas estaban a punto de acudir a sus ojos, porque sabía que volvería a suceder otra vez, y otra, y otra...

Capítulo 34

KIMBERLY RECORRIÓ LAS ANGOSTAS calles de Sausalito, y enfiló una especie de callejón que se dirigía a la bahía. Echó un vistazo al papel en el asiento de al lado para asegurarse de que seguía la dirección correcta. Finalmente vio la casita oculta tras grandes arbustos y rodeada por una verja. Era la joya que Deanna le había descrito y a Kim le gustó en seguida. Cargada de paquetes, trató de llegar al timbre. Poco después Deanna abrió la puerta.

Iba vestida con mucha sencillez y llevaba el pelo sujeto en un moño sobre la cabeza, pero en sus ojos y su rostro se leía la serena felicidad que experimentaba.

—¡Feliz Navidad! Estoy muy contenta de que hayas venido. —Le tendió los brazos y se abrazaron—. Apenas hace dos semanas que no nos vemos y ya echo a faltar mi antiguo hogar.

—Pues no debes sentirte así. Esto es precioso —Kim la siguió al interior, curioseando por todas partes. Deanna debía haber estado muy ocupada pintando, limpiando y arreglando aquella casa diminuta y encantadora. En uno de los rincones había un pequeño árbol de Navidad con bolas plateadas y brillantes lucecitas que resplandecían sin cesar. Debajo del árbol había tres paquetes y uno de ellos decía: «para Kim».

—Así pues, ¿te gusta?

Deanna le dirigió una sonrisa infantil. Por primera vez en mucho

248

tiempo parecía feliz y tranquila. En poco tiempo había logrado encontrarse a sí misma. La casa no tenía muchos muebles, pero su atmósfera era cómoda y cálida. Había pintado los muebles y cambiado la tapicería del sofá. Había plantas por todas partes y jarrones con flores. Los cuadros favoritos de Deanna colgaban en las paredes. Sobre la repisa de la chimenea había vasijas de cobre y candelabros de bronce.

Kim lo contempló todo con admiración y luego tomó asiento.

—¡Me encanta, Deanna! ¿Puedo quedarme aquí?

—Al menos por un año, pero en seguida te darías cuenta de los defectos. El agua caliente sale cuando se le antoja, el horno necesita una semana para calentarse, las ventanas no ajustan, y la chimenea se atasca... Pero me encanta. ¿Verdad que parece una casa de muñecas?

—Sí, así me lo parece. Tiene mucha más personalidad que mi piso.

—Tu piso tiene mucha clase, pero, de momento, esto me bastará.

Quien la viera allí no podría adivinar que un mes antes había vivido en la grandeza de una residencia tan elegante como la de Marc. Pero allí estaba a sus anchas.

—¿Quieres café?

—Sí.

Deanna desapareció un momento y volvió en seguida con dos tazas de café humeante.

—¿Qué me dices de nuevo?

—He vuelto a pintar —le dijo casi con orgullo.

—Eso está muy bien. ¿Qué piensas hacer con tu obra?

—Trataré de vender los cuadros. Ya vendí dos o tres, y así he podido amueblar la casa.

No le dijo que aparte de los cuadros tuvo que vender sus pendientes de jade y diamantes. No podía decírselo a Kim y, además, no sentía ningún apego por sus joyas. No deseaba nada, excepto a su hijo.

—¿Dónde los vendes? —preguntó Kim con indiferencia. Pero Deanna sabía a dónde quería ir a parar.

—No tiene importancia.

Sonrió y tomó un sorbo de café.

—Escucha, Deanna. ¿Por qué no dejas que Ben se encargue de la venta? Ni siquiera tendrías que verle.

Kim le había visto la semana anterior, y parecía abatido. Hubiera querido darle la dirección de Deanna, pero sabía que no debía hacerlo, que su amiga encontraría por sí misma su camino hacia él de nuevo, aunque, a veces, lo dudaba.

—Por lo menos, deberías llamar a Ben y dejar que él se ocupara de tus cuadros.

—No digas tonterías, Kim. ¿Qué ganaría con ello? Además, es probable que si lo intentara, él no quisiera saber nada de mí.

—Lo dudo —dijo Kim, pero pensó que podría tener razón, porque últimamente Ben ya no le preguntaba por ella, parecían tener un acuerdo tácito y ninguno se refería a Deanna—. ¿Y qué me dices de Marc? ¿Has sabido algo de él?

—Hablé una vez con él después de entrevistarme con los abogados. Comprende las cosas. En realidad no hay nada que discutir.

—¿Crees que se casará con esa chica?

—Es probable. Ella ya vive en la casa, pero me da la impresión de que Marc no logra recobrarse después de todo lo ocurrido este año.

—¿Cómo sabes que está viviendo con esa chica? —Le parecía una admisión demasiado sincera, si procedía de Marc.

—Me lo dijo Margaret cuando la llamé para preguntarle cómo estaba. Ella se marchará dentro de un mes. Será mejor para Marc. Así no habrá nadie que le recuerde a mí. Es necesario que ambos recomencemos nuestras vidas.

—¿Es eso lo que tratas de hacer?

—No siempre me resulta fácil, pero trato de hacerlo. Estoy ocupada en la casa y, además, mi trabajo absorbe gran parte de mi tiempo. El próximo mes arreglaré el cuarto del niño. Encontré unas telas preciosas y quiero adornar las paredes con motivos infantiles.

Siguieron hablando animadamente hasta que Kim se dio cuenta de que se había hecho tarde.

—Bueno, he de darme prisa. Aún tengo que cruzar el puente. ¿Qué piensas hacer en Navidad?

—Nada especial. Éste no ha sido un año que estimule las celebraciones. Me quedaré aquí.

Kimberly sintió tristeza y cierta culpabilidad.

—Yo iré a esquiar. ¿Te gustaría acompañarme?

Deanna se echó a reír y señaló su vientre prominente. Le dio unas palmaditas suaves y respondió:

—Me parece que este invierno no esquiaré mucho.

—Lo sé, pero de todas maneras podrías acompañarme.

—¿Y morirme congelada? No, gracias, prefiero quedarme aquí.

—De acuerdo, pero te dejaré mi número de teléfono. Llámame cuando me necesites.

—Gracias, Kim, así lo haré. —Ayudó a Kim a recoger sus paquetes y miró los regalos que su amiga le había dejado bajo el árbol—. ¡Feliz Navidad, amiga mía! Ojalá el año próximo sea más venturoso.

—Lo será —replicó Kim, sonriente, señalando la gruesa cintura de su amiga y guiñándole un ojo.

Capítulo 35

LA NAVIDAD LLEGÓ Y SE fue sin el esplendor ni las ceremonias de años pasados. No hubo batas lujosas para Pilar, elegidas por ella y pagadas por Marc, no hubo perfumes franceses ni pendientes de diamantes, ni pieles. En cambio, recibió cuatro regalos de Kim, que Deanna abrió a medianoche. Era la primera Navidad que pasaba sola. Al principio temió a su soledad, creyendo que se sentiría desolada, pero no fue así. Sólo sintió un poco de tristeza y melancolía, nada más. Tuvo que reconocer que echaba un poco de menos el ruido de las fiestas, el jamón, el pato o el pavo, la conversación de Margaret desde la cocina y las montañas de regalos bajo el árbol. En realidad, lo que añoraba era la actividad, más que los objetos; y en repetidas ocasiones vio el rostro infantil de Pilar, el de Marc de aquellos años lejanos. Tomó una taza de chocolate caliente y se sentó cerca de su árbol. Pensó en llamar a Ben. Se preguntaba si estaría en Carmel y si se encontraría solo.

Oyó a lo lejos los cánticos navideños de algunos grupos que recorrían las calles. Se sentía menos fatigada que en las noches anteriores y su estado de ánimo mejoraba cada día. Quizá todo se debiera a que ahora su vida era mucho más sencilla. Su única preocupación era el dinero, pero creía tener controlada la situación económica. Una pequeña galería en Bridgewater vendía sus cuadros. Los precios eran bajos, pero aquello le bastaba para pagar el alquiler de la casa y comprar las cosas que iba necesitando. Aún le quedaba dinero de la venta de los pendientes de jade y diamantes, y había alquilado una caja de seguridad para depositar en ella las joyas que le quedaban. Cuando naciera el bebé, podría vender otras piezas y, finalmente, Marc le pasaría la pensión que le correspondía por ley, cuando se celebrara el juicio para el divorcio.

Sonrió al deslizarse entre las sábanas y se dio unas palmaditas cariñosas en el vientre.

—Feliz Navidad, hijo mío —dijo, y se recostó tratando de rechazar los recuerdos de Pilar que acudían a su mente.

Quizá fuera una niña, pero esta vez, todo sería distinto.

Capítulo 36

UNA MAÑANA DE FEBRERO, temprano, Ben se encontraba en su oficina, examinando la nueva publicidad. Oprimió el botón del intercomunicador y esperó a Sally. Ésta le vio con las manos entre un montón de papeles y el ceño fruncido.

—¿Qué te parecen estos anuncios, Sally? ¿Quedarán bien o no?

—Yo creo que sí —Hizo una pausa, y luego agregó—: Aunque quizá sean un poco ostentosos.

—Eso es exactamente lo que pienso. Telefonea a Kim Houghton por favor, porque a las once tengo que ver a un pintor en Sausalito. Pregúntale si puede reunirse conmigo en el Sea Urchin a las doce y cuarto.

—¿En Sausalito? —preguntó Sally.

Ben hizo un gesto afirmativo y Sally salió para hacer la llamada. Poco después asomó la cabeza por la puerta.

—Dice que te encontrará en el Sea Urchin a las doce y media, y que llevará la publicidad. Tiene otros proyectos que mostrarte y también los llevará.

—De acuerdo.

Ben estaba abrumado de trabajo. Aquel verano había agregado cuatro pintores nuevos a su equipo, pero ninguno de sus trabajos le satisfacía del todo. Eran los mejores entre los que había visto, pero distaban mucho de ser algo especial. Ninguno de ellos era una

254

Deanna Duras. La gente seguía preguntándole por ella y sus cuadros, y trataba de explicarles que se había «retirado». Dio un largo suspiro y se obligó a volver al trabajo. Aquella había sido la única solución que había encontrado desde septiembre y casi le había dado resultado, excepto a últimas horas de la noche y por la mañana temprano. Ahora comprendía lo que debió haber sentido Deanna cuando murió Pilar; saber que jamás volvería a tocarla, a abrazarla, escuchar su voz; que nunca volvería a reírse con ella, a contarle un chiste o verla sonreír. Hizo una pausa en su trabajo y luego rechazó los pensamientos que le atormentaban.

Salió de la galería a las diez y cuarto. Apenas tendría tiempo de cruzar el puente, llegar a Sausalito y encontrar aparcamiento. El pintor al que tenía que ver era por lo menos simpático. Un joven muy bien dotado para los colores y una especie de expresión mágica, pero su técnica era mucho más moderna que la de Deanna y no tan perfeccionada. Aún no le había hecho una oferta concreta, pero, por fin, decidió que había llegado la hora. Hasta entonces el joven había sido representado por una galería cercana a su domicilio, una pequeña sala de exhibiciones en Sausalito que trataba con una multitud de pintores de los estilos más dispares. Aquel joven vendía sus pinturas por ciento setenta y cinco dólares, y Ben estaba seguro de que podría elevar su precio a dos mil desde el principio, cosa que sin duda asombraría al pintor.

Cuando le comunicó la oferta, el joven se mostró encantado.

—¡Dios mío, espere a que se lo cuente a Marie! Creo que hasta podremos comer algo decente por una vez.

Ben se echó a reír, y salieron del estudio, un antiguo establo rodeado de casas victorianas.

—A propósito —dijo el pintor—. ¿Qué sucedió con aquella chica que hizo una exposición el verano pasado? Me refiero a la pintora Duras.

—Ya no me ocupo de sus obras —dijo Ben, aparentando una tranquilidad que no sentía.

—Ya lo sé. ¿Sabe quién se encarga ahora?

—Creo que nadie, porque se ha retirado. —Ben trató de abreviar la conversación, pero el joven meneó la cabeza.

—Creo que no. ¿Está seguro?

—Sí. Cuando se llevó sus telas me dijo que iba a retirarse.

—Había algo en la mirada del pintor que le inquietó—. ¿Por qué lo dice?

—Podría jurar que vi uno de sus cuadros en la Sala Seagull, hace pocos días, donde yo exhibía mis cuadros... No estaba muy seguro y no pude detenerme a preguntar, pero era exactamente su técnica, un desnudo precioso y, además, pedían un precio ridículo por él.

—¿Cuánto?

—Oí decir que ciento setenta dólares, y eso es un verdadero crimen por una obra tan buena como aquélla. Sería conveniente que la viera para corroborar si se trata de ella.

—Eso haré.

Miró el reloj y vio que tenía tiempo suficiente para hacerlo, antes de reunirse con Kim.

Los dos hombres se despidieron con un apretón de manos. Entonces subió a su coche y condujo con demasiada rapidez, ansioso por llegar a la galería que le había indicado el pintor. Tenía el propósito de limitarse a entrar y ver las pinturas que mostraban, pero no fue necesario. El cuadro de Deanna se exhibía en el lugar más destacado, cerca de la puerta, y él lo contempló desde la calle. Sí, era uno de sus cuadros. El joven pintor estaba en lo cierto.

Se detuvo un momento, pensando en lo que debía hacer, tratando de decidir si debería entrar o no. Estaba a punto de alejarse, cuando algo le llamó la atención y le hizo entrar a la galería. Se acercó y vio que se trataba de un bodegón que él mismo había visto pintar a Deanna en su terraza, a principios de julio. De pronto, Ben se sintió arrastrado por un tumulto de sentimientos y recuerdos que le hicieron volver al verano.

—Dígame, señor, ¿puedo ayudarle en algo? —le preguntó amablemente una rubia que debía ser la encargada.

—Sólo estaba mirando esa pintura de ahí —dijo, señalando el cuadro de Deanna.

—Cuesta ciento sesenta dólares. Es de una pintora de aquí.

—¿De aquí? ¿Se refiere a San Francisco?

—No, me refiero a Sausalito.

—¿Tiene algún otro cuadro de ella? —Estaba seguro de que no lo tendría, pero, para sorpresa suya, la chica asintió.

—Sí, creo que tengo otras dos cosas suyas.

En realidad, eran tres las pinturas que tenían. Otro de los cuadros pintados aquel verano y dos más de reciente factura, ninguno de los cuales tenía un precio que superara los doscientos dólares.

—¿Cómo los consiguió?

Se preguntó incluso si no habrían sido robados. Si sólo tuvieran uno, habría sospechado que alguien lo había vendido en un caso desesperado, aunque no era muy probable.

—La misma pintora nos los ha dejado en depósito para que los vendamos.

—¿De veras? —Ahora no sólo estaba sorprendido sino atónito—. ¿Por qué?

—No le comprendo.

La encargada estaba confundida.

—Me refiero al hecho de que se encuentren en esta galería.

—¡Esta es una galería muy respetable señor! —exclamó ella, molesta por su observación.

Ben trató de corregir la situación con una sonrisa.

—Perdóneme, lo siento mucho. No he querido decir eso, sucede que conozco a la pintora y me sorprendió encontrar aquí sus obras. Creí que estaba en otro sitio... en el extranjero. —No sabía que más decir, y sonrió a la empleada—. De cualquier manera, compraré las pinturas.

—¿Cuál de ellas quiere? —La muchacha pensó que sin duda el tipo estaba loco, o quizá sólo un poco drogado.

—Todas.

—¿Las cuatro?

Definitivamente, pensó, no estaba drogado, sino loco.

—Me llevaré todos los cuadros.

—Pero... son casi ochocientos dólares.

—De acuerdo. Le firmaré un cheque.

La joven asintió, todavía muy confundida, y se alejó. El gerente llamó al banco, verificó la cuenta de Ben y descubrió que el cheque era bueno. Diez minutos más tarde salió de la sala. Tanto Deanna como la galería acababan de ganar cuatrocientos dólares cada uno. Todavía no se explicaba por qué había comprado los cuadros. Lo único que sabía era que deseaba tener algunas de sus obras. Además, los precios eran una verdadera locura... No lo entendía. Nada de aquello tenía el menor sentido.

Más tarde, al detenerse ante el Sea Urchin para encontrarse con Kim, se sintió molesto consigo mismo. Ahora le parecía una necedad el hecho de haber comprado las cuatro pinturas. Cuando Deanna lo descubriera, seguramente se sentiría furiosa, pero además había algo en todo aquello que le irritaba profundamente. ¿Qué había querido decir la encargada al referirse a una «pintora de Sausalito»?

Kim le esperaba ya en una mesa cerca de la ventana, contemplando el panorama siempre atractivo de la ciudad, al otro lado de la bahía.

—¿Le importa que me siente a su lado? —preguntó Ben a sus espaldas.

Ella se volvió, sobresaltada, y sonrió.

—Por un instante creí que era un conquistador.

257

Ben iba como siempre, bien vestido, con su buen gusto característico, y con cierta expresión de tristeza en su mirada.

—No ha habido suerte, amiga mía. Los conquistadores han pasado de moda. ¿O quizá hoy en día ese papel corresponde a las mujeres?

—Quién sabe. ¿Qué vamos a comer?

—¿Tomamos una copa primero? —le preguntó Ben. Ella asintió y pidió dos cócteles. Ben tomó unos sorbos en silencio antes de volver a hablar—. Oye, Kim...

—Sí, lo sé, vas a decirme que te desagradan los anuncios. Tampoco a mí me convencen del todo, pero te traigo algunas ideas nuevas.

—No me refiero a eso, aunque tienes razón sobre ese particular, pero ya hablaremos después. Me refiero a otro asunto.

Hizo otra pausa como tratando de poner sus pensamientos en orden y Kim esperó.

—¿De qué se trata?

Le veía tan preocupado que sintió deseos de tocar su mano para tranquilizarle.

—Me refiero a Deanna.

—¿La has visto? —preguntó Kim, sintiendo que el corazón le daba un vuelco.

—No, ¿y tú?

Kim asintió.

—¿Qué le ocurre? Acabo de ver cuatro pinturas suyas en una galería de Sausalito y sé que algo debe andar mal. ¿Por qué vende allí sus cuadros? ¿Sabes a qué precio están? ¡A ciento sesenta dólares! Es totalmente inaceptable. No encuentro pies ni cabeza a este asunto. Además, la encargada me dijo que se trataba de una pintora de Sausalito. ¿Verdad que no tiene sentido? ¿Qué diablos sucede?

Kim se quedó inmóvil, sin atreverse a decir nada, porque no sabía a ciencia cierta qué debía confiarle. Aquella misma tarde vería a Deanna después de la comida, pero ahora, ¿qué podía decirle a Ben? ¿Qué parte del secreto de Deanna debería confiarle?

—Kim, por favor, te ruego que me digas lo que sabes. —Había en sus ojos una súplica angustiosa y una gran preocupación en su voz.

—Quizá otra persona vendió esas pinturas a la galería después de comprárselas a ella.

Tenía que consultar a Deanna antes de decirle nada a Ben. Si dependiera de ella, le habría revelado a Ben toda la verdad en aquel mismo instante.

—No, no es eso, la muchacha me dijo que la pintora las había dejado en depósito para su venta. Pero... ¿por qué? ¿Por qué escogió una galería de esa índole y además en este sitio? ¿Está tratando acaso de vender sus telas sin que se entere su marido? ¿Se encuentra en algún aprieto? ¿Necesita dinero?

Ben parecía trastornado. Kim dio un largo suspiro. Se encontraba en un dilema y no sabía qué hacer.

—Oh, Ben, ¿qué puedo decirte? Hay tantas cosas en la vida de Deanna que han cambiado...

—Pero no lo suficiente para que me llamara.

—Quizá lo haga a su tiempo. Todavía está muy desconsolada por la muerte de Pilar.

Ben asintió en silencio. Hubo una larga pausa. No tenía el menor deseo de hablar de negocios, porque Deanna ocupaba todos sus pensamientos y algo le decía que las cosas no encajaban bien. Poco después volvió a mirar a Kim, desolado, y ella se sintió conmovida.

—¿Tiene algún problema grave?

Kim le indicó que no con un leve movimiento.

—Está bien, Ben, te aseguro que no ocurre nada grave. Creo que es feliz por primera vez. —Se arrepintió al instante de haber dicho aquello, recordando que Deanna había alcanzado la cumbre de la felicidad aquel verano con Ben—. Ahora ha comenzado a pintar con gran ahínco.

—Y es feliz... con él —dijo Ben con amargura.

Kim no pudo soportarlo más y lentamente negó las palabras de Ben con un gesto.

—¿Qué quieres decir?

—Marc regresó a Francia.

Deanna se lo había confiado el mes anterior. Él había regresado definitivamente a su país.

—¿Se quedará allí? —Ben la miró, atónito. Apenas podía articular palabra. Kim hizo un gesto afirmativo—. Y Deanna, ¿está aquí?

Kim afirmó de nuevo y ahora Ben no sólo parecía trastornado sino también confundido. Marc se había ido y Deanna no le había llamado. Agachó la cabeza y al cabo de un instante sintió el contacto cariñoso de Kim.

—Dale un poco más de tiempo, Ben... Han sucedido muchas cosas. Estoy segura de que dentro de algunos meses lo habrá superado todo.

—¿Y ha estado viviendo aquí?... ¿En Sausalito? —Los pensamientos se atropellaban en su mente. ¿Por qué no estaba en su casa? ¿La había abandonado Marc? —¿Quieres decir que van a divorciarse?

—Sí, en efecto.

—¿Quién lo ha decidido, él o ella? Kim, tienes qué decírmelo, quiero saberlo en este mismo instante.

—Estoy de acuerdo, Ben, pero... Bien, te lo diré... —Deanna lo pidió y él accedió. En realidad, no tenía ninguna otra alternativa.

—¿Y cómo se encuentra ella? ¿Se está recuperando? ¿Se siente bien?

—Sí, está bien, vive en una casa muy bonita y pinta mientras se prepara para... —Se detuvo al instante. Había ido demasiado lejos.

—¿Mientras se prepara para qué? —La miró fijamente, lleno de inquietud y confusión. ¿Acaso Kim quería volverle loco?— ¡Por el amor de Dios Kim! ¿Va a hacer esa maldita galería una exposición de su obra?

Estaba casi fuera de sí. ¿Cómo se atrevían?... De pronto oyó la risa alegre de Kim y vio que le miraba divertida.

—¿Sabes una cosa? Me parece que estamos un poco chiflados, sentados aquí jugando a las preguntas y respuestas acerca de Deanna cuando lo único que ella necesita eres tú y tú a ella. —Súbitamente tomó una decisión, sacó la pluma de su bolso, cogió un trozo de papel, anotó apresuradamente una dirección y se lo entregó a Ben—. Anda... Ve a esta dirección.

—¿Ahora?

Se sintió muy aturdido al tomar el pedazo de papel de su mano.

—Pero, ¿y si... no quiere verme?

—Querrá verte, pero de ahora en adelante vosotros tendréis que resolver vuestros problemas.

Ben la miró, todavía turbado e inquieto.

—¿Y la comida?

Quería marcharse inmediatamente para encontrar a Deanna, y Kim lo comprendía.

—Nuestra comida no es asunto de estado. Puede esperar. Además, ya hablaremos en otra ocasión de los anuncios. Apresúrate.

Ben se inclinó y le dio un beso sonoro en la frente, al tiempo que le apretaba el hombro, lleno de gratitud.

—Kim Houghton, un día de estos te lo agradeceré como mereces; pero ahora... ahora tengo que correr. Dime, ¿derribo la puerta o simplemente me meto por la chimenea?

—Lanza una silla por la ventana, esa es la mejor técnica.

Se alejó corriendo hacia su coche y cinco minutos más tarde se encontraba en la calle que Kim le había indicado. Echó de nuevo un vistazo al trozo de papel e inmediatamente vio la casita oculta por los arbustos y rodeada por la verja blanca. Se preguntó si estaría en casa. ¿Qué le diría? ¿Se sentiría molesta porque él se había atrevido a interrumpir su retiro? Pero no pudo soportar un segundo más sus dudas, después de tantos meses de soñar con aquel instante.

Bajó del automóvil y se dirigió a la puerta. Oyó unos pasos leves, la suave música de jazz de una radio. Oprimió el timbre, golpeó la puerta con los nudillos al fin oyó una voz que salía del fondo.

—¡Hola, Kim! Está abierto. Pasa.

Abrió la boca para decirle que no se trataba de Kim, pero la cerró al instante. Tenía que verla aunque fuera una sola vez, por unos breves instantes. Empujó la puerta y se encontró en una sala pequeña y vacía.

—¿Estás aquí, Kim? —preguntó Deanna desde el interior—. Estoy pintando, ahora mismo voy.

Sintió que todo su ser se estremecía ante el sonido de su voz. Hacía cinco meses que no la escuchaba. No atinó a moverse de su sitio y se limitó a esperar que Deanna saliera. Quería decirle algo, pero aún no lograba recuperar su voz.

—¿Kim? ¿Eres tú?

Esta vez, la voz no sonó con la misma viveza, e incluso había cierto timbre de alarma.

—No, Deanna, no soy Kim.

Se hizo el silencio y luego oyó el golpe de algo que caía. Ben se quedó callado e inmóvil, esperando su reacción. Pero no ocurrió nada. Deanna no se movió. Ben avanzó unos pasos hacia la habitación de donde provenía la voz.

—Deanna... —La vio allí, en pie, con la mano en una cuna junto a la pared. Sus miradas se encontraron. Él sonrió—. Lo siento... Yo...

Entonces, de repente, lo comprendió todo.

—¡Dios mío! ¿Estás...?

No se atrevía a preguntarle nada, no sabía qué decirle..., eran tantas las cosas que deseaba saber. Luego, sin importarle las respuestas, fue hacia ella y la rodeó con sus brazos. Comprendió que aquella era la razón por la que había vendido sus pinturas, por la que estaba sola.

—¿Es nuestro, verdad? —le preguntó y la vio asentir, mientras las lágrimas le caían sobre el hombro. La sostuvo tiernamente contra su pecho—. ¿Por qué no me lo dijiste? ¿Por qué no me llamaste?

Dio un paso hacia atrás para contemplar su rostro. Estaba sonriente y le miró emocionada.

—No podía hacerlo. Fui yo quien me marché... No podía regresar así. Pensé que quizá tú... cuando el bebé naciera...

—¡Deanna, debes de estar loca! ¡Pero te quiero!

—¿Cómo me has encontrado? —preguntó ella con voz entrecortada y, antes de que él pudiera contestarle, Deanna añadió—: Ha sido Kim, claro.

—Tal vez, o tal vez esa galería atroz que vende tus cuadros, Deanna, ¿cómo te has atrevido?

Ella le sonrió de nuevo.

—Tuve que hacerlo.

—Ya no volverá a suceder.

—Veremos.

—¿Prefieres Seagull a mí?

Ella sacudió la cabeza con vehemencia.

—Con ella pude salir de apuros por mí misma. Ahora soy independiente. ¿Sabes lo que eso significa?

—Significa que eres maravillosa y que te adoro. ¿Vais a divorciaros? —Seguía abrazándola y notó el movimiento del feto en el vientre de Deanna—. ¿Ha sido nuestro hijo?

Ella asintió entre lágrimas.

—El divorcio está en marcha. Todo habrá terminado en mayo.

—¿Y el bebé?

—Nacerá en abril.

—Entonces, lo nuestro será en mayo.

—¿Qué quieres decir?

—Exactamente lo que piensas. Ahora recoge tus cosas, porque te llevo inmediatamente a casa.

—¿Ahora? Pero si no he terminado de pintar la habitación del bebé y...

—Silencio, amor mío. Te llevo a casa, conmigo.

—¿En este mismo instante?

—Sí. —La atrajo nuevamente hacia sí y la besó con todo el deseo acumulado durante cinco interminables meses—. Deanna, nunca más me separaré de ti, jamás. ¿Lo entiendes?

Deanna no pudo decir nada; sólo sonrió y le besó mientras la mano de Ben se deslizaba con suavidad y ternura sobre el vientre que contenía a su hijo.

Esta obra, publicada por
EDICIONES MARTÍNEZ ROCA,
se terminó de imprimir en los talleres
de A & M Gràfic, S. L.,
de Santa Perpètua de Mogoda (Barcelona)